书 · 美好生活
Book & Life

书，当然要每日读。

Mais le ciel

A son autre lumière

而天空另有光明

［法］陈力川

著

北京时代华文书局

图书在版编目（CIP）数据

而天空另有光明 /（法）陈力川著 . -- 北京 : 北京时代华文书局 , 2025. 6. --
ISBN 978-7-5699-5936-9

Ⅰ . I565.65

中国国家版本馆 CIP 数据核字第 20253YK266 号

北京市版权局著作权合同登记号 图字: 01-2024-4964

ER TIANKONG LING YOU GUANGMING

出　版　人：陈　涛
责任编辑：陈丽杰　袁思远
责任校对：陈冬梅
装帧设计：程　慧　段文辉
责任印制：刘　银　訾　敬

出版发行：北京时代华文书局 http://www.bjsdsj.com.cn
　　　　　北京市东城区安定门外大街138号皇城国际大厦A座8层
　　　　　邮编：100011　电话：010-64263661　64261528
印　　刷：三河市兴博印务有限公司
开　　本：880 mm×1230 mm　1/32　　　成品尺寸：140 mm×200 mm
印　　张：10.5　　　　　　　　　　　　字　　数：220千字
版　　次：2025 年 6 月第 1 版　　　　　印　　次：2025 年 6 月第 1 次印刷
定　　价：69.00元

序言

　　编自选集好像回望自己登过的山，走过的路。山有高低，路有曲折，文字是在心路历程中留下的足迹。本书遴选的二十篇文章曾发表于国内外不同刊物和书籍，除了《论瓦雷里精神的双重性——思想家与诗人的冲突和协调》一文写于20世纪80年代的北京大学，其他文章都是近二十年来在巴黎完成的。无论是散文随笔、文学评论、读书札记，还是回忆师友的纪念文章，都力求兼顾思想价值和文字力量，以知识探索和人文关怀作经纬，理性分析和感性表达为文风，书写文化间的不同体验，汲取跨文化方法的思想资源，体验和思考生活，用文字见证我们的时代。

　　人生不只是一个老去的过程，也应当是一个心灵成长的过程。心灵成长意味着在更高、更深、更远的地方找到自己。很多人老去的速度快于心灵成长的速度，也有不少人心灵成长的速度快于老去的速度。有的时候，我们的年龄在增长，心灵却没有成长；有的时候，我们的年龄似乎没有什么变化，但心灵的成长在加速。对作者而言，这本文集中的每一篇文章都是在心灵成长的加速期写就的，引用法国诗人伊夫·博纳富瓦的诗"而天空另有光明"作为书名，正是为了折射心灵成长时快时慢的过程。

　　这本文集包含几篇读书札记。读书的重要性不仅体现在我们看到的文字和它们传递的思想上，也在于通过阅读重新审视自己的生命，在这个充满不确定性的世界，找到支撑我们继续生活下去的勇气和力量，这一力量可以来自对自由和美的追求。加缪说："今天所有那些为自由而战的人们最终都是为了美而战。"这也是阅读给我们带来的体验之一。首先是通过学习历史，回顾人类摆脱愚昧和奴役、抛弃野蛮和暴力的艰难历程（我们今天仍然处在这一历程之中）；其次是通过阅读文学和诗歌①，唤起我们的天性对美的向往，追求以美为精神内核的文明是我们能够赋予生命的一种意义，而文明的目的是使人类实现永久和平。

陈力川

2024年2月21日于巴黎

---

① 我同意西班牙诗人希梅内斯的看法，诗歌和文学分属于两个不同的艺术类型：诗歌是创造性的艺术，文学是模仿性的艺术（"模仿"一词源于古希腊文*μίμησις/ mīmēsis*）。

目录

生命篇

003　爱情与哲学——读巴迪欧的《爱情颂》

021　金钱与哲学

040　饮酒断想

文学篇

053　论瓦雷里精神的双重性——思想家与诗人的冲突和协调

103　布拉格与卡夫卡

120　加缪与希腊

139　罗伯-格里耶的文学态度

157　阿西娅·吉巴尔：不妥协的慰藉

166　没人走在那里像在陌生的土地上——纪念伊夫·博纳富瓦百年诞辰

185　缺席的真实——法国当代诗选译后记

欧洲篇

203　欧洲大学的沿革——兼论大学的使命

226　德里达的最后一课

241　欧洲文明的复杂性——读莫兰《欧洲的文化与野蛮》

254　何谓"跨文化态度"?

264　"模式"还是"经验"?

友情篇

277　意如流水任东西——悼念熊秉明先生

286　心不为形役——谈朱德群先生的绘画

294　人可生如蚁而美如神——忆顾城与谢烨

304　聊胜故我一腔愁——忆叶汝琏先生

318　竟德业,顺自然,除无明——怀念汤一介先生

生命篇

爱情与哲学[1]
—— 读巴迪欧的《爱情颂》

"谁不从爱情开始，永远不会知道什么是哲学。"[2]

—— 苏格拉底

历史上讨论爱情的哲学书颇不多见。或许因为理性之光无法穿透爱情的隐晦，或许因为爱情的轨迹不受逻辑的导引，抑或因为爱情喜欢一种悲怆失度的文笔，所以她一向是诗人、剧作家、小说家耕耘的田地，自柏拉图的对话录《会饮篇》和《斐德罗篇》之后，哲学家很少涉足，而《会饮篇》谈的主要还是形而上的爱，特别是古希腊时期盛行于男性之间的爱。

7月14日照常是法国人歌颂民族、国家和军队的日子。哲学家阿兰·巴迪欧和记者尼古拉·托昂选择这一天歌颂爱情，受柏拉

---

[1]　首发于《今天》文学杂志，2010年夏季号·总第89期，香港，第225—237页。
[2]　Alain Badiou avec Nicolas Truong, *Éloge de l'amour*, Paris, Flammarion, 2009, p. 79.

图的启示也采用对话录的形式，取名《爱情颂》①。时间的选择绝非偶然，因为只有爱情这一世界性的力量强大到可以与民族、国家和军队抗衡，并能跨越种族、文化和社会等级的藩篱与性的疆域接壤。

巴迪欧认为哲学家应当集学者、诗人、政治活动家和情人于一身。他将之称为哲学的四个条件。在《什么是爱情？》一文中，他断言西方当代哲学的对象主要是女性，"人们甚至有理由怀疑当代哲学的相当一部分是诱惑战略的言说"②。

巴迪欧认为今天爱情受到的威胁来自四面八方。在众多的威胁中，有一种他称之为"安全的威胁"，例如Meetic网站标榜的"没有危险的爱情"，这是包办婚姻的现代版，它打着"爱情保险"的旗号，"排除爱情的偶然性和诗意"，教你如何"没有痛苦地恋爱"。一切都是"为了你的舒适和安全"而设计的，"爱情只是普遍享乐主义的变奏曲"。根据这种观念，如果还有谁为爱情而痛苦，那说明他（她）活得不够现代，或者干脆说他（她）活该。巴迪欧认为"哲学的一个任务就是保护爱情……反对安全和舒适，必须重新创造危险和奇遇"。③

我们应该如何看待Meetic网站和巴迪欧的批评呢？对于每个

① Alain Badiou avec Nicolas Truong, *Éloge de l'amour*, Paris, Flammarion, 2009.
② Alain Badiou, *Conditions*, Paris, Seuil, 1992, p. 254.
③ Alain Badiou avec Nicolas Truong, *Éloge de l'amour*, Paris, Flammarion, 2009, pp. 13-17.

人，就像死亡是注定会发生的，但我们不知道它将在何时何地以及怎样发生（自杀除外），爱情也是注定会发生的，但我们也不知道她将在何时何地以及怎样发生。偶然性，或者说不可预料性是人生的常态，也是人生的魅力。爱情萌发的那一刻，世界和生命随之有了意义，好像我们的存在就是为了等待这一刻的到来。在消费主义盛行的时代，人们凡事追求效率、计算成本，感情的事似乎也不例外。在网站上择偶，有点像网上购物，一切都经过精心挑选：相貌、爱好、学历、职业、生肖（或者星座）……但这并不能完全排除偶然性，因为网站无法真实地描绘一个人的性格，更无法让你看到对方的天性。全部的偶然性都在这天性之中。我相信中国人常说的"阴错阳差"无处不在。爱情是与自己命运的邂逅。世界上没有什么比偶然性更必然的东西，所以巴迪欧说："其实爱情是对偶然的信赖"[1]。马拉美有一本诗集的名字叫《骰子一掷永远消除不了偶然》。因此在偶然性的问题上，我以为Meetic这样的网站并没有巴迪欧说得那么危险。

真正危险的是这种网站宣传的"没有痛苦的爱情"。爱情会变脸，她是一个同时给人带来幸福和痛苦的礼物。就像真实和荒诞是梦的一双眼睛，梦中所见常是二者的叠影；幸福和痛苦是爱情的双刃剑，爱的经历常常刻满了幸福和痛苦的双重印迹，生命

---

[1]　Alain Badiou avec Nicolas Truong, *Éloge de l'amour*, Paris, Flammarion, 2009, p. 22.

就是这样一个感动和自残的过程。作为爱情的证据，痛苦并不可怕，可怕的是失去痛苦的能力，同时也失去了爱的能力。事实上，人在相爱的时候更脆弱、更容易受痛苦的打击。巴迪欧说："爱情的程序包括激烈的争吵、真实的痛苦、无奈或痛不欲生的分手。必须承认，她是主观生命最痛苦的经验之一！……爱情甚至可以死人，有情杀和自杀。"[1]我们知道，失恋即使没有导致情杀或自杀，也如遭灭顶之灾，那是一种生不如死的感觉，一种既没有勇气也没有意义再活下去的感觉。失恋的痛苦为何如此强烈？为什么失去一个人会使你对所有的人视而不见？为什么世界末日会因为失去一个人而降临？这不能不说是一种神秘的现象。西班牙哲学家奥特嘉·伊·加塞特说得真切："……爱情有时像死亡一样悲伤，她是极大的和致命的痛苦。甚而言之，真正的爱情常在她可能达到的悲伤和苦难中感知自己，测量和计算自己的限度。"[2]法国诗人阿拉贡有一首诗的名字叫《没有幸福的爱情》，最后一段有这样几句："没有爱情不属于痛苦／没有爱情不使人受伤／没有爱情不使人憔悴／对祖国的爱也是一样／没有爱情不靠泪水生存……"[3]。

[1]　Alain Badiou avec Nicolas Truong, *Éloge de l'amour*, Paris, Flammarion, 2009, p. 55.

[2]　José Ortega y Gasset, *Études sur l'amour*, Paris, Payot & Rivages, 2004, p. 33.

[3]　Louis Aragon, «Il n'y a pas d'amour heureux» in *La Diane Française*, Paris, Seghers, 1946, 2006, p. 31.

"世上最纯粹的幸福含有一种痛苦的预感。"[1]

—— 歌德

　　巴迪欧在《爱情颂》中说叔本华和克尔凯郭尔代表了爱情哲学的两个极端。巴迪欧对叔本华的反爱情哲学显然不屑于多谈，寥寥几笔带过。他说叔本华不能原谅女性与生俱来的痴情，其至将人类无休无止的痛苦归罪于女性的生育能力（尼采笔下的查拉图斯特拉也说："男人对于女人是一种手段，孩子才是永远的目的。"）相比之下，巴迪欧明显同情克尔凯郭尔的思想，他用克氏生存境界的三阶段论作为框架审视爱情的个体经验。对这一点，我们可以根据克尔凯郭尔的生平和著作加以补充。

　　克氏的生存阶段论首先是审美阶段。在这一阶段，爱的经验不外乎焦炙的诱惑、重复的快感和利己主义的享乐，最典型的是西班牙传说中的人物唐璜。克尔凯郭尔说，1835 年他在哥本哈根歌剧院看了莫扎特的《唐璜》之后，曾经有几个月逃避"修道院般宁静的夜晚"而陶醉于"罪孽的深渊"[2]。一个停留在第一阶

---

[1] 歌德的这句话出处不详，但这个说法可见于他的不同作品，特别是《少年维特之烦恼》。

[2] *Cf.*, Sören Kierkegaard, *Œuvres Complètes*, Tome 3, Paris, Éditions de L'Orante, 1970, p. 99.

段的人会沉溺于感官的享乐，虚浮的生活之河必然流向无聊和悲哀的海洋。"这是一个被颠倒的世界；残酷而难耐……人们说：时间在流逝，生命是湍流。我却感觉不到，时间是静止的，我也一样。我对未来的所有计划都在我身上搁浅；我吐出的唾液都落到我自己的脸上。"①这大致是克尔凯郭尔对第一阶段感受的描述。

　　第二是伦理阶段。在这一阶段，爱情的真实性和严肃性须经受绝对和持久的考验。克尔凯郭尔对比他小11岁的少女蕾吉娜·奥尔森的爱情就是这个阶段的写照。如果说在审美阶段，"一个人是他本来的样子"，一个服从欲望和快感的自然人，那么在伦理阶段，"一个人将是他成为的样子"，一个愿意履行其责任、做出道德承诺的人。爱情不只是欣赏对方，也是按照心中的理想人格塑造自己的形象。但爱情从来都是一场持久战，威胁无时不在，无处不在，保护爱情免受时间的损耗是人生最艰难的旅行。克尔凯郭尔一方面承认幸福的婚姻可以使爱情最初的一刹那历久弥新，在有限的生命中体验无限的情意；一方面批评资产阶级在教会的遮蔽下将婚姻当作伪装性欲的工具，将爱情贬低为有节制的消费和享乐。因此，他欣赏有勇气离婚的丈夫，称他们是忠于爱情的人。相反，总有那么一些"爱情的叛徒"，将自己囚禁在不真

①　Cf., Sören Kierkegaard, *Œuvres Complètes*, Tome 3, «Diapsalmata», Paris, Éditions de L'Orante, 1970, pp. 23, 25.

实的夫妻关系的牢狱中，双手绝望地抓着婚姻的铁窗，窥视外面那不属于自己的天空。克尔凯郭尔称赞马丁·路德结婚是为了宣告世俗的权利，却批评黑格尔的婚姻无聊透顶，因为后者在《法哲学原理》中说："进入婚姻状态是客观命运，也是道德义务。"除了可以没有爱情的婚姻，黑格尔好像没有在他的哲学体系中为爱情找到其他位置。

第三是宗教阶段。将道德的爱升华为宗教的爱非常人所能及。虽然爱应是婚姻的本质，但是爱的顶峰却不是婚姻，而是一种宗教感，因为绝对的爱向往无限，而真正无限的只有上帝。1842年克尔凯郭尔在给一位朋友的信中写道："我的精神生活与一个丈夫的角色是两个不可调和的实体。"他还在日记中写道："我（与蕾吉娜）解除婚约可以说是与上帝订婚"。这话听起来有点像亚伯拉罕将儿子以撒祭献给上帝时的心情。克尔凯郭尔曾在《恐惧与颤栗》中思考亚伯拉罕杀子祭神和阿伽门农杀女祭神的故事。克尔凯郭尔和亚伯拉罕的共同点是为了对上帝的爱甘愿牺牲人间的爱，或者说，对上帝的信仰使他们不惜违背常理和人间法。在这里，两种爱的相对性和绝对性、有条件性和无条件性在对立中显现。然而克尔凯郭尔并不认为他是"信仰的骑士"，他说"信仰的骑士"是一个真正幸福的人，他会循规蹈矩地结婚并履行自己的责任。克尔凯郭尔认为自己是一个不完美的基督徒，否则他不会得不到真正的幸福。亚伯拉罕最终没有因他的信仰而失去以撒，而是凭借他的信仰得到了以撒。事实上，克尔凯郭尔也曾希望上帝把蕾吉娜还给他，使他们能在对上帝的信仰中结合，然而蕾吉娜绝望地出嫁使他的幻想破灭。他遂在日记中写道："不幸的爱情是爱情的最高形式。"克尔凯郭尔这个阶段的思想有许多难解的悖论。不过他在《哲学片断》中提前告诫后人："然而不要把悖论往坏了想，因为悖论是思想的爱，没有悖论的思想家就像没有爱的情人，一个平庸的人。"①

爱情的悖论使克尔凯郭尔没能在现实生活中实现审美、伦理和宗教三阶段的统一，他将精神性和感性对立起来，舍弃了生命中唯一的爱，而且始终没有得到蕾吉娜的原谅。他曾在《哲学片断》中感慨道"不幸的不在于情人不能够互相得到，而在于他们不能够互相理解"。②克尔凯郭尔去世多年后，蕾吉娜在暮年终于说出了对这位初恋情人的理解："他把我作为牺牲献给了上帝。"

"我们知道，爱情需要重新创造。"③

—— 兰波

引自兰波《地狱一季》的这句话是巴迪欧《爱情颂》的题

---

① Sören Kierkegaard, *Les miettes philosophiques*, Paris, Éditions du Seuil, 1967, p. 79.
② Ibid., p. 62.
③ Rimbaud, *Une Saison en Enfer* in *Œuvres complètes II*, Paris, Flammarion, 1989, p. 120.

记。为了说明如何重新创造爱情，巴迪欧先分析了历史上三种相互矛盾的爱情观。一是商业和法律的爱情观，它把爱情视为一种平等互利的合同。过去门当户对的包办婚姻和今天"没有危险的爱情"都是这一爱情观的产物。巴尔扎克小说《高老头》和《纽沁根银行》中的拉斯蒂涅和纽沁根就是信奉这种爱情观的典型人物：在他们看来，婚姻不过是一桩买卖，一家对双方都有利可图的商业公司。成功的婚姻是没有爱情的婚姻，把感情当作择偶的标准注定导致婚姻的失败。银行大亨纽沁根娶高老头的女儿戴尔菲娜为妻，就是因为她既有丰厚的嫁妆，又有可以满足他的虚荣心和用来装饰客厅的美貌。拉斯蒂涅说得明白："精明的人爱得有算计，傻瓜才会没有算计地爱"。女人就是帮助他攀登社会等级的阶梯。

　　二是怀疑主义的爱情观，它将爱情看作一种迟早要破灭的幻象。正如欧洲的一个谚语所说："爱情是最大的幻象，婚姻是最大的幻灭。"按照这种看法，爱情是虚幻的，欲望才是真实的。所谓爱情实际上只是性欲的华丽装饰。因此，不需要绕弯兜圈子，不需要做什么爱情的美梦，也不要对爱情抱什么幻想，更不要真的爱上什么人，满足性欲就够了。卢克莱修①就曾劝导人们"埋头享受性爱，不要中专一的爱情的毒，更不要被嫉妒之鹰吞噬"。叔本

---

① 　Titus Lucretius Carus（前99—前55），古罗马诗人，哲学家。

华思想表达的也是这种怀疑主义和悲观主义的爱情观：爱情植根于性本能之中，爱情以繁殖后代为目的。

巴迪欧承认爱情的生成含有性欲的成分，无论是文学作品还是个体经验都告诉我们，爱情不是简单的表白，与性欲的满足有关。克服羞耻心，交出自己的身体是爱的物质证明，但这不是将爱情等同于性欲的理由。因为爱情与人的总体存在有关，性欲只是这总体中的一部分，尽管身体的投入常常成为这一总体的象征，但这一象征不意味着爱情是性欲的包装。克尔凯郭尔一生都深爱蕾吉娜，但他却主动放弃了与她的性关系。这当然是一个极端的例子，但它说明爱也有与性欲发生分离的情形。人心中爱的火焰并不是由性欲点燃的。奥特嘉从阐释学的角度对爱情和欲望做了区分："对某物的欲望，归根结底是对某物的占有倾向，占有以这样或那样的方式表明，其对象进入我们的轨道，并成为我们的一部分。因此，一旦占有，欲望也就自动平息；欲望得到满足即消失。然而爱情永不满足。"[1]我们或许可以简单一点说，欲望是一种情绪，爱情是一种情感。情绪有来有去，而情感不会因性欲的满足而消失，那是一种"不思量，自难忘"的知觉意识。

三是浪漫主义的爱情观，它更多地专注于情人的相遇，即爱情在男女双方的相遇和炽烈的关系中（而且通常是在与外部世界

---

[1]　José Ortega y Gasset, *Études sur l'amour,* Paris, Payot & Rivages, 2004, p. 32.

的对立中）燃烧和毁灭。在浪漫主义的爱情神话里，情人的结合或被迫分离通常以死亡为结局，爱情与死亡有着内在和深刻的联系。莎士比亚的戏剧《罗密欧与朱丽叶》和瓦格纳的歌剧《特里斯坦与伊索尔德》①是这种爱情观的代表作。这种浪漫主义爱情观盛行于19世纪，并为20世纪的超现实主义所继承，安德烈·布勒东②将爱的相遇看作一首美妙的诗，他的超现实主义小说《娜嘉》（*Nadja*）的故事就始于巴黎街头的一次邂逅，整部作品讲的是既神秘又扑朔迷离的艳遇。

　　巴迪欧认为浪漫主义的爱情观无疑具有强烈的艺术美感（这就是为什么人们经常为那些不能持久的爱情洒同情之泪），但是在生存意义上则不足取。因为尽管相遇的奇迹是可能的，但是爱情不能被简化为一次相遇，更不是一夜风流。爱情是一个长久的、艰难的建设，相遇相爱是一个偶然事件，这个偶然性需要持续下去才是真爱。恋爱初期的时光无论何等美妙和绚烂都只是开始，爱情之谜需要在时间中破解：一个表面上看似微不足道的偶然事件如何演变成两个人的命运。据此，巴迪欧提出第四种爱情观："爱情首先是一个持久的建设"③。借用当下的流行语，就是说

---

① *Cf*., Richard Wagner, *Tristan und Isolde*, 1857-1859.
② André Breton（1896—1966），法国诗人，作家，超现实主义运动创始人。
③ Alain Badiou avec Nicolas Truong, *Éloge de l'amour*, Paris, Flammarion, 2009, p. 35.

"可持续的爱情"。马拉美把写诗看作"逐字逐句战胜偶然",巴迪欧将爱情看作"逐日逐月战胜相遇的偶然"。这才应该是情人们常说的"我永远爱你"的意义。

有一个意大利谚语说:"爱情让时间过得快,时间让爱情过得更快。"巴迪欧的爱情观对这种时间观提出挑战。"在爱情的考验中,每个人的生存都要直面一种新的时间性。"[1]因为爱情的时间性对每个人没有相同的刻度,在生命时序中的延展可长可短,有时短中见长,有时长中见短,而且一切都是不可预料的。爱情的时间性与爱的权利无关,更多地取决于爱的能力——如何将一个人的世界转化为两个人的世界?爱的能力是一种天赋,在这一天赋面前,人无平等可言。爱在权利上的平等和在能力上的不平等是人类最大的困惑之一。

柏拉图认为爱的经验使人接近美的理念,前者具有特殊性,后者具有普遍性。巴迪欧的思路与柏拉图有类似之处,但表述不同。他认为爱的特殊性表现在与偶然性的邂逅,而普遍性是让人"学习从差异性,而不只是一致性出发去体验世界"[2]。爱情把我们带到差异性的海域,体验什么是两个人的世界。大多数爱情始于两个异体的一次偶遇,两种差异性的相遇本身构成了一个"事

---

[1]　Alain Badiou avec Nicolas Truong, *Éloge de l'amour*, Paris, Flammarion, 2009, p. 36.

[2]　Ibid., p. 22.

件"，这个事件可能没有任何结果，也可能产生意义。世界上的许多文学作品描述的都是两个异体相遇的结果，差异越大，分力越大，强度越大。尼采在《漂泊者及其影子》中也说："不是用爱来填补两人的差异，也不是用爱将一方拉向另一方。为两者之间的差异而喜悦，才是爱的真谛。"

巴迪欧说的"从差异性出发体验世界"与"差异的经验"或"相异性的经验"不同，后者属于伦理学的范畴。因此，在基督教的传统中，爱情被视为一种道德情感。在巴迪欧看来，爱情本身无道德性可言。在现实世界，爱情和道德常常是一对悖论，例如没有爱情的婚姻可以是合法的，但却不能说是道德的；没有婚姻的爱情看似并不有违道德，但在婚外情的情况下，既不受法律保护，也不为社会道德所容。伦理道德可以使人在和谐或冲突中得到"相异性的经验"，但不能保证构建一个真正属于两个人的世界。若用一个字来形容或定义这个世界，那就是"幸福"。爱情的幸福感是一个新世界的见证，所以作为爱情的结晶，孩子的出生常常成为这个"差异性世界"的象征。

"国家几乎总在使政治失望，家庭总在使爱情失望。"[1]

—— 巴迪欧

① Alain Badiou avec Nicolas Truong, *Éloge de l'amour*, Paris, Flammarion, 2009, p. 50.

　　巴迪欧认为爱情和政治有某种亲缘关系，这不仅因为两者之间存在某些共性，如爱情表白和政治声明、爱情上的忠实和政治上的忠诚、爱情的纠葛和政治的纷争、爱情的反复和政治的无常，还因为爱情和政治都追求真相，但却时常被假象迷惑。爱情至少在一点上使政治人物与平民百姓相差无异，无论国王、大臣，还是元首、总统，国父也不例外，都可能被爱情的利剑戳伤，都可能因爱情而苦恼，都可能有外遇……在爱情面前，大家都是凡人。

　　政治和爱情都不是单打独斗，政治的问题是集体的合力所能带来的变革和改观，爱情的问题是两者的结合所能创造的天地；在爱情的地平线上有家庭的约束，在政治的地平线上有宪法和国家权力的制约。巴迪欧说："家庭，说到底，可以被定义为爱情的国家……结果是国家几乎总在使政治失望。这里我是不是可以说家庭总在使爱情失望呢？"[①]政治总是与国家权力发生关系，但这并不意味着政治的目的就是权力；同样，爱情的结果常常是生儿育女，但不能因此说爱情的目的只是繁衍后代。

　　在巴迪欧看来，爱情和政治的不同是主要的，例如情敌和政敌就完全不同。涉足政坛和发表任何政治宣言都会立即为自己树敌，与政敌做斗争是政治行动的组成部分。然而，情敌与爱情没

---

① Alain Badiou avec Nicolas Truong, *Éloge de l'amour*, Paris, Flammarion, 2009, p. 50.

有本质联系，爱情的表白不需要先设定一个情敌，也不是所有的情人都必然遇到情敌，情敌之于爱情，并不像政敌之于政治那样不可避免。情敌在很多情况下是爱情内在矛盾的反映。爱情的困难不在于外部情敌的存在，而在于个性和差异性的内在冲突。爱情的真正敌人是自私自利之心，是将自己的意志强加给对方，是用个性代替差异性，在此情况下情敌自然会出现。

第一个将爱和政治联系起来的是基督教的权力机构——教会。基督教从爱的偶然性中洞察到一个普遍性的东西，这就是上帝的超验性。基督教告诉我们，爱人就是爱上帝，因为上帝是爱的源泉。如果人们相亲相爱，接受爱的考验，接受他者的考验，就是与爱的源泉接头，就是与至高无上的爱合一。巴迪欧认为基督教巧妙地利用和转化了爱的力量。爱情确实有普遍性的因素，但不是超验性，而是内在性：使差异性成为一种主动的、积极的、有创造力的经验。教会真正关心的不是爱情问题，而是将爱当作通往上帝的道路，上帝才是至高无上的、唯一的目的。"基督教用被动的、虔诚的、卑躬屈膝的爱代替我在这里赞颂的具有战斗精神的爱——创造一个现世的差异性世界，一点一滴争取来的幸福。一个卑躬屈膝的爱，对我而言，不是爱，尽管在爱情中，我们有时候会有一种把自己献给所爱的人的激情。"①

---

① Alain Badiou avec Nicolas Truong, *Éloge de l'amour*, Paris, Flammarion, 2009, p. 59.

第二个将爱和政治联系起来的是政党。政党从爱中提炼出来的超验性不是上帝，而是党性，具体表现为对党的最高领袖的忠诚和爱戴，许多诗人、作家，甚至哲学家都自愿参与了这一造神运动。1944年，法国诗人阿拉贡用移情修辞法写过一首诗，题为"从诗人到他的党"，每一段的开头和结尾用的是同一个句式："党还给我眼睛和记忆""党还给我史诗的感觉""党还给我法国的颜色"[1]。1950年，保罗·艾吕雅在"斯大林"中写道："斯大林出现在我们的明天／斯大林将今天的不幸驱散／信任是他爱的大脑的果实／理智的花束是那么完善。"[2]我们可以在这个诗人、作家的名单上加上一长串显赫的名字，例如写过"列宁"的马雅可夫斯基，写过"毛泽东"的艾青……但是，就像爱情应当从上帝的超验性向人的内在性回归一样，我们也必须将爱情和政治分开。20世纪60年代巴迪欧曾是法国社会党的活动分子，1968年五月风暴前后曾是毛派的领袖人物，他至今仍然坚持共产主义思想。[3]当

---

[1]　Louis Aragon, «Du poète à son Parti», *La Diane française*, Paris, Seghers, 1946, p. 79.

[2]　Paul Éluard, «Joseph Staline» in *Poème pour tous*, Clichy, Éditions Manifeste, 2023, p. 179.

[3]　巴迪欧认为共产主义的历史是非连续性的，今天我们正处在这一历史的间歇期。在这个间歇期，重要的不是直接的行动，而是重新思考共产主义假设的意义，寻找共产主义实现的条件和方式。他说："假设共产主义意味着人类的未来不会屈服于资本主义的全球统治和伴随资本主义的极大的不平等，以及不健康的社会分工，也不会屈从于所有这一切的国家浓缩物'民主'，后者在事实上构成了少数寡头政治的权力。"*Cf.*, Alain Badiou, *L'Hypothèse communiste*, Paris, Nouvelles Éditions Lignes, 2009.

他说"'共产主义'这个字所包含的内容与爱情没有直接关系，然而这个字却为爱情带来新的可能性条件"[①]的时候，我们的感受已经与他的想法对错无关，而是对这位73岁老人的理想主义满怀敬意。

第三个将爱和政治联系起来的是戏剧。首先爱情和政治是戏剧的两大主题，只谈爱情、不谈政治的通常是喜剧（例如博马舍的《费加罗的婚礼》）；将爱情和政治搅在一起的通常是悲剧（例如高乃伊的《熙德》和《贺拉斯》）。17世纪以来，许多欧洲剧作的情节都围绕贵族或资产阶级家庭的青年男女在机智勇敢的仆人或奴隶（无产者）的帮助下，与以教会和王权做靠山的家族势力抗争，自由恋爱战胜包办婚姻和权钱交易。但是巴迪欧说的"戏剧结合爱情和政治"有另一层含义：戏剧是一个集体艺术，巡回演出的剧团成员同吃同住是博爱精神的美学形式，集体事业（戏剧艺术）超越个人利益。在这个意义上，爱和戏剧都含有共产主义的成分，"爱情的又一个可能的定义：最低限度的共产主义"[②]。巴迪欧似乎将戏剧和爱情看作共产主义的一种实践。他说巡回演出结束，剧团成员分手的时候，依依惜别，互相交换手机号，但大家心里都明白这只不过是一种"仪式"，事实上鲜有什么

[①]　Alain Badiou avec Nicolas Truong, *Éloge de l'amour*, Paris, Flammarion, 2009, p. 63.

[②]　Ibid., pp. 76-77.

联系。这说明戏剧的共产主义是脆弱的。分离是悬在爱情头上的一把剑，成功的爱情是对分离的胜利。

　　文章总是要结尾的，但爱情的话题却不喜欢结论。在写这篇文章的前一天夜里，我梦到巴迪欧对我说"动笔前先要沐浴"。我理解巴迪欧的意思是不要把心尘带进讨论爱情的文章里。我不知道自己是否做到了，我只能说我努力了。巴迪欧在《爱情颂》中强调的一个观点是："在今天的世界，一个普遍的信念是每个人都追求自身的利益。然而，爱情是一个反例。"[①]正因如此，我们不能让爱情步入歧途，爱情的位置高于天下所有的王位。在一个物欲横流，各种形式的异化大行其道的时代，爱情是一个庇护所，爱情是抵抗运动的根据地，爱情是永不就范的反叛者。只要爱情还活着，希望就与人类同在，尽管希望与幸福一样参差不齐。

2010年5—6月于巴黎

---

① Alain Badiou avec Nicolas Truong, *Éloge de l'amour*, Paris, Flammarion, 2009, p. 22.

金钱与哲学[①]

　　法国–比利时作家施密特的剧作《金·乔》[②]，主人公是伦敦金融城叱咤风云的人物，在这个数十亿、数百亿、数千亿美元忽隐忽现，忽增忽减，来无影去无踪的世界，乔唯一的信条就是钱。他足智多谋，能掐会算，胆子大，手气好，是业界公认的投机理财高手，比他被金融界奉为皇帝的老爸还有过之而无不及。对他来说，地球不是圆的，而是像交易所电脑屏幕一样的长方形，键盘构成地球的经纬，人凭借鼠标以光速移动，大宗交易在瞬间完成。乔的座右铭是："如果钱是目的，诚实就意味着用一切手段得到它。"[③]所以，他不惜编造英国首相体检发现恶性肿瘤这类谣言，忽悠股市，从中渔利。乔的母亲是一个心狠手辣的人物，是她一手将乔培养成一个没有感情、没有痛苦，不会哭、也

---

① 首发于《今天》文学杂志，2010年冬季号·总第91期，香港，第246—258。
② Éric-Emmanuel Schmitt, *Golden Joe*, Paris, Albin Michel, 1997.
③ Ibid., p. 38.

不会笑的人。乔有个年轻美丽自私的未婚妻，但他视"爱情"为一种生理疾病，性行为对他来说和体操差不多。

　　所有这一切本来可以在乔坚定的自信中继续，如果不是一天凌晨交易所的电脑突然瘫痪，他死去的父亲的幽灵随之出现在所有大小屏幕上。父亲的声音从另一个世界传来，说他是被人谋杀的，让儿子找到凶手替他复仇（这与莎士比亚剧作《哈姆雷特》的情节如出一辙）。乔很快发现了正在他的家庭中酝酿的阴谋：他的母亲要再婚，准新郎正是他的叔叔。一天，司机亚瑟在乔的催迫下撞死一个小孩，恐惧和悔恨如影随形，乔在所有的镜子中都看到满身血迹的孩子，亚瑟被银行开除后自杀未遂。乔在这一系列事件的刺激下恢复了人情味儿，昔日商品社会和金融世界的坚固大厦在他的心中崩塌。乔开始寻找生活的理由和意义，他要脱胎换骨地改造自己、改造世界、颠覆资本主义的金钱法则。他在银行董事会上宣布一系列措施：在泰晤士河边开设一家分行，专门为穷人、失业者、流浪汉、乞丐开户，把拿富人的存款投机赚来的钱分给穷人；将自己银行的股份以低廉的价格卖给穷人，让他们成为股东，参与分红；培训业务人员专门接待穷人；给无家可归者盖免费住房。结果这些措施尚未全部实施，天下已经大乱，原来还能同甘共苦的流浪汉，现在却你争我夺，一个比一个贪婪，眼睛总盯着别人的口袋，甚至互相抢劫偷窃，银行成了收容所，马路成了战场。另一头，乔的母亲、叔叔和未来的岳父依旧贪得无厌。现在乔恨透了钱，恨透了金钱对人的统治。于是他在一次交易中将伦敦金融城的钱套现出来，叫一个不久前因工作效率低被他开除的员工烧掉，可是这个名叫盾的人拒绝执行他的命令：

"乔：难道不是钱在人之间筑起屏障吗？取消钱，既然没有人愿意分享，既然没有人想要公正，我要取消钱。如果你不愿意把钱烧掉，我们就把它扔到泰晤士河去！

盾：那么明天漂在泰晤士河上的将不是钱，而是成千上万的尸体，都是自杀的。

乔：你不明白我说的话吗？

盾：您想想看，明天，人们不愁钱了？他们赤身裸体，一无所有，干什么好呢？还有什么理由活着呢！多亏人发明了赚钱的行当，多亏他们为赚钱奔波，为赚钱累得气喘吁吁，执迷不悟，永远得不到满足，否则，他们干什么好呢？真正的苦恼是这个生命，乔先生，人们不知道用生命来干什么，钱把这个苦恼掩盖了。

乔：盾，你也太低估了人吧。

盾：没有，我爱他们，他们很脆弱。人的一生太沉重了，简直不是人过的日子。您就让他们用钱作消遣吧。"①

---

① Éric-Emmanuel Schmitt, *Golden Joe*, Paris, Albin Michel, 1997, pp. 117-118.

最后，乔的慈善之举、人道行为、社会改良、共产革命都失败了。以银行为代表的资本主义秩序在经受了种种挑战、种种批判、种种攻击之后，恢复了常态，就像船驶过后，水面平静如初。在所有理想的狂热消退后，人生的无聊和荒诞重新泛起，金钱再次被奉为金科玉律。施密特这部剧提出的一个重要问题是：人是否可以拿钱打发生命？金钱是否能帮助人了此一生？金钱与人类生存境况的关系远远超出经济范畴，文学和戏剧旨在呈现而不是解说人类的生存处境，因此，思考金钱与人的生存的关系还得从哲学入手。

"人，时而是商人，时而是商品，询问的不再是东西的价值，而是它们的价格。"①

——塞涅卡

哲学家与经济学家的共同语言不能说很多，但他们对钱的功能却有比较一致的看法。经济学家至今认同亚里士多德在公元前三百多年提出的看法：一是钱有保值功能，存钱以备不时之需，

---

① *Œuvres complètes de Sénèque Le Philosophe Ⅱ*, Paris, Librairie Hachette et Cⁱᵉ 1914, Lettre CXV. p. 413.

有钱就有安全感；二是钱有交换功能，代替以物易物成为衡量物品的通用尺度和商业贸易的媒介；三是钱有核算财产和服务的功能，作为各行各业公认的等价物，起着社会联系的作用。[①]20世纪30年代，英国经济学家凯恩斯说人们爱钱有三个原因：谨慎的考虑，交易的需要，投机的愿望，这与亚里士多德的说法大同小异。

然而在对待钱的态度上，哲学家的立场显然更接近宗教学家。从苏格拉底到马克思，从耶稣到奥古斯丁无不谴责钱的罪恶。苏格拉底与诡辩派哲学家的分歧之一就是如何看待金钱与智慧的关系。苏格拉底和柏拉图认为智慧是无价的，不能买卖，所以他们给学生授课不收费；诡辩派哲学家认为智慧可以买卖，真理也是一种财产，他们授课是收费的。亚里士多德授课据说也收费，但他认为这是需要，而不是买卖，因为"在知识与金钱之间没有共同的尺度"。知识不能量化，也不能变卖。后来的历史逐渐朝知识商品化和物化的方向发展，讲课收费成为天经地义的事情，没有人再提出异议，今天更是如此。

在《政治学》中，亚里士多德区分了两种不同性质的经济行为。他将第一种称作家政事务的管理（oikonomia），将第二种称作致富术（chrèmata）。第一种是自然赋予的，目的是为家庭和城

---

① Cf., Aristote, *Éthique à Nicomaque*, Paris, GF Flammarion, 2004, pp. 248-251.

邦共同体提供"为生活所必需的和有用的物品，这些物品都能够被贮存起来。它们是财富的真正要素"①。亚里士多德认为这种经济行为是正当和体面的。第二种是敛财的技术，即"无止境地扩大他们钱币的数目""而且，他们生活的全部旨趣就在于无限地聚敛财富，或者无论如何不使财富减少。……就像他们的欲望无止境一样，他们企求满足的手段也无止境"②。亚里士多德认为这种经济行为超出了人的自然需求，是不正当和不体面的。因此，他反对一切形式的有息贷款，特别是高利贷："人们憎恶高利贷是极有道理的，因为利润来自金钱本身，它违背了发明金钱的目的。金钱是用来交换的，而不是用来增加利息。利息是以钱生钱。因此，在所有赚钱的方式中，高利贷是最违反自然的做法。"③古希腊文τόκος（利息）是分娩的意思，让钱生钱，等于视钱为有生育能力的生物，所以这是违反自然的。与亚里士多德一样，教会也反对有息贷款。有息贷款一概被视为高利贷，因为钱本身并不会生产，必须靠时间生利，而时间是上帝的馈赠，将时间据为己有违背上帝的意志。教会提倡的是布施和捐赠，这被视为通往天堂必须缴纳的路费。有一个富家子弟问耶稣怎样才能进入天国，耶

---

① 《亚里士多德全集》第九卷，苗力田主编，北京：中国人民大学出版社，1994，第18页。
② 同上，第21页。
③ 这一段根据法文版翻译。*Cf.*, Aristote, *La Politique*, Éditions J. Tricot, Vrin, 1995, p. 65-66.

稣回答说放弃财产跟他走。在基督教中，耶稣受难为人类赎罪被视为最高形式的布施。

与亚里士多德和基督教的看法相反，现代人的格言是"时间就是金钱""金钱从来不睡觉""金钱是最大的生产力"。观念是何时转变的？金钱是如何被正名的？敛财行为又是怎样被平反的呢？在哲学上，从斯宾诺莎到狄德罗再到亚当·斯密都将财富与社会的发展、文学艺术的繁荣和个人的幸福联系起来，他们从亚里士多德关于金钱的第三个功能出发，强调金钱在社会联系方面的作用。因为政治激情制造了太多的凶险和暴力，一再将各国君主和人民卷入无休止的冲突和战争，所以他们主张用现代的商业精神代替中世纪的骑士精神，用对经济利益的追求代替对荣誉、声望和权力的追求。金钱逐渐获得与理性等量齐观的地位。马克斯·韦伯曾在《新教伦理与资本主义精神》一书中论证过16世纪的宗教改革在为金钱正名方面所起的作用，他将资本主义的理性经济行为定义为"依赖于利用交换机会来谋取利润的行为，亦即是依赖于（在形式上）和平的获利机会的行为"[①]。资本主义要求人的经济行为有连续性和可预见性，假以时日必然给社会带来稳定和繁荣。

---

① 马克斯·韦伯，《新教伦理与资本主义精神》，于晓、陈维刚等译，北京：生活·读书·新知三联书店，1987，第8页。

在政治经济学上，为金钱正名伴随着新的国家理论的兴起。如何治理一个国家？应该把人看作现实中的样子，还是道德情操希望塑造的样子？具体地说，国家应如何对待人的七情六欲？人对钱财的迷恋和致富的欲望应当受到抑制，还是可以善加利用，转化为创造公共财富的动力？我们可以将自由主义经济学理论在这个问题上的看法概括为三点：一是爱钱是人的各种欲望中害处最小的，而且可以制衡其他更危险的欲望；二是贪欲可以通过市场竞争而造福社会，让利益攸关的人自由博弈可以导向一个更公正、更有效的政治体制；三是财富的积累和中产阶级的强大可以抵御专制君主的滥权行为。孟德斯鸠在《论法的精神》中就论证过银行汇票的出现如何削弱了国家的权力。在18世纪的自由主义经济学家中，好像只有《国富论》的作者亚当·斯密不赞成将经济和政治联系起来的说法。他认为在经济领域人类物质条件的改善并不必然带来政治领域的变化。

"金钱是唯一没有争议的强权。"[1]

——小仲马

---

[1] Alexandre Dumas Fils, *La question d'argent* in *Théâtre Complet* II, Paris, Calmann Lévy Éditeur, 1890, p. 252.

　　19世纪的经济和社会现实暴露出自由主义经济理论的局限性，特别是这个理论对个人私利与公共利益趋同的预测：资本家在追求个人利益的同时可以有效地促进社会利益。现代资本主义的发展在提高人类物质生活水平的同时也导致了人际关系的商品化和物化：几乎所有的社会关系都离不开钱。钱甚至成为人的全部需要的代名词。封建社会中农奴对领主的人身依附和绝对服从固然消失了，然而许多传统的美德——从殷勤款待到慷慨赠予，从无偿教育到免费行医——也越来越罕见。事实上，工业革命和现代资本主义的诞生给西方带来了现代化和富裕，同时也使这一历史过程付出了高昂的社会代价：工人阶级的贫困化，农民的流离失所，工厂非人道的工作条件。这个时期的作家，如巴尔扎克、果戈理、狄更斯、杰克·伦敦等，都揭露过资产阶级如何将良心、情感和尊严"淹没在利己主义打算的冰水之中"。马克思和恩格斯在《共产党宣言》中对资产阶级的鞭挞言犹在耳："它使人和人之间除了赤裸裸的利害关系，除了冷酷无情的'现金交易'，就再也没有任何别的联系了。"①傅立叶曾用一句话概括说：资本主义"是每个人对全体和全体对每个人的战争"。

　　正因为看到"钱是万恶之源"，乌托邦主义者纷纷将金钱和私

---

① 　《马克思恩格斯选集》第一卷，北京：人民出版社，1972，第253页。

有财产从他们的理想国中摒除。托马斯·莫尔在《乌托邦》中假托拉斐尔·希斯拉德的话说："我觉得，任何地方私有制存在，所有的人凭现金价值衡量所有的事物，那么，一个国家就难以有正义和繁荣。"①康帕内拉幻想的"太阳城的人民不做现金交易，他们用自己的产品按相应的价值来交换他们所缺乏的产品；如果他们也用钱的话，那只是为了购买外国商品。儿童们看到外国商人以大量商品换取很少的货币时，就加以嘲笑……"②如果说莫尔和康帕内拉是通过《乌托邦》和《太阳城》对资本主义现实痛下针砭，实际上并不奢望乌托邦国家真能实现，那么19世纪的一批空想社会主义者，如普鲁东、傅立叶、欧文和卡拜等人，则身体力行，试图将他们的社会主义理想付诸实施。普鲁东曾试图创建一家无息贷款的国家银行。按照他的构想，一个商品的交换价值应由生产这个商品的劳动量来计算，因此这家银行发放的无息贷款可以用等值的劳动券偿还。这样，产品和劳动都可以成为通用货币，生产者和消费者通过一项自愿签订的法案结成互助互惠的关系。傅立叶构想了以工农结合、男女平等、按需分配、免费教育为特征的社会组织"法伦斯泰尔"（Phalanstère）；欧文根据合作社运动的理念在美国印第安纳州创建了一种没有货币的"共产

---

① 托马斯·莫尔，《乌托邦》，北京：商务印书馆，1997，第43页。
② 康帕内拉，《太阳城》，北京：商务印书馆，1997，第33页。

村"；法国空想社会主义者艾田·卡拜在他的乌托邦作品《伊卡里之行》①中提出各尽其力、各取所需的共产主义制度，并在美国得克萨斯州建立的伊卡里公社中摒弃金钱，取缔商业。当然，在人类历史上，大规模废除货币的社会实验还是1918年8月至1921年2月列宁领导的苏维埃政权实行的易货经济体系和柬埔寨红色高棉执政期间建立的无货币经济体系。然而以上所有实验，除了初期给人们带来的新鲜感和轻松感之外，无一例外都失败了。资本主义的实践固然令人失望，空想社会主义的实践简直令人绝望。为世人所铭记的是莫尔、康帕内拉、傅立叶、欧文、卡拜的天下情怀——幻想每个一无所有的人也能过上幸福生活的美好愿望。或许他们才是真正慷慨的人，"根据圣托马斯的证明，慷慨不在于赠送你据为己有的东西，而在于使一切变为公有"②。或许正因为他们是真正慷慨的人，他们每个人的结局都十分悲惨，莫尔因拒绝宣誓承认英王亨利八世是教会的首领被处死刑；康帕内拉因密谋反抗西班牙统治被判处无期徒刑，最终亡命法国；傅立叶积劳成疾，在逝世的前一天晚上还与门徒磋商建立"法伦斯泰尔"的方案；卡拜在美国新奥尔良建立的伊卡里公社分崩离析后郁郁寡欢，客死他乡。

---

① Étienne Cabet（1788—1856），*Voyage en Icarie*, 1842.
② 康帕内拉，《太阳城》，北京：商务印书馆，1997，第80页。

　　在《1844年经济学哲学手稿》中，马克思指出货币作为颠倒黑白的力量，是人类普遍异化的工具，"因为它具有购买一切东西的特性，因为它具有占有一切对象的特性"[1]，"它使一切人的和自然的特性变成它们的对立物，使事物普遍混淆和颠倒"[2]。马克思还引用了莎士比亚《雅典的泰门》中的"你有形的神明／你会使冰炭化为胶漆，仇敌互相亲吻／为了不同的目的／你会说任何的方言！"[3]作为现存的和起作用的价值概念，货币能使坚贞和背叛、爱和恨、德行和恶行、奴隶和主人、愚蠢和明智发生混淆和替换。我是丑的，但我能买到最美的女人；我没有头脑，但我可以买到颇有头脑的人，而且能够支配他们；我是邪恶的，但货币可以使我受到尊敬。[4]这个有形的神明可以扭曲人性，使温情脉脉的家庭关系变成纯粹的金钱关系。在莫里哀的《悭吝人》中，阿巴贡的高利贷险些通过经纪人放给急着用钱结婚的儿子。巴尔扎克笔下的商人葛朗台在他兄弟破产自杀后，让侄子签约放弃遗产的继承权。

　　马克思关于推翻资产阶级统治的共产主义革命的预言落空了，但是他对金钱异化作用的见解却被证明是正确的。2006年美

---

① 　马克思，《1844年经济学哲学手稿》，北京：人民出版社，2000，第140页。
② 　同上，第144页。
③ 　同上，第142页。
④ 　同上，参见第145、143页。

国《科学》杂志发表过一个实验报告，科学家将参加实验的人隔离在两个不同的房间，让甲组的人想到钱，看到钱，排列与钱有关的句子；乙组的人没有被提示想到钱，也看不到钱，排列的句子与钱无关。结果发现甲组和乙组的人在许多情形下的行为方式不同。例如，分别让两组人完成一件困难的任务，告诉他们如果不能独立完成可以寻求别人的帮助，甲组的人要等很长时间才请人帮助。当有人请求自己帮助的时候，甲组的人花的时间要比乙组的人花的时间少一半。当实验人员要求他们将椅子挪到同伴的旁边进行交谈的时候，甲组的人保留的距离要比乙组的人保留的距离大得多。当他们被要求选择一项娱乐活动的时候，甲组的人通常选择个人活动，而乙组的人通常选择集体活动。最后，组织者给每个人都发了一笔参加实验的报酬，并建议他们自愿捐出一部分，甲组的捐款几乎比乙组的捐款少一半。这个实验说明，仅仅想到钱、看到钱就可以使人的行为方式发生差异：既不愿意求人，也不情愿花更多时间帮助别人，尽量与他人保持距离，为人也相对吝啬。实验者的结论是：人类社会开始用钱作为交换媒介后，人就产生了某种自立的倾向，人们逐渐失去了对家庭和朋友的信任和依赖，凡事靠自己解决。由此可见，金钱鼓励个人主义行为，有碍集体主义行为。

　　"在其十足的形式中，金钱是绝对的手段。"[1]

——西美尔

　　格奥尔格·西美尔[2]于1900年发表的《金钱的哲学》[3]是这方面最重要的理论著作。西美尔不仅从货币经济学的角度，而且把金钱当作人类社会的一种文化现象来研究。他将钱视为没有性格的中性物，正因为钱的特性是没有特性，所以它是一个没有预设的道德立场，而有无限潜在用途的工具。西美尔感兴趣的问题是：人怎样使用这种工具？金钱在社会演变中如何使人越来越自由，同时也越来越孤独？金钱如何夷平了大千世界的差异性和独特性而成为"现代社会的语法形式"？按照人与金钱的关系，西美尔分析了四种主要类型：吝啬型、挥霍型、玩世不恭型、安贫乐道型。我们尝试按照西美尔的思路勾勒这四种类型的肖像。

　　吝啬型的乐趣不是花钱，而是占有钱，占有就是目的，因为没有其他任何东西带给他的满足超过金钱。"吝啬是权力意志的一

---

[1]　Georg Simmel, *Philosophie de l'argent*, Paris, Éditions Flammarion, 2009, p. 65.

[2]　Georg Simmel（1858—1918），德国哲学家，社会学家，跨学科学者。

[3]　德文原名为*Philosophie des Geldes*，又译为《货币哲学》。在德文中Geldes是金钱和货币的意思。西美尔研究的主要角度与其说是货币经济学，不如说是金钱社会学或文化哲学，Geld一词同他于1896年发表的《现代文化中的金钱》（*Geld in der modernen Cultur*）取义相同，因此这本书的书名也可译为《金钱的哲学》，英文译名是*The philosophy of money*；法文译名是*Philosophie de l'argent.*

种形式"[①]，因为钱代表了权力，拥有钱就是拥有绝对的权力。这一权力不见得要通过花钱得到，而只要有花钱的可能性就够了。吝啬者拒绝与他人分享他的财富，将占有钱当作一种无与伦比的享受，就像巴尔扎克笔下的人物葛朗台喜欢在夜深人静的时候把自己关在密室中"爱抚、把玩、欣赏他的金币"。冷酷无情，六亲不认是吝啬鬼的共性：莎士比亚《威尼斯商人》中的夏洛克借钱给安东尼奥，提出的条件是到期不还要依约割肉。《悭吝人》阿巴贡不顾儿女的感情，让儿子娶有钱的寡妇，让女儿嫁有钱的老爷。葛朗台发现女儿欧也妮将六千法郎的积蓄送给堂弟作盘缠，竟把女儿锁在屋子里，就冷水吃面包，凭谁说情，"他顽强、严酷、冰冷、像一块石头"。贪婪和刻薄是吝啬鬼的共同特征，把一切都看作是浪费，常以节约为名掩盖他们极端自私、爱财如命的病态心理。狄更斯《小气财神》中的史古基在天寒地冻的圣诞夜舍不得在火炉中多加几块炭，雇员鲍伯身裹厚被工作仍然瑟瑟发抖。葛朗台在寒冬腊月也不生火取暖。当然，真正的节约并非吝啬，节约是爱惜人力物力，珍惜的是物，而不是它的货币价值。相反，吝啬型在意的不是物，而是它的货币价值。

　　挥霍型的乐趣不在于花钱买什么，而在于花钱本身。与吝啬型相反，有钱并不能使他满足，只有挥霍无度、一掷千金才能

[①]　Georg Simmel, *Philosophie de l'argent*, Paris, Éditions Flammarion, 2009, p. 154.

让他（她）体验钱的权力。因此，什么贵买什么，什么没用买什么，再贵重的东西，只要买来就弃之一旁，眼睛又暨摸下一个目标。珠宝店和名牌店自然是挥霍型经常光顾的地方。因为人在衣食方面的自然需要虽然迫切，但毕竟有量限，然而对奢侈品的嗜好却可以是无限量的，因为奢侈品是无限的欲望滋生出来的东西。挥霍型与吝啬型都贪财，不同的是吝啬型贪财是出于占有的欲望，而挥霍型贪财是为了满足花钱的欲望。吝啬型是钱的奴隶，挥霍型是花钱的奴隶。前者是守财奴，阻断货币的流通；后者是购物狂，无视货币的价值。可能西美尔的时代还没有人将花钱当作感情缺失的心理补偿，在当代社会，我们看到失恋、失宠、失业、失势、失望、失意都可以成为购物冲动的理由。购物可以使人像打了吗啡一样刺激。对男人来说，赌博比购物更刺激，因此，赌徒也应该归到挥霍型之中。

玩世不恭型认为没有使钱办不到的事，正所谓"有钱可使鬼，而况人乎"[1]。金钱的无所不在、无所不能使玩世不恭者确信，世间没有无价之宝，一切都可以买卖。金钱使价值从根本上失去了意义，使有价和无价的问题变成价格多少的问题，使质的问题变成量的问题。埃米尔·库斯图里察[2]执导的影片《黑猫白

---

[1]　鲁褒，《钱神论》，《全晋文》，卷一百一十三。
[2]　Emir Kusturica（1954—　），塞尔维亚电影导演，音乐家。

猫》中有一句话很好地概括了玩世不恭者的信念："如果你用钱得不到你想要的，你用许多钱一定能得到。"如果你说生活中有许多东西比钱更重要，玩世不恭者会说这些东西要许多钱才能得到。如果你说有许多东西是钱买不到的，他会反问你试过不用钱得到它们了吗？如果你说钱能买到性，但是买不到爱，他会说这有什么区别吗？如果你敢搬出哈姆雷特说"存在还是不存在，这是个问题"，那他一定敢回答说"有钱还是没钱，这才是问题"。玩世不恭者和虚无厌世者只有一步之遥。一个失去价值观的人，必然对一切都感到厌倦和乏味。人们对事物的兴趣来自得到它们的过程。不需要过程就可以得到的东西，其价值势必大打折扣。社会的货币化和物化是产生玩世不恭者的温床，所以在西美尔看来，股票交易所是玩世不恭者最多的地方。在那里，一切都围绕着钱，一切都归结为钱，一切都可以索价定价，抬高无价值的东西，贬低有价值的东西，使它们在金钱的秤上等量齐观。所有超越经济范畴的价值，如荣誉、忠诚、信念、才能、智慧、美德、幸福，甚至灵魂，都可以根据市场价格买卖，跟水果、蔬菜没什么两样。仅仅是什么都可以买卖这一点就已经使一切都变得平庸无奇。

安贫乐道型首先使人想到出家人、僧侣。西美尔说早期的基督徒和佛教徒大都是这种类型的人。加入僧团的佛教徒和方济会的修士都放弃了财产，一生过着清贫的生活，化缘和托钵是他们共同的生活方式。他们将贫穷看作一种道德理想、一种内在需要，将钱视为邪恶的诱惑，将灵魂的拯救视为终极目的。因此，安贫乐道型经常与苦行和禁欲联系在一起，因为身体的享乐会使人背离生命的正途，妨碍修行。在《文化的概念与悲剧》一文中，西美尔说人们可以将描绘安贫乐道、漠视一切的方济会修士的那句拉丁文Nihil habentes, omnia possidentes（他们什么都没有，但他们拥有一切）颠倒过来形容那些富人，即Omnia habentes, nihil possidentes（他们什么都有，但他们什么都没拥有）。①这话让人想起耶稣曾对门徒说"富人很难进入天国"。西美尔还说原始基督教共产主义与现代共产主义的最大不同就是前者漠视尘世的财产，而后者对此看得很重。显然，现代共产主义与安贫乐道已经没有什么关系，倒是现代生态主义者和环保人士有一种安贫乐道的倾向，他们担心人类一味追求经济增长将导致地球的毁灭，主张将物质需要降低到最低限度，返璞归真，过一种朴素、自然的生活。

其实，西美尔说的这几种类型在人群中都是少数，大多数人都不能简单划入某一类型，而是程度不同地综合了各种类型的特征。生活中每个人都有小气的时候，也有慷慨的时候；有俭朴的时候，也有浪费的时候；有追求享乐的一面，也有自甘淡泊的

① *Cf.*, Georg Simmel, *Philosophie de l'argent,* Paris, Éditions Flammarion, 2009, Note 1, pp. 178-179.

一面。表现因人而异，因时而异，因条件而异。有人天性并不吝啬，但没有慷慨的资本，更没有挥霍的条件；有人清苦一生并非出于自愿，而是迫不得已，心里可能向往花天酒地的生活。僧侣也不都鄙弃金钱，罗马教廷就富可敌国。吝啬者通常贪得无厌，但是贪得无厌者不见得都吝啬。总之，现象要比理论复杂得多、矛盾得多。在大部分情况下，大多数人是在无衣食之忧的情况下，将钱用于情感、美感、社交、慈善、旅行、通信等方面的目的，钱花与不花、花多花少并无一定之规，但就其性质而言，金钱最美的面孔经常是在人的礼尚往来和爱心中显露的。金钱本身无味无色，是福是祸全在于人。取之有道，用之有度谓之福；贪得无厌，积而不散谓之祸。"欲而不知止，失其所以欲；有而不知足，失其所以有。"[1]归根结底，钱的性质是与人的心念和生命的动机联系在一起的，所以我们这个时代的道德问题无不与金钱有关。金钱是一种无可争议的权力，但不是每个人都有运用这个权力的能力。能得到也有能力运用当然好，有能力运用而没有得到可能比得到了而没有能力运用要好。

2010年12月于巴黎

---

① 司马迁，《史记·范睢蔡泽列传》，北京：中华书局，1959，第2424页。

饮酒断想①

一

葡萄酒是上好的饮料，也是上好的谈资。然而酒是一个与观念绝缘、与感官接壤的世界，所以谈酒的前提是承认饮酒的感觉难以用语言表达，概念化的语言即使插上形象的翅膀也难以飞进感官的领地。何况每一种酒都有其独特性，独特性是一种无法被概念化的真实，真实是沉默不语的。

即使是懂酒的人，也不见得有谈酒的语汇。掌握专业技术语汇难，突破酒的不可言说性更难。用词语测量酒的海洋犹如乘稻草扎的船去航行。喜欢饮酒不意味着能够得其真谛，就像得到一个女人的身体不意味着得到她的心。

---

① 首发于《今天》文学杂志，2011年秋季号·总第94期，香港，第233—239页。

二

饮酒不是一种需要，而是一种欲望。需要是普遍的，欲望因人而异。需要是简单的、不难满足的；欲望却苛求、挑剔，其过程掺杂着渴求、失望或瞬息的满足。欲望有太多幻想的成分，而幻想与幻灭难解难分。

喝酒不是因为渴，而是因为想。酒要人喝，不是因为能解渴，而是觅知音。波德莱尔曾借一位不知名的老演员之口说："除了酒被饮的快乐，没有什么比得上饮者的快乐。"[①]当你与一瓶好酒对视的时候，你的快乐已经洋溢在酒瓶上面。你甚至能听到它的歌声："我们亲密的结合将创造诗歌。我们俩合在一起就是一个神，我们将飞向无限，像鸟、蝴蝶、圣母的孩子，像芳香和长翅膀的一切。"[②]

三

爱喝酒的人藏不住酒，酒喝得比买得快。你想酒不奇怪，

---

① Baudelaire, «Paradis artificiels» in *Œuvres complètes* *I*, Paris, Gallimard, 1975, p. 387.

② Ibid. p. 381.

奇怪的是你能感到酒也想你。那不是单相思，而是恋人彼此的思念。不同的是酒虽然想你，但却比姑娘更羞怯，你不碰它，它不会自动跑到你的杯里去。

卢梭说："梦乡是这个世界上唯一值得居住的地方。"①对于一个好酒者，酒乡才是世界上唯一值得居住的地方。其实梦乡和酒乡是相通的，那是欲望和满足停止对立的地方。

四

葡萄酒能唤起我们的想象力。我们在想象中赋予葡萄酒许多真真假假的品质，因为想象带有美化的倾向。想象和期待是一对孪生兄弟，它们的归宿是失望的时候多，满足的时候少，因为满足的空间是有限的，而失望的空间与想象的空间同样辽阔。

许多品酒师说他们能排除想象，把葡萄酒当作一种可以客观品评的物质。我常常怀疑这种说法，不是不相信他们超乎常人的味觉功能，而是不确定理性在多大程度上能够驾驭感性。相反，我相信酒能够解除理性的禁锢。

---

① Jean-Jacques Rousseau, *Julie ou la Nouvelle Héloïse* (1761), 6e Partie, Lettre Ⅷ. 原文Le pays des chimères直译为"幻想的地方"，转译为"梦乡"。

五

葡萄酒是感官的盛宴，酒与人的五种官能都有联系：触觉（摸酒瓶，举酒杯），听觉（开酒瓶，斟酒声），视觉（看酒色，观酒体），嗅觉（闻酒香），味觉（品酒味）。世界上鲜有能同时调动人的五种官能的东西，酒和茶是唯一的例外。

喝葡萄酒的程序是一看，二闻，三品。视觉、嗅觉和味觉对于品酒同样重要。很多人饮酒端起杯子就喝，甚至一饮而尽，忽略了视觉和嗅觉的乐趣。葡萄酒首先是好看，酒色的深浅、清浊、厚薄、浓淡能映照出酒的品质和特色。闻酒是与酒的第一次接触。大部分酒的味道，闻起来与喝起来并不相同，很多时候，闻起来的味道比喝起来的味道还好，那是一种既微妙又复杂的幽香，须耐心分辨。葡萄酒不只是为喝而酿造的，闻酒的乐趣不亚于饮酒的乐趣。

六

饮酒是赴约：与土地和阳光的约会。土地蕴藏的矿物质通过葡萄汁酿造的酒而注入我们的肌体；阳光中的紫外线通过葡萄酒而射入我们的体内。

白葡萄酒适合静谧的场合，因为白酒的微妙和柔和受不了任何嘈杂。与粗声大气的人喝白葡萄酒就像在机器轰鸣的工厂拉小提琴。红葡萄酒适合热烈的场面，任何喧嚣都无法淹没红酒的嘹亮，其饱满的酒体好像雷诺阿画的女人，反衬出人生的残缺。

法国的葡萄酒无论红白，几乎各有各的性格、各有各的味道，同一个产区的酒味道并不雷同。现代的酿酒手段虽然可以缩短大年和小年的差别，使不同年份的酒趋于同质，然而饮者远离失望的同时也远离了惊喜。

七

一瓶酒是一本书，凝缩了土地和酒农劳作的历史。没有什么比酒的历史能更好地诠释潜移默化的作用。土壤的特性与酒农的个性结合孕育了酒的性格。

酒农是热爱土地的人，他们有根的情结。传统像血一样流在他们的身上。与其说他们拥有葡萄园，不如说葡萄园拥有他们；与其说他们是土地的主人，不如说土地是他们的主人。

雨果把人造酒与上帝造水相提并论，他说"上帝只造了水，但是人造了酒"[1]。水是液体的散文，酒是液体的诗。人的生命离

---

[1]　Victor Hugo, «La fête chez Thérèse» in *Les Contemplations*, Paris, Gallimard, 1972, 2010 et 2019, p. 72.

不开水，人的生活离不开酒。男人酿酒好比女人生育。对人类来说，酿酒与生育同样重要，因为人酿酒，酒亦酿人。

好酒不分红白，好人不分男女。

八

一瓶酒出产的酒庄好似一个人出身的家庭，酒的年份好似一个人的八字，蕴含了命运的信息。

相同的父母不同年龄生的孩子不一样，同一酒庄不同年头产的酒也不一样。虽然产区、年份、酒庄、葡萄品种、酿造技术可以告诉我们一些关于酒的信息，但是就像我们即使知道一个人哪一年出生在什么地方而对他的性情一无所知，我们也无法仅凭年头和产区来判断一瓶酒的性格和品质。酒是瓶装的谜，在谜底揭晓以前，它是一个悬念、一条线索、一个未知数。

一瓶酒是一个承诺。承诺可能兑现，可能不兑现，可能完全兑现，可能不完全兑现。兑不兑现不仅取决于酒，也取决于人。同一瓶酒不同的人能喝出同样的味道，也能喝出不同的味道。酒对有的人秘而不宣，对有的人宣而不秘。

九

有的酒喝过就忘记了，就像很多人见过就不记得了；有的酒喝过让你长久地回味，就像有的人见过，让你终生难忘。西塞罗说："人就像酒，随着时间，好人变得更好，坏人变得尖酸。"

宁可错待一个好人，不可错待一瓶好酒。错待了一个好人，还有道歉的机会；错待了一瓶好酒，会遗憾终生。几瓶好酒一起喝的时候，排序可谓如履薄冰。除了红白之分，还要考虑不同的年份、不同的酒庄、不同的产区、不同的酒性。顺序排得好相得益彰；顺序排得不好两败俱伤。

外国人喜欢从新酒、淡酒喝起，陈酒、烈酒压轴；中国人喜欢从老酒、浓酒喝起，喝到后来新老不分，优劣无异。中国菜不太讲究与酒的搭配只是次要原因，主要还是因为中国人的喝法与西方人不同。西方人喜欢细品，中国人喜欢豪饮；品者和饮者的区别是前者适可而止，后者一醉方休。但无论什么喝法，饮酒的次数都需要间歇，有间歇为乐，无间歇为淫。

十

一瓶好酒最佳的开瓶时间常让人捉摸不定。开早了可惜，开晚了亦可惜。不过遇到酒友，这个问题就解决了，早开晚开都不可惜。好的酒伴可以使劣酒变成好酒；坏的酒伴可以使好酒变成劣酒。同样的酒跟不同的人喝，味道亦不同。酒将一些人的距离拉近，将另一些人的距离拉远；开始和结束的时候，人与人的关系变化不居：有时，酒可以让你与一个陌生人肝胆相照，对一个熟人沉默无语。

酒伴最好会喝，也会醉，浅尝辄止，喝不到一起；干喝不醉，乐不到一处。好的酒伴，喝到什么地步，达到什么境界大致相当，每个人都有进无退。

十一

与熟人喝酒，知己知彼；与陌生人喝酒，知己而不知彼。无论知与不知，喝到一定份儿上，心中都会萌生惺惺相惜的感情。饮酒让人懂得怜惜。美国喜剧演员菲尔德斯（William Claude Fields）说他喝酒是为了使别人变得有意思。

有人酒量大，酒胆小；有人酒胆大，酒量小。酒胆大于酒量，这种饮者最可爱，虽亏在量上，却胜在胆上，使人看到"尺有所短，寸有所长"。饮酒使人谦虚，见识山高水长。故好酒者大都喜欢与人共饮，几个人聚在一起觥筹交错，越喝越来劲。遇到久别重逢的酒友，你已经先有了几分醉意。陶渊明有诗曰："未言心相醉，不在接杯酒。"因为酒量打了折扣，所以与酒友喝比与一般人喝更容易醉。正所谓"水为地险，酒为人险"。

十二

喝到临界点，你眼前出现悬崖，你知道再向前一步，就会坠落崖下。你意识到危险的时候，危险已经在发生，惯力足以推你迈出这无可挽回的最后一步。或许你要找的正是苏轼"饮酒乐甚"的感觉，"飘飘乎如遗世独立，羽化而登仙"。酒是助人进入仙境的一把天梯。

喝醉了固然难受，有时没喝醉也同样难受。最难受的是醉后想起酒来，刚刚还让人生爱，现在却令人生畏生厌。酒是人类为自己打造的一把双刃剑。不知什么人说过："酒是我们的敌人，但逃避岂不懦弱！"

十三

据说古希腊人一边饮酒，一边讨论哲学问题。巴斯德说："一瓶酒中的哲学胜过所有的书。"但酒中的哲学并不比书中的哲学简单。

按柏拉图《会饮篇》中阿尔基比亚德的说法，苏格拉底的酒量比谁都大，而且从来没有人见他喝醉过。苏格拉底被公认为古希腊最聪明、最有智慧的人。豪饮而不失态，证明真正有智慧的人始终能保持理智。巴斯卡尔说"酒喝得太多或太少都会阻碍真理"，苏格拉底是一个反例。

希腊神话中的酒神狄奥尼索斯代表了出格、放纵、癫狂、暴力的倾向。一个人深层的本性好像只有在酒的催化下才能显现。波德莱尔说："酒像人一样：我们永远不知道我们能在何种程度上敬重它和鄙视它，爱它和恨它，也不知道它能产生多少崇高或丑恶的行为。因此，我们对它不要比对我们自己更严厉，我们应将它视为同类。"[1]对酒对人可以渴求，但不可以苛求。

十四

钱穆引《中庸》说："'人莫不饮食，鲜能知味。'这是说，饮食之味已难知，人生之味更难知。哪一个人没有他的人生，哪一个人没有喝过茶、喝过咖啡，要讲到知味，那是艺术的，真不易。"[2]钱穆没有举饮酒的例子，但是《中庸》的"饮食"二字

---

[1]　Baudelaire, «Paradis artificiels» in *Œuvres complètes Ⅰ*, Paris, Gallimard, 1975, p. 380.
[2]　钱穆，《从中国历史来看中国民族性及中国文化》，香港：中文大学出版社，2009年重排本，第126页。

应包含饮酒的意思。饮酒能知味已属不易，但酒的本质远超出味道。酒使人想到美，当你如醉如痴的时候，心中泛起的是一种朦胧的美感。美的心境使你不再有分别心，你会发觉周围的一切变得可亲可爱，你想原谅自己和别人的一切过错。

尼采在《悲剧的诞生》中这样描述"酒神状态"："此刻，奴隶也是自由人。此刻，贫困、专断或'无耻的时尚'在人与人之间树立的僵硬敌对的藩篱土崩瓦解了。此刻，在世界大同的福音中，每个人感到自己同邻人团结、和解、款洽，甚至融为一体了。"[①]有些平时被你看得很重的东西，这时会忽然失去分量，一切事物都回归了原位，或者说变得无足轻重。美成为唯一的存在，或者说是你唯一能感知的存在。这时你开始真正进入酒的世界。

萧伯纳说："酒是一种麻醉药，可以使我们忍受生活的手术。"生活一半是回忆，一半是继续，酒是衔接二者的纽带。

2011年8月于巴黎

---

① 尼采，《悲剧的诞生：尼采美学文选》，周国平译，北京：生活·读书·新知三联书店，1986，第6页。

文学篇

论瓦雷里精神的双重性①
——思想家与诗人的冲突和协调

在19世纪和20世纪交替的年代，西方文明的发展出现了一个断层：信仰时代和理性时代的衰落；怀疑时代和分析时代的兴起。人类的精神承受着传统观念与现代思潮的激烈冲突，艰难地寻求新的平衡。19世纪末统治法国思想界的实证主义、唯科学主义、决定论以及进化论受到柏格森强调直觉和自由意志的生命哲学的挑战；在文学艺术领域，象征派夕阳的余晖交织着超现实主义的曙光；野兽派、立体派开始的现代主义探索使艺术表现在形式和内容上产生了重大突破。

保尔·瓦雷里②是活跃在这个时期法国文坛的一位重要人物。他的诗歌在传统诗律的框架剧烈摇晃的年代起着支撑这个框

---

① 首发于《诗人哲学家》，周国平主编，上海：上海人民出版社，1987，第276—316页。现在的标题由作者新加，原标题改为副标题。
② Paul Valéry（1871—1945），法国诗人，作家，法兰西学院院士，法兰西公学教授。

架的作用，他因而被看作一个"过于怀旧"的诗人，一个"17世纪古典作家的效仿者"[1]，然而瓦雷里的形式主义文学观却对当代的文学批评理论有着不可忽视的影响。热拉尔·热奈特[2]将这种文学观概括为："文学的演练归结为在一个先存体系的内部进行大量的组合活动，这个体系不是别的，正是语言。""一种新的创造通常不过是……在形式表上偶然碰到的一个空格"，"形式的接续并非一个（累积的、渐次的）系列，而只是一连串冒险的变化，一种与时尚的轮换相仿佛的回转……这种循环与时间周期性的安排无关，而取决于表述的有限的可能性"。[3]在对作品形式和结构的思考方面，瓦雷里似乎比当时的文学家和批评家先走了一步。

谈起瓦雷里，有一种通俗的观点认为他是一位无法描绘的作家："既不是哲学家，也不是艺术家；既不是语言学家、诗人、物理学家、符号学家，也不是心理学家、政治家、社会学家、人类学家，但同时又什么都是……"[4]这种看法虽含混，但不无道理。1892年以来，瓦雷里一直被一种跨学科的危机所折磨。这种类似18世纪百科全书派的观念致使他拥抱越来越广博的学识。然而尽

---

[1] *Magazine littéraire*, N° 188, Paul Valéry. Octobre 1982, p. 15.

[2] Gérard Genette（1930—2018），法国文学批评家、理论家。

[3] *Paul Valéry Contemporain, Actes et Colloques N°12*, Paris, Éditions Klincksieck, 1974, pp. 1, 7, 8.

[4] *Magazine littéraire*, N° 188, Paul Valéry. Octobre 1982, p. 51.

管他的思想具有复杂的多向性，我们还是能够在其中发现一些恒定的主题，追踪这些主题的发展可以在不同时期的瓦雷里之间建立起延续性的联系，描绘出思想家与诗人的精神轨迹。这些主题，概括起来说，一是理性与非理性的关系，主要包括感性与智性、诗境与梦境两个方面，涉及西方传统的问题；二是以随意性和无秩序为特征的精神活动与追求必然性和建立某种秩序的艺术创造的关系，涉及现代主义的问题。对于第一种关系，瓦雷里先是经历了感觉与智力、梦态与清醒状态的矛盾，而后力图找到融合甚至超越这两对矛盾的可能性。对于第二种关系，他探讨了精神的本质和艺术的目的，坚持同以超现实主义为代表的现代思潮相对抗的古典美学。

一、感性与智性

瓦雷里在《诗与抽象思维》一文中指出："人们经常把诗的观念同思维，特别是抽象思维的观念对立起来。说到'诗与抽象思维'就好比说'善'与'恶'、'冷'与'热'、'罪恶'与'美德'。大多数人都不假思索地认为，智力的分析和劳动，意志的力量和追求精确的精神，无法同以质地纯朴、表达丰富、优美和幻想为特征的诗歌相协调……如果人们在一位诗人身上发现深度，那么这个深度似乎与一位哲人或一位学者的深度有本质的不同"。[1]这里，我们有必要简单地回顾一下一贯倾向于将感觉与智力、诗与理性思维相对立的西方传统。柏拉图曾把"诗兴"确定为一种令人焦躁不安的"癫狂"；亚里士多德说诗人的创作激情来自天赋的"疯狂成分"；歌德虽承认诗人的想象力须受理性控制才有力量，但又把作诗喻为"做梦"，说他自己在作诗以前没有关于此诗的印象和感受，它像"做梦似的写下来的"。在这方面，杨巴蒂斯塔·维柯[2]在《新科学》第二卷《诗性智慧》里阐明的观点很有代表性："诗人可以看作人类的感官，哲学家可以看作人类的理智。""按照诗的本质，一个人不可能同时既是崇高的诗人，又是崇高的哲学家。因为哲学把心灵从感官那里拖开来，而诗的功能却把全副心灵沉浸在感官里。哲学飞腾到普遍性（共相），而诗却必须深深地沉没到个别具体事物（殊相）里去"。[3]黑格尔的观点显得比较灵活，他指出诗与哲学在反对"把事物看成分散孤立的或只有偶然的和相对的联系，而重视事物的本质和内在联系以及由此形成的统一体"方面有类似之处，但还是强调它们的区别是主要的：哲学所用的是凭理性的玄学思维方式，而诗歌所用的是形象显现真理的思维方式。[4]

---

[1] Paul Valéry, *Œuvres*, I, Paris, Gallimard, 1957, pp. 1314-1315.
[2] Giambattista Vico（1668—1744），意大利哲学家，美学家。
[3] 朱光潜，《维柯的〈新科学〉简介》，见《国外文学》，1981年第4期，北京大学出版社。
[4] 参见黑格尔，《美学》第3卷下册，北京：商务印书馆，1981，第24—25页。

在这一点上，瓦雷里的思想是反西方传统的。他的精神历程似可归结为寻找将感觉与智力、理性与非理性、诗情与哲理这些看似矛盾的力量融合起来的可能性。他好像要把达·芬奇走过的路继续向前开拓，找到并保持"那种使认识活动和艺术活动同样可能的姿态"。让我们来听听他吐露的隐情：

"（自1892年起）我就无法忍受人们将诗境同完整、持续的智力活动对立起来。"[①]

"于是，我明白了无疑蕴藏在我本性中的那个冲突，介于一种对诗的爱好和满足我的精神的全部欲望的奇特需要之间。我试图保护二者。"[②]

感性与智性的对立给瓦雷里的精神活动提供了某种原动力，调和这种矛盾的愿望产生于冲突给他带来的苦恼，因为感觉是一种接受官能，其特征是无意识性和被动性。它的发展实际上是重复或延长感官所提供的大量信息，而对于这些可能构成了我们感情生活之基础的信息，我们往往既不知道其来源，也不知道其真实的含义。然而这种被动和无知的状态正是智力所不能容忍的。

[①]　Paul Valéry, *Œuvres, I*, Paris, Gallimard, 1957, p. 1482.
[②]　Ibid., p. 643.

智力代表了一种征服能力，它用自己创造的观念解释世界，用主观的形态改造，甚至扭曲外界事物。智力活动的发展总有其明确的目的性——有意识地寻求一个方法、一个定义或一种法则，并且总是倾向于用一些概念化的词语和符号代替一切丰富的感觉经验。例如当我们看一幅画或听一首乐曲的时候，智力活动总是力图排除我们的感觉对这种视觉美或听觉美的注意力，驱使我们透过优美的旋律或迷人的色彩寻找某种思想意义。而精密的分析和严格的推理却可能使感觉的源流枯竭。

纵观瓦雷里的一生，我们有理由认为感性与智性反映了他精神上的两个趋势：最初是独立发展，继而在1892年的危机中决裂，而后又通过诗歌创作在《幻美集》里奇迹般地融合，最终追求一种浮士德式的超人境界。瓦雷里的研究者亚伯拉罕·利弗尼根据感性和智性的交叉关系将瓦雷里的精神生活比作一出四幕剧，其戏剧冲突再现了瓦雷里精神的变化过程。[①]

第一幕：1892年前的青年时代，其特征是感觉和智力各自独立发展，冲突仅以潜伏的形式存在。这个时期，象征感性的俄耳甫斯（Orphée）和象征智性的那喀索斯（Narcisse）交织成两个矛盾的主题。俄耳甫斯是诗歌魔力的化身，他赋予普通世界以和谐

---

① *Cf.*, Abraham Livni, *La Recherche du Dieu chez Paul Valéry*, Paris, Éditions Klincksieck, 1978, p. 100.

的色彩，使自然界的万物产生共鸣，与人的感觉相呼应：

他召唤，俄耳甫斯，在色萨利的树林中，
在香桃木下，古代的夜晚降临。
神圣的树林缓缓地溢满光明，
神手持里拉琴于银色的指间。

神歌唱，按照万能的节奏，
奇异的石头向着太阳竖立
人们看到朝向炽热的天穹耸起
一座圣殿金子般和谐的高墙。

他歌唱，俄耳甫斯，坐在灿烂的天边！
他的作品披着薄暮的盔甲
神奇的里拉琴迷住斑岩，

因为这个音乐家建造的庙宇
将古老节奏的精准
与里拉琴赞颂的无际灵魂相连！ ①

---

① Paul Valéry, *Œuvres, I*, Paris, Gallimard, 1957, p. 1540-1541.

1901年，瓦雷里回顾道："当我赋予我的想象物和我的意志以一种神奇的力量时……我就想起了往日我歌唱并向往的俄耳甫斯。"[①]相反，瓦雷里的那喀索斯则体现了一种本体主义的追求，后者不同于希腊神话中那自我爱恋、自我崇拜的少年，临流自鉴，迷失于表面的美貌，而是被一个更隐秘、更真实、更难以接近的自我所困扰，这个超越人的认识而存在的本质像水中的倒影一样虚无缥缈，若隐若现：

> 唉！影像虚幻，永恒的泪涛！
> 穿过幽蓝的树林和兄弟般的手臂，
> 有一缕暧昧时刻的柔光，
> 将我变成残日的一个赤裸的情郎，
> 悲伤的水流引我来这苍白的地方……
> 美妙的精灵，令人渴望而冰冷！[②]

人的意识是一种普遍的、包罗万象的认识，它倾向于将万物都作为自己捕捉的对象，然而意识与自我不可思议的混合不能不

[①] Abraham Livni, *La Recherche du Dieu chez Paul Valéry,* Paris, Éditions Klincksieck, 1978, p. 70.

[②] Paul Valéry, *Œuvres, I*, Paris, Gallimard, 1957, p. 82.

使人感到困惑。那喀索斯的智性折磨了瓦雷里一生。

　　第二幕：以1892年的精神危机为标志，其特征是感性与智性的剧烈冲突和决裂。二十出头的瓦雷里先是经历了一场感情危机。在蒙彼利埃城（Montpellier）偶遇的罗维拉（Rovira）夫人激起了瓦雷里疯狂的爱情，然而他们素不相识，也不曾交谈。这种莫名其妙、失去常理的感情使瓦雷里深感痛苦，他第一次惊惶地发现人身上这种不可驾驭的力量，它横冲直撞，理智的大堤顷刻决堤。于是感情危机又导致了一场精神危机。他本来素无成为诗人的愿望，强烈的感觉对智力的窒息，加之马拉美和兰波那登峰造极的诗歌已完美得令人绝望，瓦雷里就在十月的热那亚，一个雷电交加的夜晚，让暴风雨冲走了他的文学生涯。弃绝爱情，息影诗坛，钻研数学，探讨精神机能和思维方法……感性与智性的冲突和对立虽无法彻底消除，然而终以一方受到压制而暂得平息。从此瓦雷里开始了他长达二十余年的沉默与沉思的生活。《达·芬奇方法引论》和《与台斯特先生夜叙》便是这段苦修的果实。台斯特先生是一个智力的怪物，他对大千世界各种令人心醉神迷的感觉无动于衷。"我终于相信台斯特先生成功地发现了为我们所不知的精神法则。"①作为自己的思想和记忆的主宰，台斯特先生享有一种彻底的精神自由。但他毕竟是一个反常的

---

① 　Paul Valéry, *Œuvres, II*, Paris, Gallimard, 1977, p. 17.

人物，是瓦雷里在自我意识极端兴奋的时候，想象万能精神而产生的一种怪诞的幻觉。我们可以在那喀索斯的主题中找到台斯特的胚胎。然而瓦雷里1912年动笔的长诗《年轻的命运女神》使他受压抑的感性生活与消沉了二十余年的诗兴一起苏醒，重新要求生存的权利。这位再生的诗人同1892年的危机中逝去的诗人相比发生了质的变化：瓦雷里告别了台斯特先生这个智力的偶像。他猛然意识到自我一面在感觉，一面在思考，同时接受或抗拒感官的召唤和智力的告诫。于是智力的权杖失去了往日那至高无上的威严，"我们处在感觉连续的状态……自我实际上不过是感觉的产物"①。

第三幕：1920年后是瓦雷里真正成熟的阶段，感性与智性的协调成为这个阶段的主要特征。1921年发表的对话录《厄帕利诺斯或建筑家》可以看作同《与台斯特先生夜叙》相对应的作品：思想家苏格拉底懊悔自己只是一个空幻的智者，在身后仅给人留下一个能说会道的印象。他为自己没成为一个建筑艺术家而遗憾，他本来是具备这份天资的："难道还有比一个智者的影子更空幻的东西吗？""我本来可以建造，歌唱……唉，沉思消耗了我的时光！我断送了一个什么样的艺术家啊！……我鄙视了什么，可

---

① Jean Hytier, *La Poétique de Valéry,* Paris, Armand Colin, 1953, p. 24.

又创造了什么呢！……"①透过苏格拉底辛酸的自白，我们仿佛听到了瓦雷里对一个沉默了二十余载的诗人所做的追悔。自1892年的精神危机判处文学死刑至1917年《年轻的命运女神》问世，整整25个年头过去了。这本来可以是一个诗人最多产的年代。瓦雷里意识到自己犯了排除人的感性的错误，错在违反自然。他终于找回了迷失于沉思的灵魂，重新跃入感、知、变、动的大海：

> 不，不！……起来！投入不断的未来！
>
> 我的身体啊，砸碎沉思的形态！
>
> 我的胸怀啊，畅饮风催的新生！
>
> 从大海发出的一股新鲜气息
>
> 还了我灵魂……啊，咸味的魄力！
>
> 奔赴海浪去，跳回来一身是劲！②

从此，瓦雷里的精神活动有了一个新的命题：协调人的两种功能：感觉和智力，"将分析和陶醉连接起来""有时我接近了这种可贵的能力……有一次，我差点抓住了它，但不过如同人们在

---

① Paul Valéry, *Œuvres, II*, Paris, Gallimard, 1977, pp. 139, 140.
② 瓦雷里，《海滨墓园》，卞之琳译，见《外国现代派作品选》第1册，上海：上海文艺出版社，1980，第36页。

睡梦中占有一个爱物"。①如果说《年轻的命运女神》是"感觉的诗篇",那么收入《幻美集》(1922)的21首诗作已构成了一部感官与智慧的交响曲。30年来的冲突终于达到了一种微妙的平衡:一个智力生活的分析家同一个对外部世界十分敏感的诗人在这部诗集中握手言和。在《诗》中,瓦雷里把诗人喻为一个吃奶的孩子,他的母亲就是智慧,智慧的乳汁——诗的语言将幽暗、隐潜的感觉经验带到意识的光照下,但对于智慧的追求须有耐心和节制,过分的冲动和极端的严谨都会使她的源泉中断。我们来看瓦雷里是如何使这些抽象的观念形于感觉的笔端:

抓住出其不意,

一张嘴吸吮

诗歌的乳房

将寒毛与之分离:

——噢我的母亲智慧,

流出一种温和,

是什么样的疏忽

使她的乳汁干涸!

① Paul Valéry, *Œuvres, II*, Paris, Gallimard, 1977, p. 96.

一扑到你的怀中，
被白皙的锁链紧束，
你蕴含宝藏的心
用海浪将我摇动；

在你阴沉的天空，
刚倒在你的美中，
我感到，饮着暗影，
身体涌入一片光明！

上帝迷失于他的本质，
其乐也融融
服从于神志
最高的平静，

我触到纯净的夜，
我不再知道死，
因为一条无休止的河
好像在我身上流过……

说吧，是什么虚妄的恐惧，

是什么怨恨的阴暗，
使这美妙的灵感
在我的嘴唇折断?

噢谨严，你向我暗示
我不讨我的灵魂喜欢!
天鹅飞逝的沉寂
在我们中间消失!

不朽的，你的眼皮
拒绝给我宝物,
肉体变成石头
在我的身体下温柔!

你用多么不公正的回报
断了我天国的奶?
你将是什么没有我的嘴唇?
我将是什么没有爱?

但是中断的源泉
对他不生硬地答道:
——你把我咬得那么狠

我的心停止了跳动！^①

　　读过这首诗，我们感官的脉搏好像随着智慧的节奏跳动，有
声有色的思想诗化了人的灵与肉，这不正是我们求之于诗的奇迹
吗？瓦雷里曾对《海滨墓园》中的一节诗做过说明，我们由此可
以看出保持"我"的感性与智性的平衡已成为他的一种精神需求：
"出现埃利亚的芝诺的著名论证的那几行诗……作用就在于用一
种形而上的色调来补偿前几节诗的感官性和'过于人情味'；也
更清楚地确定了那个讲话的人，——一个抽象的爱好者……"^②
如果我们不知道《幻美集》产生前瓦雷里所经历的冲突，就不
可能真正理解这本诗集的深刻含义，并从中发现与早期诗作的
区别。

---

① 　Paul Valéry, *Œuvres, I*, Paris, Gallimard, 1957, pp. 119-120.
② 　Ibid., p. 1506.
　　瓦雷里指的那几行诗是：
　　　　奇诺！残忍的奇诺！伊里亚奇诺！
　　　　你用一支箭穿透了我的心窝，
　　　　尽管它抖动了，飞了，而又并不飞！
　　　　弦响使我生，箭到就使我丧命！
　　　　太阳啊！……灵魂承受了多重的龟影，
　　　　阿基利不动，尽管用足了飞毛腿！
　　　　《海滨墓园》，卞之琳译，见《外国现代派作品选》第1册，上海：上海文
　　　　艺出版社，1980，第35页。"伊里亚奇诺"即瓦雷里引言中的"埃利亚的
　　　　芝诺"。

第四幕：瓦雷里生命的最后五年（1940—1945）。感性与智性的结合使自我产生了一种超越常人境界的愿望。这个时期，为满足感官享乐和智力好奇而将自己的灵魂出卖给魔鬼的传奇式人物浮士德引起了瓦雷里的注意。他把写于1940年的两个剧本《吕斯特，水晶小姐》（喜剧）和《遁世者或宇宙的厄运》（梦幻剧）收为一集，题名为《我的浮士德》（草稿）。剧中的人物浮士德和他的女秘书吕斯特是瓦雷里精神的双面镜：一面是纯粹的思想，冷酷的智慧，清醒的意识；一面是清新的感觉，蓬勃的生机，开朗的性格。"吕斯特和浮士德都是我，除了我什么也不是。"[1]幕启，浮士德和吕斯特在高声大笑，突然浮士德制止吕斯特发笑，他认为笑是"一种粗俗的惊厥"，"是对思想的拒绝"，[2]笑作为一种情感的宣泄构成了对智力的障碍。而吕斯特偏偏无力打消笑的欲望，愈发笑个不止。生命的本能根本无视思想的约束，反倒有意嘲弄理智的压抑。但作者的意图并不在于将感觉与智力、存在与思维、肉体与精神的矛盾并列起来，而是要建立一种联系。这样就产生了一个问题：如何实现人的统一性？一个人怎样在他的各种面目中找到自己的正身？

---

[1] Abraham Livni, *La Recherche du Dieu chez Paul Valéry*, Paris, Éditions Klincksieck, 1978, p. 397.

[2] Paul Valéry, *Œuvres, II*, Paris, Gallimard, 1977, p. 279.

而我，自恋的那喀索斯，我只对

我自己的本质好奇；

万象于我都只有一颗神秘的心，

万象于我都只是缺席。[①]

那喀索斯。精神不会在个人身上认出自己，我也不是镜子中的我。因为可能性不会只有一个客体作为形象。一个人要囊括这么多潜在的……生命实在太不够了！[②]

如果感觉和智力赋予人的双重性源于一种更隐秘、更深广的双重性，即自我的个性和共性、人性和神性的话，那么人的同一性也只有在某种超人状态才能实现。正是这种超越常人的愿望将浮士德和吕斯特结合在一起。浮士德在《遁世者》的结尾宣布：

我能战胜天使，也能背叛魔鬼，

去爱，去恨我都懂得太多，

我超出了一个创造物。[③]

---

① 　Paul Valéry, *Œuvres*, *I*, Paris, Gallimard, 1977, p. 128.

② 　Paul Valéry, *Cahiers*, Tome 18, Paris, Éditions du CNRS, 1972, p. 45.

③ 　Paul Valéry, *Œuvres*, *II*, Paris, Gallimard, 1977, p. 402.

　　剧终，两个仙女对浮士德说："你就知道否定。NON是你的第一个字，也是最后一个字。"①

　　幕落了。这帷幕是戏剧舞台的幕，也是瓦雷里精神舞台的幕。他的一生是一个不断自我否定的成熟过程。俄耳甫斯和那喀索斯的平行发展；达·芬奇的精神万能和台斯特的智力崇拜；《年轻的命运女神》和《厄帕利诺斯》的感觉复苏；《幻美集》的和谐，浮士德的超脱，所有这一切构成了瓦雷里的特殊人格。我们不能把他搁置在某一个阶段上，如果一定要给他找到一个名字，就只能取矛盾关系的创造者和连接者，瓦雷里自己解释了这个名字的含义："因为一切新的变化都只能使我们靠近原点。"②"生命的旅程把我带到了我的两极。人总是以喜爱他曾厌恶的东西，以做到他曾以为世人最难能的事情而告终。然而我是谁？生命可是圆形的？"③

　　实际上，瓦雷里的一生并不是圆形的。关于这一点，亚伯拉罕·利弗尼的分析令人折服，他说："'因为一切新的变化都只能使我们靠近原点'这句话也只有在把这原点看作一条垂直轴线，而不是一个点的条件下才是正确的。我们的内在演进是围绕这条

---

① Paul Valéry, *Œuvres*, *II*, Paris, Gallimard, 1977, p. 403.

② Paul Valéry, *Œuvres*, *I*, Paris, Gallimard, 1957, p. 1488.

③ Paul Valéry, *Cahiers*, Tome 8, Paris, Éditions du CNRS, 1972, p. 397.

轴线呈螺旋形上升。从轴线的底端出发，不再返回起点，而是在更高处达到与起点垂直的顶端，在不同的高度上打开一个更广阔的视野。因为这条轴线是孕育在原种子中的各种潜能充分发展的中心线。一切都包含在种子里，但隐藏在一种复杂的状态下，为我们的目光所不察。……这个螺旋形的演进当然有一种经过人的内在结构之基点的环绕投影，这四个基点是：感觉、智力、想象和认识。瓦雷里穿经了这些对跖点，但他的使命是从上面超越并将其连接起来。因为这才是他一生的伟大之处：力图跳出重复的圈子。"[①]

作为思想家，瓦雷里明白他的武器是智力；作为诗人，他承认自己离不开感觉。意识到二者的矛盾，但又无法解决，这大体上就是瓦雷里前半生的状况。后半生，特别是晚年，瓦雷里在理论和实践上提出了一套解决办法。理论上，他反对把感觉和智力区分为两个对立的概念，认为二者是有内在联系的一体，感觉是智力的原动力，把它同智力对立起来是错误的。"感觉向思想提供初生的火花，思想向感觉借用为运用它的转化功能所必需的不稳定特征。"[②] "通常认为感觉几乎只包括感官现象，我给它增加了

---

① Abraham Livni, *La Recherche du Dieu chez Paul Valéry*, Paris, Éditions Klincksieck, 1978, p. 101.
② Paul Valéry, *Œuvres*, *I*, Paris, Gallimard, 1957, p. 1028.

智力现象……"①这实际上等于说感觉不仅有接受和传递能力，而且有创造能力，既可以是下意识的被动态，也可以是有意识的主动态。在实践方面，瓦雷里指出艺术的特性是有意识地用智力挖掘感觉领域，支配感觉的不同功能，实现自我控制。在《诗与抽象思维》一文中，瓦雷里把一切属于感觉范围的东西视为"现存"，把一切属于思想范围的东西视为"非现存"（或许正是在这个意义上，瓦雷里将笛卡尔"我思故我在"的哲学公式改为："有时我思，有时我在"②），而诗的钟摆连续不断地摆动在"现存"与"非现存"之间。这样一来，诗歌与艺术创作就成了智力世界和感觉世界之间的通道，从而确立了思想家和诗人的同一性："优秀艺术家的作用是以意识活动为途径释出感觉之声色和事物之情感能量……" "即使产生最可贵的思想也不能满足创作的奇特需要：正是思想的要求将他带回了感觉世界……"③。"然而，归根结底，是谁在一首诗中讲话？马拉美希望是语言本身。对我来说，则是'活生生的和能思维的人'（这是个对照）——推动自我意识捕获他的感觉——在声带上发展感觉的复杂特性：共鸣，对称，等等。总之，'语言'来自'声音'，而不是'声音'来自'语

① Jean Hytier, *La Poétique de Valéry,* Paris, Armand Colin, 1953, p. 24.
② Paul Valéry, *Œuvres, I*, Paris, Gallimard, 1957, p. 916.
③ Jean Hytier, *La Poétique de Valéry*, Paris, Armand Colin, 1953, p. 29.

言'。"①瓦雷里说的诗中的这个"声音",就是感觉着、思维着的人,但他知道感性与智性在艺术创作中的统一并不是件容易的事。1937年,他总结道:

　　"总之,我对'伟大的艺术'形成了一种难以实践的定义!这种理想苛求创作行为成为感知存在于我们身上的全部矛盾力量的一种圆满的活动,在最微不足道的作品中也一样:一方面,是那些可称作'超验性的'或'非理性的'力量……另一方面,是我们的'逻辑'品德,我们维持惯例及各种关系的意识……最后,是我们协调和通过推理来预测我们意图建立的体系的各种特性的愿望——即全部'理性'。"②

二、诗境与梦境

　　在西方,人们很早就发现神话、寓言、童话,特别是诗歌同人的梦有着深刻的联系。诗人的想象似乎同人在梦中的想象源于一个世界。诗人逐渐为自己塑造了幻想者、梦游者的形象,命运

---

① Paul Valéry, *Cahiers, I*, Paris, Gallimard, 1973, p. 293
② Paul Valéry, Œuvres, *I*, Paris, Gallimard, 1957, p. 1484.

要他撕下现实中醒着的人那呆板的面具，让神秘的夜之音尽情诉说：真实的我是不是那个做梦的人？

谈起梦与文学的关系，不能不提到19世纪欧洲浪漫主义运动。正是那些浪漫派诗人开始了对自文艺复兴到启蒙时代逐渐高涨的理性主义浪潮的全面反动。重情感、重想象是浪漫主义的两大特征。梦因解放和激发了人的想象力而被广泛应用到文学之中。德国的浪漫派把诗和梦视为在我们被流放的这个堕落的世界之外寻找复乐园的两条路径，这两条路径有时平行，有时交叉或重合，在它们的背后，人现世的存在不过是生命无限循环上的一个点。19世纪法国的诗人几乎都在奇异的梦境中冒过险：《斯玛拉或黑夜里的魔鬼》中的诺迪埃[①]；《奥蕾莉娅》和《幻想集》中的奈瓦尔[②]；神话诗《撒旦的末日》和《上帝》中的雨果；《人工乐园》中的波德莱尔；《地狱一季》中的兰波，他们都相信"梦是第二生命"[③]，"一个富有诗意的人生分为两个价值大体相等的感觉系列，一个来自清醒生活的幻想，另一个则是由睡梦中的幻象构成"[④]。梦游被当作探索未知世界和认识真理的手段，对此，雨果和波德莱尔的诗有着相似的

---

① Charles Nodier（1780—1844），法国浪漫派诗人，作家，法兰西学院院士。
② Gérard de Nerval（1808—1855），法国浪漫派诗人，作家。
③ Gérard de Nerval, *Œuvres*, *I*, Paris, Gallimard, 1952, p. 363.
④ Charles Nodier, «Préface de Smarra» in *Littérature et Sociétés, XIXe siècle*, 1. Paris, Bordas, 1977, p. 34.

回音：

我的精神潜入这未知的波浪，

在深渊的最深处赤裸裸独自游荡……[1]

潜入深渊、地狱或天堂，这有何关系？

在未知的深处寻找*新奇*。[2]

　　这股梦幻文学的潮流带着一种神秘诱人的气息冲开了20世纪的大门。超现实主义运动在"自动写作法"（又译"无意识写作法"）的旗帜下，把叙梦作为一种特有的诗歌类型和创作方法，有意识地梦诗好像已成为超现实主义诗人的普遍才能。传统的理性主义在现实与梦幻、艺术与自然、反应与冲动、有用与无用、自我与非我、可见与不可见之间用了几个世纪才筑起的堤坝，一时间几乎全被非理性的浪涛淹没。"我相信，这两种表面上看来如此矛盾的状态——梦境与现实将会变成一种绝对的现实，或叫作超现实。"[3]这是布勒东[4]在1924年发表的超现实主义宣言中表达的

---

① Albert Béguin, *L'Âme Romantique et le Rêve*, Paris, Librairie José Corti, 1982, p. 369.

② Baudelaire, *Œuvres complètes*, I, Paris, Gallimard, 1975, p. 134.

③ André Breton, *Manifestes du surréalisme*, Paris, Gallimard, 1971, p. 23.

④ André Breton（1896—1966），法国诗人，作家，超现实主义运动创始人。

信念。

瓦雷里一向认为"诗人要做的是创造一个与实际事物无关的世界或一种秩序，一个关联的体系"①，"诗的世界与梦境，至少与某些梦所产生的境界很相像"②。"但它们的意义、关系以及变化和替换的方式却完全不同，并可能将我们一般性感觉的直接波动作为一些象征和寓意呈现出来，这种一般性感觉并不受我们特殊感觉的控制"③。诗与梦中的事物，其实质和进程都不能脱离形象而存在，内容和形式不可分割，或者说形式才是其最特殊的内容，概述一首诗或一个梦是对它们本质的歪曲和破坏。因此，诗与梦同乐曲一样，都是不能概括的，它们要么按本来的面貌存在，要么不存在。

瓦雷里在《谈诗》和《诗与抽象思维》中虽然多次谈论诗境与梦境的相似性，但他同时强调与梦境相似的诗境"毫无规律，变幻不居，不由自主，易擒易纵，我们失去它，就像得到它一样偶然。这种状态不足以造就一位诗人，即使梦中看到一件珍宝，醒来发现它在床下闪闪发光也无济于事"④。"一个真正的诗人的真实处境同梦境再歧异不过了。我在那里只看见有意的探索、

---

① Paul Valéry, *Œuvres*, *I*, Paris, Gallimard, 1957, p. 1460.
② Ibid., p. 1459.
③ Ibid., p. 1321.
④ Ibid.

思想的柔软、灵魂对于美妙的束缚之首肯，以及牺牲的永久的胜利。一个想写出其梦境的人，自己要格外清醒。如果你想相当准确地仿造你刚才浅睡时看到的诡谲和不确实的现象；想在你的深渊追踪那沉思着坠落的灵魂，犹如一片枯叶穿过记忆的朦胧的广邈，别自诩能不加极端的专注而成功……"①

诗境与梦境在其产生的幻象不同于现实世界的一般形象方面确有相似之处，然而创造诗境的诗人与梦境中的人不同，前者是有意识地主动创造，后者是无意识地被动接受。因为"梦境变幻莫测地出现和消失""我们没有任何为改变它而起作用的办法""随意进入或退出这个有时可通过梦来认识的感性世界并不取决于我们的意志力"。②"梦中的一切都是强加给我的""自动构成，毫无保留"。③然而诗是一种语言艺术，语言创造者与身不由己的做梦者完全不同，诗人要通过一系列思考、选择、比较、组合唤起一个幻象的世界，"他探求并找到了一些方法，使其可以随意重建这个境界，并在愿意的时候重新体验它，最后还可以人为地发展他那敏感生命的自然产物"④。瓦雷里用相似的文字反复强调："在近代，从浪漫主义开始，诗与梦的概念发生了一种足以令人

① Paul Valéry, *Œuvres*, *I*, Paris, Gallimard, 1957, p. 476.
② Ibid., p. 1460.
③ Ibid., pp. 932-933.
④ Ibid., p. 1460.

理解，但颇为令人遗憾的混淆。梦和梦幻不见得一定有诗意；它们可以富有诗意，但那些混乱地构成的形象不过是些偶然和谐的形象。"①瓦雷里感兴趣的是在意识的光照下清醒地捕捉和谐的美。

瓦雷里认为诗人不同于梦者的另一个理由是，诗人的职责并非自己感受诗境——这是私人的事情，而是在别人身上创造诗境，使读者获得灵感。读者往往把读诗产生的某些美感和奇异的力量归功于诗人的启迪就是证明。诗的艺术是用语言在自动生发的状态之外创造诗境，并感之于人。

人的感觉提供的东西总带有混沌、模糊和不确定的特点，处在情感的高峰和深谷时尤其如此。人类集体创造的语言无法真实地再现个人原始的心灵经历，只能达到某种近似的状态。换句话说，我们无法消除感知转换为语言而带来的差距。对语言的信赖和怀疑所导致的冲突在瓦雷里身上从未平息过。一方面，他需要借助语言记录感觉和精神活动；另一方面，他对语言可能带来的幻觉始终抱有警觉。他在《笔记》中写道："由于语言的关系，梦的极端特殊性使任何有关梦的记叙都变成虚假的。记叙清醒时的事物已经是创造与被表达的原状大不相同的一个形象或概念了——因为得到这个记叙需要从原状上升到被它激发的词汇，而

---

① Paul Valéry, *Œuvres*, *I* , Paris, Gallimard, 1957, pp. 1321, 1363.

这个词汇表是由用于一切事物的语言成分编纂而成的。"①语言可
以表达思想，也会扭曲思想。"在诗歌中，结合感觉的价值和意义
的价值只有以相互牺牲为代价才是可能的：必须用意义的价值偿
付人们以感觉的价值获得的东西。"②

　　人为的语言和自然的感觉之间的距离，决定了没有任何一种
表达方式具有绝对的权威，梦的感觉现象也不例外。诗人可以有
意识地创造诗境，同时也可以把与诗境相似的梦境和呓语化入诗
歌。但瓦雷里反对借助梦境作诗，他说："如果我必须写的话，我
宁愿在完全自觉和清醒的状态下写些稍差的东西，也不借助某种
刺激，脱离自我产生一部名篇佳作。"③

　　其实瓦雷里对梦的研究态度并不像在创作问题上那么严格，
他多次记录过那种介于梦和醒之间的状态，谁能说这类体验丝毫
不会影响他的创作思维呢？

　　"我被一分为二。我倒在我身体的位置上。我感到自己是两
个互不兼容的人。在这两种存在之间产生了一种不定期的对称摆
动。我在两个彼此没有联系的世界都有利益。我梦或醒，我看或
创造。……

① Paul Valéry, *Cahiers*, Ⅱ, Paris, Gallimard, 1974, p. 190.
② Jean Hytier, *La Poétique de Valéry*, Paris, Armand Colin, 1953, p. 76.
③ Paul Valéry, *Œuvres*, Ⅰ, Paris, Gallimard, 1957, p. 640.

　　慢慢地，这个双重生命自成一体。自我钟摆的摇摆减速，我习惯了差不多同时存在和创造。情况发生了变化，我从那种扰动交替的状态，'一个或另一个'的状态过渡到'一个和另一个'的状态。我创造了一种能看到两个世界的目光。

　　假如我们能同样找到一种可以接收清醒和真正的梦的状态，美妙的观察就会成为可能……"①

　　瓦雷里将睡与醒看作同一些元素组成的两种具有可逆性变换的状态，二者的分子结构一样，结合方式不同。这与超现实主义者有意识追求无意识的经验相去不远。人在似睡非睡、似梦非梦的时候，那奇妙的观察和模糊的想象、梦中的景象和象征，一旦作为诗歌素材使用，将会产生一种奇特的效果。瓦雷里也说过：

　　"在诗人身上：
　　耳朵说
　　嘴听；
　　是智力、苏醒在分娩和梦想；
　　是睡眠在清楚地看；
　　是画面和幻觉在观察，

---

① Paul Valéry, *Œuvres, Ⅱ*, Paris, Gallimard, 1977, p. 651.

是缺陷和空白在创造。"①

　　在艺术创造上，理性和非理性应当成并存和互补的关系。人的社会生活和心理生活都不是孤立存在的，任何一种单一的认识方式都不足以揭示其复杂和巧妙的联系。回到诗境与梦境的问题上，我们可以说，梦这种人类想象力的特殊形式在某些情形下的确可使诗人受孕，不过诗的胚胎需要从诗人的意识中汲取营养，在精神的母体里繁育出一种自然的生命，它将脱离创造者，甚至超越创造者而存在。瓦雷里在理论上维护的那种梦境和呓语不能入诗的立场显得过于保守，但某些超现实主义者将梦境（包括夜梦和白日梦）作为艺术创作的主要素材和唯一源泉的做法也是不妥当的。艺术家可以有独特的风格，但在创作上采取一种容纳"异端"的态度，不把自己的创造限制在一种手法、一个流派、一种艺术观之中，而是探索和尝试各种可能性。这或许能部分地解释为什么象征主义和超现实主义是法国文学史上的最后两大诗派，而在它们后面呈现出法无一宗的多样化局面，绝大多数诗人都是独往独来，各自开展他们的形式主义实验，"喜有新梦"成为他们的共同特征。

① Paul Valéry, *Œuvres, II*, Paris, Gallimard, 1977, p. 547.

三、秩序与无秩序

人类认识最复杂的对象并不在人的外部，而在人的内部。这种认识的主客体的合一使人为之困惑。也许正是矛盾的需要和相反的趋向构成了物质的最高产物——精神：静与动，思与行，务虚与务实，唯美与实用，深沉与浪漫，凝重与轻盈，连续与间断，瞬息与持久，冲突与和谐，创新与怀旧，对称与不对称，平衡与不平衡，感情与理智，信仰与怀疑，兽性与人性，战争与和平……然而什么是精神最本质的特征？所有这一切是否可以用"秩序与无秩序"去概括呢？瓦雷里做了这种概括的尝试，他说："我们的精神是由一种无秩序加上一种建立秩序的需要构成的。"[1] "……精神创造秩序，也创造无秩序，因为它的作用是引起变化。"[2] 在《精神危机》一文中，他把"秩序和无秩序"定义为"不断地威胁世界的两种危险"。[3]

秩序与无秩序是瓦雷里思想的重要命题。那么他是如何解释这两种精神需求产生的原因的呢？首先，瓦雷里强调人有将幻想和现实结合起来的愿望，对尚未存在之物的向往将人同已存在之物对立起来。求新的欲望使人具备一种打破平衡与现状的能力。

---

[1] Paul Valéry, *Cahiers*, *I*, Paris, Gallimard, 1973, p. 1016.
[2] Paul Valéry, *Œuvres*, *I*, Paris, Gallimard, 1957, p. 1027.
[3] Ibid., p. 993.

人的各种需求及满足的体系并不是封闭式的，他总能从满足中提取新的需求和对曾使他感到满意的东西产生不满的力量。有时，这一番欲望刚刚平息下来，内心又涌起另一番焦躁，新的刺激，新的折磨，新的启示，新的动力，这就是人的精神，永无穷尽的疑问：谁？什么？何地？何时？为什么？怎样？用何方法？它将过去与现在、现在与将来、将来与过去、真实与想象、可能与现实并置起来；进步与落后、建设与破坏、听天由命与深谋远虑互相交替。它每时每刻都是它不是的东西，每时每刻都在神秘地制造幻象。

　　瓦雷里认为一个全能的精神并不意味着无所不知，而是能在某一个领域，既不使自己总是陷于朦胧的直觉和模糊的意识，也不总是那么神志清明。它一向有所保留以同清晰和明确相抗衡，也总有办法消除复杂和混乱；明晰和含混是两种交替的精神状态。其次，精神厌恶重复，倾向于不断更新，当它出现重复的时候，它也反感自己。精神不喜欢有机体的生存方式：生命运动在于某些基本行为的重复，睡觉，起床，穿衣，人体的新陈代谢，心跳脉搏。精神机能和人体机能的运动方式很不相同：精神喜欢冒险，喜欢到未知的领域去遨游；人体则需要保持某种规律和平衡。再者，精神活动具有极大的偶然性，"精神"这个词本身就包含偶然性的各种意义。人所能列举的一切规律都是有限和变化的，唯有偶然性是一种永恒、深刻的法则。从政治、经济、军事、法律到科学、宗教、文学、艺术，偶然性盲目地干预甚至支配着整个人类活动，人的许多努力都归结为同偶然性的斗争（科学技术的发展是最好的证明），然而人们终于通过精神现象认识到，如果世界上有什么是真正必然的话，那就是偶然性。马拉美说过："世界被创造出来就是为了成就一部美妙的书。"[①]诞生在1897年的那首奇妙的诗《骰子一掷永远消除不了偶然》，或许正是这部书的雏形。它凝结了马拉美一生的探求，那个同宇宙的混沌和语言的奥秘激烈搏斗的精神向我们的视觉、听觉和全部感觉揭示：偶然是唯一的真实。我们可以从瓦雷里1920年致《边缘》杂志总编的一封信中读到他对《骰子一掷永远消除不了偶然》的赞美。

对人的精神本质的考察，使瓦雷里得出了秩序与无秩序皆为精神所必需的结论。精神的堂奥好像住着两个"我"，一个接纳纷至沓来的记忆、幻想、情感和心理活动等内部信息，以及变化多端的境况、事件、新闻和各类关系等外部情形；另一个则力图将这些偶然获悉的无秩序材料用理性思维或艺术构思加以处理，做出某种必然性的解释或化为某种秩序。这第二个"我"就是思想家和艺术家的面目，他们不仅要像常人那样感受无秩序，还要通过他们的特殊劳动建立各自的秩序。秩序化是创造，然而精神的无秩序由于经常不断地提供大量为建立秩序所必需的成分，也表现

---

① Mallarmé, *Œuvres complètes*, *II*, Paris, Gallimard, 1979, p. 872.

出一种创造力。语言文字是一些音与义基本上没有必然联系的散乱的符号，但作家和诗人却能从文字的沙盘中拣出精粹，组成文章和诗篇，建立体系和风格。建筑、绘画、音乐、文学在某种程度上都是精神秩序的象征和外化，这种无秩序向秩序的转变体现了艺术的过程。瓦雷里是这样描述一个艺术家的：

"他从任意性走向某种必然性，从某种无秩序走向某种秩序；他无法摆脱这种任意性和无秩序的感觉，它们完全不同于在他手中诞生并显得必然和有条理的东西。正是这种对比使他感到自己在创造……"①

"艺术家生活在他的任意性的深处，并期待着他的必然。他时时刻刻都期求这种必然性；而往往是从最出乎意料和最微不足道的情形中得到它，在效果和原因的重要性之间没有任何比例和均衡关系。"②

瓦雷里关于艺术活动克服无秩序创造秩序的思想同当时达达派和超现实主义倡导的"自发性艺术"是完全对立的。瓦雷里注意到"照现代人的看法，艺术与自发性的固定观念密切地联系在

---

① Paul Valéry, *Œuvres*, *I*, Paris, Gallimard, 1957, p. 1307.
② Ibid., p. 1309.

一起"①，这种观念"不重视培养一种条理分明、深入持久的思想——一切都是印象，一切都包含在语气中……就像原有一种延续修辞学，现在产生了一种瞬间修辞学"②。超现实主义者把这种"瞬间修辞学"叫作"自动写作法"——一种纯粹的表达方式，即写作者尽量使自己的意识处于被动接受的状态，不受理智和逻辑的支配，排除批评和判断的干预，在事先不选择任何主题的情况下提笔疾书，速度之快应使自己无暇细想或重看写下的文字，让意识之流纯自然地活动。瓦雷里将他和超现实主义的这种分歧概括为两种不同的才能，一种是"即时的才能，向我们提供瞬间的产品——紊乱状态中的精华与糟粕"，另一种是"只有通过长期始终不懈的精神演练才可获得的才能……"③

艺术应当抛开"秩序"的考虑，完全凭自发的精神活动和自动的感官性能去创作，还是应有精深的构思和严谨的安排，表现精神自我驾驭的才能，这是两种对立的艺术观。瓦雷里更倾向于把二者结合起来："我们的思维必须发展，也必须保持。它唯有通过极端前进，然而只有适度才能续存。极端的秩序……会丧失它；极端的无秩序会使它更快地走向深渊。"④

① Paul Valéry, *Œuvres*, *II*, Paris, Gallimard, 1977, p. 1267.
② Paul Valéry, *Cahiers*, Tome 10, Paris, Éditions du CNRS, 1972, p. 16.
③ Paul Valéry, *Œuvres*, *I*, Paris, Gallimard, 1957, p. 1390.
④ Ibid., p. 1006.

四、现代思想与古典美学

1900年，瓦雷里年近三十。新世纪的头二十年，他正值成熟的年龄。对于一个爱思想的人没有什么比碰到一个复杂多变的时代更幸运的了！他当然不会错过思考："现代"意味着什么？它有哪些特征？

"我所称作的"现代'是指各种生活方式、思想方式、写作方式在同一地点共存的时代，它们在其他时代互不相容……不同的信仰、语言、文化的共存。"①

"最异样的思想以及截然相反的生活和认识原则在一切有学识的人的头脑中自由并存，这就是现代的特征。"②

瓦雷里为"现代"和"现代人"所下的定义同样适用于他自己。详细考察一下他对当代科学和思想所持的态度与他对诗歌和艺术表达的观念有多么不同，甚至对立，我们就会明白构成现代特征的矛盾并存现象是怎么一回事。

在科学和思想领域，瓦雷里俨然是一个"现代派"。他以一

---

① Paul Valéry, *Cahiers*, Tome 7, Paris, Éditions du CNRS, 1972, p. 66.
② Paul Valéry, *Œuvres*, *I*, Paris, Gallimard, 1957, p. 992.

种现代的眼光看待科学和知识，破除了科学真理的永恒性。在
《对外科医生的演说》中，瓦雷里指出："我们的科学再也不能
像以前那样追求建造一座各项法则和知识趋向同一的大厦。人们
曾一度认为，若干个公式就可以概括我们的全部实验，一个同动
力学的方程表相类似或一致、反映各种平衡和转化关系的终端表
格应当成为科学智力劳动的目的和终结。但手段的增长也繁殖了
新的现象，以至于科学被其自身的行为所改变，包括其对象。它
不得不几乎每时每刻地修改它的理论观念，以便同在数量和多样
性方面与它的手段一起增长的那些新现象保持动态平衡。知识条
理化的总和，过去是研究的明确目标和主要目的，今天已无法想
象；……于是这些理论之间可能显出的种种矛盾也就失去了可造
成严重阻碍的特征。观念和价值的巨大变化就在这里。此后，知
识要受行动能力的控制。"[1]瓦雷里注意到在精确科学和实验科学
的作用下，"知识"这个概念本身发生了变化。他在《笔记》中写
道："今后，必须将我们知道的一切看作一种方法，而不是一个结
果。"[2]现代的知识严格取决于我们的能力，取决于我们掌握的操
作、控制、检验等一系列技术手段：

---

[1]　Paul Valéry, *Œuvres*, *I*, Paris, Gallimard, 1957, pp. 921-922.
[2]　Paul Valéry, *Cahiers*, Tome 19, Paris, Éditions du CNRS, 1972, p. 218.

"任何一项知识都不会走在我们的能力的前面，它若断言走在了我们的能力的前面，那就是想象的产物。"①

"我们的知识趋向于成为我们能力的方程式。"②

"我们的习俗、良知、爱好以及希冀使我们懂得，就连我们理智的基础，就连我们语言的基础都不过是由在与我们这个时代完全不同的另一个时代中可能的或不可能的事物所构成，而且只同这个时代的各种能力相一致。"③

"还有什么比这一点更简单、更明确呢？语言所包含的一切实质上都是两种暂时的、过渡性的能量的转换。"④

根据现代科学所注重的精确和验证的准则，狭义科学以外的一切文化遗产似乎都在检验和修正之列。瓦雷里辛勤思考的一生，特别是他那浩繁的晨思《笔记》，充满了这种现代主义的分析精神："或许应当丢弃几乎所有那些笼统的、古已有之的思想（我们通过语言和文化将这些思想连同它们所有的潜在矛盾和缺陷一起接受下来），这些思想是在诸多新事物和无情验证的时代之前产生的？"⑤瓦雷里不仅倡导分析，甚至还提出精神本身的更新和再

---

① Paul Valéry, *Cahiers*, Tome 21, Paris, Éditions du CNRS, 1972, p. 624.
② Ibid., Tome 20, p. 655.
③ Ibid.
④ Ibid., Tome 12, p. 204.
⑤ Ibid., Tome 19, p. 261.

造："世界充满了智力的懒惰。有勇气的人应不惜花上几年宝贵的时光彻底改造头脑。一切又都成为问题。"[1]他16岁的时候已经写出这样的诗句："我无尽地享用自己的头脑。"[2]在《笔记》中，瓦雷里不断剖析"信仰"问题，批评"信仰"是一种拒绝超越某一点去思考的状态。我们是否可以说古老思想的瓦解、对宗教和神话的剖析以及反对与生俱来和未经思考的观念是现代精神的重要组成部分呢？

瓦雷里认为现代世界的一个特征是相信"人无定命"，人的命运是开放的，可以容纳无数种偶然性，或者说"人没有命运"。[3]"关于'自我'和'人'的问题，我在自身上只得出一个见解：我们被投入一场同思想一起开始的冒险之中。"[4]"当今的趋势……更恰当地说，是一种改造人的愿望，一场无定限的冒险。"[5]20世纪西方的政治和文化思潮都或多或少地带有一种抗拒各式各样的意识形态、社会制度、法律与习俗的倾向，因为这些东西总是要对人们行使管理的权力，对他们的生活做出某些强硬的规定。他们的斗争不一定以反对某种制度或某个社会集团为目

---

[1] Abraham Livni, *La Recherche du Dieu chez Paul Valéry*, Paris, Éditions Klincksieck, 1978, p. 124.
[2] Ibid.
[3] Paul Valéry, *Cahiers*, Tome 21, Paris, Éditions du CNRS, 1972, p. 623.
[4] Ibid., p. 81.
[5] Ibid., Tome 20, p. 31.

标，而是反对绝对的制度化、社会化和标准化，反对政权给人制造一个定型的命运，要求摆脱既成秩序布下的天罗地网。瓦雷里对这一趋向表现得极为敏感，他在1933年的一次讲座中指出："我们大家都心照不宣地承认，宪法和民法所说的'人'，那个政治投机与操纵的帮闲——'公民，选民，有被选资格者，纳税人，受法律裁决的人'——与现在生物学或心理学，甚至精神病学方面的观点所能定义的那个人可能不完全是同一个人。"①瓦雷里相信人的机体、精神乃至社会都具有某种适应意外与不测的能力；整个人都悬在随事件而变化的可能性上，正如一句古老的谚语所说："意外组成了生活"。

当离开科学和思想领域而进入艺术和诗的天地时，瓦雷里立即流露出怀旧的情绪，俨然成为古典艺术的维护者，对现代艺术表现出几乎完全不赞成，甚至还有几分轻蔑的态度。

第一，瓦雷里非常惋惜那些过去受到重视，如今却日趋衰落的精神价值和美学价值：

"我们今天面临着一场真实的、巨大的价值蜕变（采用尼采的精彩表述）……"②

---

① Paul Valéry, Œuvres, I, Paris, Gallimard, 1957, p. 1017.
② Paul Valéry, Œuvres, II, Paris, Gallimard, 1977, p. 1080.

"我们能否想象这样的物质和精神的毁灭，或这种并非空想，而是可以实现的替换，我们在精神和美学方面的全部评价已没有现时意义？（许多在17世纪被视为最重要的问题如今除了几个好奇者外已无人问津……）"①

"任何人都无法预言明天在文学、哲学、美学上孰生孰灭。也没有人知道哪些观念、哪些表现方式将被载入死亡的名册，哪些新鲜事物将宣告诞生。"②

"我们这些另类文明，我们现在知道我们是注定要消亡的。"③

"我们倒走着进入未来……"④

第二，瓦雷里批评现代艺术标新立异，过于追求刺激，这对艺术的成熟和完善是有害的：

"强烈和新奇在我们这个时代变成了优点，这是一个相当值得注意的征兆。我无法相信这套体系对文化是好的。它的第一个后果是使所有过去的作品变得不可理解或无法忍受，那些作品

① Paul Valéry, *Œuvres*, *I*, Paris, Gallimard, 1957, p. 1813.
② Ibid., p. 990.
③ Ibid., p. 988.
④ Ibid., p. 1040.

是在完全不同的条件下写成的，而且要求其培养方式全然不同的精神。"①

"'现代的趣味'唯一建立在刺激之上……人们认为在艺术上值得肯定的便是刺激。"②

"引导现代艺术的革命力求在主题及主要题材，或者说艺术作品的内容方面，用'刺激'的阶段取代'构思'的阶段。"③

"总而言之，我们被一条可感而不可见的规则限制和支配着，这条规则伸展到一切领域，我们被那些毫无条理的刺激惊得目瞪口呆，它们困扰着我们，最后竟成了我们的需要。

要想使今后的创作可同人类在前几个世纪的作品相比拟，这类状况难道不是糟透了吗？我们失去了深思熟虑的闲暇，倘若我们这些艺术家反躬自省的话，我们再也找不到前辈美的创造者的另一种品质：持久的意愿。在我所谈到的那么多行将熄灭的信仰之中，有一个已经消失了，即对后代和他们评价的信仰。"④

第三，瓦雷里责备现代艺术只顾盲目冒险，缺乏稳定与凝重

---

① Paul Valéry, *Œuvres*, *II*, Paris, Gallimard, 1977, p. 1075.
② Paul Valéry, *Cahiers*, Tome 7, Paris, Éditions du CNRS, 1972, p. 137.
③ Ibid., p. 247.
④ Paul Valéry, *Œuvres*, *I*, Paris, Gallimard, 1957, p. 1039.

的风格：

    "无论这种奇怪的偏差有什么起因和缘故，反正人类已投入一场巨大的冒险……他们不知道这场冒险的目的，也不知道期限，甚至不知道它的限度。"①

    "今天，事物发展得太快，声望的获得和消失一样迅速。没有什么产生于稳定，因为没有什么是为稳定而产生的。"②

    "不停的震动，新奇，新闻；固有的不稳定性成为一种真正的需要，通过精神自身创造的方法而普遍化了的神经质。可以说在文明世界这种热烈而表面的存在形式中有自杀的成分。"③

    瓦雷里对现代科学和思想所阐述的观点与他对现代艺术的评论留给我们的是一个鲜明对立的印象。在科学和思想领域，他赞成抛弃传统观念，确认知识及语言的过渡性和暂时性，接受人无定命、人生冒险的现代思潮。然而一触及艺术，特别是诗歌，他又极力否定现代特征，维护永恒与稳定、谨严与完美的传统价值。

    如何解释思想家瓦雷里与艺术家或诗人瓦雷里的这种对

---

① Paul Valéry, *Œuvres*, Ⅱ, Paris, Gallimard, 1977, p. 1078.
② Ibid., p. 1091.
③ Ibid., p. 1090.

立呢？只要回顾一下瓦雷里给"现代"和"现代人"所下的定义——矛盾的并存状态，我们就会得到至少一部分答案：瓦雷里试图在艺术领域保持或恢复所有他在思想领域失去的东西，他那近似古典主义的艺术观来自对现代思想和现代生活中的某些特征的反抗——新奇、刺激、自动生发、不稳定感以及无法预料，等等。在这种意义上，我们可以将瓦雷里的文艺思想看作一种同现代主义相对抗的古典美学。

　　"在现代这场毁灭中，努力拯救'完美'吧！" [1]

　　"艺术在于确定、表达、实现不大可能的事物。这种不大可能的建筑开始显得'很不稳定'。艺术给它带来稳定和持久。" [2]

　　"语言是一种状态和另一种状态之间的替换、传送、过渡。它本身没有目的。文学终于为它在自身找到了一个目的。" [3]

　　"凡词语都是暂时的。凡语言都是工具。诗力图将它们变作目的。" [4]

　　我们可以将瓦雷里的古典美学与现代主义的对抗关系概括为

[1]　Paul Valéry, *Cahiers*, Tome 20, Paris, Éditions du CNRS, 1972, p. 578.
[2]　Ibid., Tome 7, p. 158.
[3]　Ibid., Tome 6, p. 628.
[4]　Ibid., Tome 12, p. 673.

以下两点：一是语言的基本特征是过渡性和暂时性的，而诗歌是把语言作为目的的艺术，旨在创造稳定与持久的价值，一种受命不迁、自足自在的实体；二是现代科学和思潮摧毁了纯粹和绝对的观念，然而诗却应当保留这种完美的艺术理想，努力创造一种纯粹的境界。

五、自我二重奏

作为一个生活在西方文明危机时代的作家，瓦雷里无疑是我们很好的研究对象。他的精神好像一个张力系统，感性与智性、诗境与梦境、秩序与无秩序、现代思想与古典美学是构成这个系统的四对相互矛盾的牵引力。我们只有在这些对立状态的发展变化中才能找到他的统一性。正如瓦雷里自己回顾的那样："生命的旅程把我带到了我的两极。"①

诚然，研究矛盾和对立并不是唯一的目的，形成瓦雷里精神的双重性的内在原因才是我们最终想探究的问题。瓦雷里的《笔记》为我们打开了一扇通向其精神堂奥的大门：

---

① Paul Valéry, *Cahiers*, Tome 8, Paris, Éditions du CNRS, 1972, p. 397.

"我幻想精神的各种可能。在我身上，可能存在的人有 xy。……人们称之为'精神'的也可被称作'千变万化'。某某人的千变万化……不懂得人非一己的人还不少呢。然而我以为做好几个人是人的本质。"①

"自我。人是一个社会，他所称作自我的是一个特殊种类的复数。这里，我指的并不是对常人来说是意外变化，对疯子来说则司空见惯的人格繁衍，而是一种功能的二重性，没有它便没有自我。整个自我应具备对立的能力。"②

在《厄帕利诺斯或建筑家》中，我们也可以听到这个"自我二重奏"的回声。苏格拉底在这部对话体作品中悔悟道：

"我跟你说过，我生来是好几个人，死的时候却是一个。那个出生的婴儿本是无数的人，而生活很快就把他们缩减成一个人，那个自我表现和死去的人。许多苏格拉底和我一起出生，从中逐渐显现出那个受法官审判并罚饮毒芹酒的苏格拉底。

费德尔③：那其他人变成了什么？

苏格拉底：思想。他们处在思想状态。他们要求生存，但是

① Paul Valéry, *Cahiers*, Tome 10, Paris, Éditions du CNRS, 1972, p. 709.
② Ibid., Tome 27, p. 797.
③ Phèdre,《厄帕利诺斯或建筑家》中苏格拉底的对话者。

被拒绝了，我把他们作为我的疑惑和我的矛盾保留在身上……有时，这些人的萌芽遇到机会，我们就接近本质的改变。我们在自身上发现一些意想不到的癖好和才能，音乐家变成了战略家，驾驶员自觉是医生；以美德自诩和自尊的人发觉自己是个隐藏的卡科斯①，一颗盗贼的灵魂。

费德尔：真的，人的某些年纪就像十字路口一样。

苏格拉底：青年时代尤其处在道路的中间……我亲爱的费德尔，我年轻时有一天，我在心灵之间经历过一次很奇怪的踌躇。偶然性将世界上最模棱两可的东西放在了我的手里，我为之进行的无穷思考既可将我引向我曾经是的哲学家，也可以将我引向我不曾是的艺术家……

费德尔：这是一个以不同方式吸引你的东西吧？

苏格拉底：是的，一个可怜的东西，我散步时发现的某个东西。它是把自身分成创造和认识的思想的根源。"②

创造还是认识？这就是艺术家和思想家的矛盾。听了上面这段对话，凡是对瓦雷里的身世有所了解的人都不会怀疑他借苏格

---

① Cacus，希腊神话中的盗贼，火神之子，人面人身羊腿，隐伏于洞穴吞噬行人，并将其首悬于门楣。一日趁赫拉克勒斯入睡偷其牛，被醒来的英雄循着牛的叫声逮住扼死。

② Paul Valéry, *Œuvres, II*, Paris, Gallimard, 1977, pp. 114-115.

拉底的口描绘了自己的精神状态：同时受到好几种天赋的感召，是做抽象思想家，还是当诗人、艺术家？他百般犹豫，相应的才能都潜伏在他的本质中，不同的志向造成了尖锐的冲突。与那个在思考和辩论中度过了一生的哲学家苏格拉底不同的是瓦雷里于1917年走出了抽象思辨的苦修，复出于诗坛，并努力保持他的多种面目：

"如果一个逻辑学家只能永远是逻辑学家，那他不会是，也不可能是一个逻辑学家；如果另一个人永远只是诗人，毫无进行抽象思维和推理的愿望，那他在自己的身后不会留下任何诗的痕迹。我由衷地认为倘若每个人除了自己的生活之外不能经历其他多种生活，他也不能过好自己的生活。

我的经验表明，同一个我会显出迥然不同的面貌，相继的专业化可使他成为抽象思维者或诗人，其中的每一个专业都脱离了可完全自由支配的状态，这种状态与外界表面上协调，是我们存在的一种中间状态……"[1]

瓦雷里多样性人格和跨学科的意向都建立在个人是潜在的复数、变化的中心这一信念上，同他"人无定命"的哲学观是一致

---

[1]　Paul Valéry, *Œuvres, I*, Paris, Gallimard, 1957, p. 1320.

的。这种精神特征不允许我们把他固定在一个角色上，统一性并不等于前后一贯。

1933年，瓦雷里在他的《笔记》中写道："我有一种智力'精神分裂症'——因为我表面上善于交际，容易相处，内心深处却是个离群索居的人。我很难理解这双重倾向：一个朝着大家，另一个朝着个人，绝对单独的个人……"[1]正是这种智力"精神分裂症"造就了两个瓦雷里，一个是幽寂的思想家，他力求把自我主宰的领域伸向无限，一切都是他思考和认识的对象，而到头来又陷入一种不可知论的困扰，物质世界成了纯粹的非存在的缺陷，人类似乎是造物主手中的不洁之物："宇宙不过是一个瑕疵／在非存在的纯净中！"[2]另一个是官方诗人，社交名流，法兰西学院院士，法兰西公学诗学教授，他不得不接受这个社会和一切条例，也不管愿意不愿意都要完成预约的作品："……我的著作很大一部分不过是对外界要求或偶然情况的答复，没有这些请求或外界需要，它们就不会存在。"[3]"我写的所有重要的东西，我都没有发表。我发表的东西，是为挣钱的应酬之作。在我的一生中，我坚持记笔记，它们是我的精神史，一个精神的历史，一

---

[1] Paul Valéry, *Œuvres, I*, Paris, Gallimard, 1957, p. 58.

[2] Ibid., p. 139.

[3] *Entretiens sur Paul Valéry*, sous la direction d'Émilie Noulet-Carner, Paris, Mouton & Co, 1968, p. 180.

部智力史……或许我死后会发表……有好几万页。这就是我的日记。"①这部自我的"对话录"，更恰当地说，好几个自我的独白才是瓦雷里的真实面目。看来在思想家和诗人之间他还是偏重前者。

早在1891年，瓦雷里就在给纪德的信中写道："我请你不要叫我诗人，不论大小，我不是个诗人，而是一个感到惆怅的先生。"②然而瓦雷里是个没有思想体系的思想家。他将思维活动看作纯粹的智力演练，其目的是探索一种思想的艺术，而不是建立某种严格的理论体系。我们不应固定不变地看待他的思想，而应习惯于"原样地"（tel quel）体验他那丰富的精神生活。

瓦雷里的一生是思想的一生，诗歌创作对他来说是一种特殊的思想方式。

"思想家！这个滑稽可笑的名字——然而可能会找到一个人，既不是哲学家，也不是诗人，无法被他思想的对象和某一外在结果的研究所定义，如著述、理论、科学、真理……但他是运用自己精神的思想者，就像一个运用其肌肉和神经的舞者；他通过感知他的意象和期待，他的言语和可能性，他的听力，他的独

---

① 《Entretien avec Paul Valéry》 in Léon-Pierre Quint, *André Gide*, Paris, Stock, 1952, p. 429.
② Jean Hytier, *La Poétique de Valéry*, Paris, Armand Colin, 1953, p. 17.

立性，他的朦胧，他的明晰——识别，预见，确认或放弃，放下或拒绝——限定，构思，自我克制，迷惘……与其说是知识的艺术家，不如说是自我的艺术家……"①

这就是瓦雷里精神的自画像。

1984年10月—1985年1月于北京

---

① Paul Valéry, *Cahiers, I*, Paris, Gallimard, 1973, p. 334.

布拉格与卡夫卡①

　　有的城市，你无论去过多少次，总觉得陌生；有的城市你第一次去，就已经熟悉。前者如布鲁塞尔，后者如布拉格。有人说布鲁塞尔缺少一致的风格，其实它真正缺少的是一颗灵魂。这一点就连欧盟和北约的总部设在布鲁塞尔也无济于事。布拉格也没有一致的风格：中世纪的城堡，哥特式天主教、犹太教教堂，文艺复兴时代的皇家花园，巴洛克风格的教堂和修道院……可是你觉得这些不同时代的建筑有一颗共同的灵魂，它的名字就叫布拉格。

　　白天的布拉格属于音乐，城市是乐者的舞台，特别是爵士乐和摇滚乐横贯大街小巷，而音乐厅和歌剧院则是古典室内乐和交响乐的殿堂。晚上的布拉格只属于它自己，人是城市的活动布

① 首发于《跨文化对话》，第16辑，上海：上海文化出版社，2004，第164—179页。
原注："谨以这篇短文追念卡夫卡逝世八十周年"。

景。白天不起眼的路灯和建筑物的照明灯一下子让布拉格换了一副面孔。"查理桥上能使人激动的圣像"也忽然从沉睡中醒来，引导游人循着夜光走进它们的世界。人去桥空的时候你已经如醉如痴，不知是你忘记了睡眠，还是睡眠忘记了你，反正没有比眼前的景色更美的梦。"当下"对你从未像现在这样重要，你想与伏尔塔瓦河（Vltava）一起迎接日出。

白天你一遍遍地走在老城广场，这是一个有磁力的地方，没走多远一定会被它从不同的路线吸引回来，每一次都像来到一个新的地点。这一带的房子都穿着色彩明亮的巴洛克服装，它们并排立在你面前，既是凝固的音乐，也是流动的建筑。它们太漂亮，太快活（至少表面上如此），跟卡夫卡的布拉格对不上号。你想象卡夫卡的布拉格应当是在黑白照片上或夜晚看到的那样，有的是老旧的美，还有必不可少的神秘和忧伤，就像照片上卡夫卡的眼神。一生中有多少次你真觉得想象的事物比亲眼看到的还真切，不同的是有时你希望是这样，有时你希望不是这样。

1883年7月3日，卡夫卡出生的地方位于老城广场圣·尼古拉教堂旁，当年的房子1897年毁于火灾，人们现在看到的这幢三层楼房建于1902年，只保留了原来建筑的大门。1965年，卡夫卡故居转角的墙上镶嵌了一个纪念头像。这个曾被捷克共产党视为"批判资本主义异化的革命作家"，在1968年布拉格之春的时候，被自由派学生奉为反极权的"存在主义大师"。其实"革命作家"和"存在主义大师"都是后人给卡夫卡戴的帽子，伟大的作家不接受意识形态的分封，就像那座雕像上的卡夫卡，头发挺立，一副不喜欢戴帽子的样子。

在卡夫卡的青少年时代，布拉格是奥匈帝国的第三大城市，人口23万，其中90.7%是捷克人，9.3%是德国人。在讲德语的布拉格人中有极少数犹太裔人，卡夫卡的父母就属于这个极少数的犹太人团体。卡夫卡从小同时接触到四种文化：德意志文化是他的母语文化，捷克文化是他所处的社会的主流文化，犹太文化是他所属的种族的历史文化，奥地利文化是他所处的时代的政治地缘文化。卡夫卡短短的一生能取得无远弗届的文学成就，不能不说与多种文化的浸染有关。卡夫卡的朋友若阿奈斯·乌尔兹迪（Johannes Urzidil）说过："事实上，卡夫卡的消失标志着从捷克–日耳曼–奥地利–犹太混合体中产生的布拉格知识界的结束，这个混合体曾在几个世纪中支撑和启发了这座城市。"[1]

卡夫卡常被人描写为一个缺乏自信的人，举的例子不外乎卡夫卡临终前叮嘱好友马克斯·勃罗德（Max Brod）悉数销毁他的作品（悉数是不可能的，因为卡夫卡生前已发表了四十多篇短篇小说。他要"付之一炬"的可能是那三部尚未发表的长篇小说）。卡夫卡缺乏自信可以从发生在学生时代的两件事上看出端倪。一是他在1912年初的日记中记述了他中学会考前一年的担心：

---

[1]　Harald Salfellner, *Franz Kafka et Prague*, Prag, Vitalis, 1999, p. 79.

"（……）通不过年终考试，所以无法升级；即使我作弊通过了考试，（我仍然担心）中学会考遭到不可挽回的失败。再加上我出奇的无能早晚会被我父母（还有其他人）发现，这是他们完全意想不到的，现在由于我的成绩稳定，他们失去了警觉。"①

卡夫卡中学的成绩单显示，头三年他在全班名列前茅。唯一比较差的是数学，即使参加补习班也无济于事。但情况远没有他担心的那么糟糕。"我出奇的无能早晚会被我父母（还有其他人）发现"，这是那个时期他对自己悲观的看法。第二件事是他上大学的专业选择。1901年，卡夫卡通过中学会考后，先是在布拉格大学化学系注册，两个星期后转到日耳曼文化研究院，一个学期后又转到法律系。卡夫卡似乎看不清自己的未来，法律作为最后的选择仍然不是他的依归。马克斯·勃罗德回忆卡夫卡在那个时期的迷惘时说：

"他是无可奈何才学法律的，这是一个最不确定的专业，可以是毫无目的的，也可以达到多种多样的目标（担任律师或公职）；总之是一个可以推迟决定的专业，而且也不要求你有什么

---

① Harald Salfellner, *Franz Kafka et Prague*, Prag, Vitalis, 1999, p. 43.

特别的志向。"①

　　志向，卡夫卡是有的，但不是当法官或律师，而是写作。命运安排他学法律，最终却成就了他当作家的志向：他一生最重要的作品都与法律使无辜的人受到惩罚的主题有关，他无法回避在他的小说中扮演律师或法官的角色。眼下，在他羞涩的外表下蕴藏着现实和想象两种力量。现实的力量推动他攻读法学博士，想象的力量催迫他动笔写作，他同时接受了这两个挑战。卡夫卡在给他的朋友奥斯卡尔·波拉克（Oskar Pollak）的信中说："一本书应当是一把斧头，砍向在我们身上结冰的海。这就是我的信念。"卡夫卡第一次拿起这把斧头破冰的时候，是在1903年至1904年秋天的那个学期，当时他只有20岁，书名叫《一次战斗纪实》，讲述一个寒冷的冬夜，两个喝了酒的年轻人在布拉格街头漫游，这是卡夫卡青年时代一篇充满浪漫气息的小说，表达了年轻人对爱情的犹疑：

　　"您知道，我有的是时间；我可以随时结束这个刚刚萌生的爱情，或行为不端，或不忠实，或远走他乡。因为我非常犹豫不决；我问自己是否真的应该投入这个激情之中。这是没准儿的

① Harald Salfellner, *Franz Kafka et Prague*, Prag, Vitalis, 1999, p. 56.

事，谁也不能准确预见其结果和持续时间。"[1]

1906年6月18日，卡夫卡在布拉格查理·费尔迪南德语大学的礼堂获颁法学博士学位证书。这所大学始建于1348年，是中欧地区历史上最早的大学。15世纪捷克宗教改革家胡斯担任校长期间开始扩大波希米亚人在大学领导层的比例，巴伐利亚、萨克森和波兰的少数民族受到排斥，造成历史上查理大学的第一次分裂，许多学生和教授出走。1622年，耶稣会教士掌管教权，宗教异端分子一度云集查理大学。19世纪，查理大学成为民族和政治冲突的舞台，最终分裂成捷克语和德语两所大学。1939年，在"德意志帝国保护人"的敕令下，捷克语大学被迫关闭；作为报复，1945年捷克总统爱德华·贝奈斯（Edvard Benes）宣布关闭德语大学。20世纪，查理大学在1968年"布拉格之春"和1989年"天鹅绒革命"中也都扮演过重要角色。

今天，在布拉格十字军广场上，可以看到1848年查理大学五百年校庆时竖立的查理四世身着皇帝加冕盛装的雕像，他的右手拿着查理大学的建校法令，雕像高3.79米，底座四面的壁龛中嵌有代表建校时的四个学科的图案：正面是神学，后面是哲学，左

---

① Kafka, *Œuvres complètes II*, Bibliothèque de la Pléiade, Paris, Gallimard, 1980, p. 44.

面是医学，右面是法学，四周还有布拉格首任和第二任大主教、查理皇帝的赞助人和圣·居伊教堂的建筑师的塑像。整个作品由雕塑家汉德尔（E. Händel）设计，为纽伦堡皇家铸工铸造。

卡夫卡得到博士学位后，先是在一家保险公司上班。这家公司的地点位于布拉格最开阔、最繁华的圣·旺塞斯拉斯广场19号。整个广场大街正对着捷克国家博物馆，是后来"布拉格之春"和"天鹅绒革命"的发源地。圣·旺塞斯拉斯是传说中斯拉夫公主丽布丝（Libuse）建立的布拉格历史上第一个王朝的国君，在位时间是公元921年至935年。他本是一个受民众爱戴的好国王，但不幸遭一心篡位的兄弟派人杀害。卡夫卡在这家保险公司的工作时间长，薪水低，假期少，显然不能满足他写作的愿望。此外，卡夫卡身体羸弱，不堪负荷，身高1.82米，体重只有62公斤。卡夫卡在《一次战斗纪实》中写的那个主人公很像他自己：

"我天生体质虚弱，您看，我站直都困难。这不是一件小事，我个子太高。"①

1908年，卡夫卡调到他同学的父亲担任总经理的工伤事故保

---

① Kafka, *Œuvres complètes II*, Bibliothèque de la Pléiade, Paris, Gallimard, 1980, p. 11.

险公司，每天上班时间是早8点到下午2点，而且薪水不薄。卡夫卡很快得到公司同事和上级的赏识，职务不断升迁。这个时期，卡夫卡还经常出入文人聚集的咖啡馆（Arco, Kontinental, Louvre, Radetzky）。孤独和社交是两种并存的需要。后来卡夫卡在给一位盲人朋友的信中，这样描述咖啡馆的好处：

"人们你看我，我看你，互相交谈，互相端详，彼此并不相识。这是一个每人都可以按照自己的口味品尝的宴席，任何人都不会不自在。你可以在那里露面，之后销声匿迹，不必向主人辞行；而每次人们都是愉快地接待你，绝不掺杂半点儿虚伪。"①

1912年卡夫卡进入写作的第一个多产期。短篇小说《判决》和《变形记》，第一部长篇小说《失踪者》（1927年勃罗德将它发表时改名为《美国》）都是这个时期的作品。卡夫卡在1912年9月的日记中写道：

"《判决》这个故事，我是在22日至23日的夜里，从晚上10点到早上6点一气呵成的。由于坐了一宿，我的两条腿麻木极了，勉强从书桌旁站起来。极度可怕的快乐，随着这个故事在

---

① Harald Salfellner, *Franz Kafka et Prague*, Prag, Vitalis, 1999, pp. 98-99.

我面前展开，我就像在一片水面上行进。在这个夜晚，有好几次，我的身体被自己的重量压弯。就像一个敢作敢为的人，我为所有人，为所有稀奇古怪的想法之产生、消失、再生准备了一个火盆。……当仆人第一次穿过候客厅的时候，我正在纸上写完最后一句话。关了灯，天已发亮。胸部隐隐作痛，疲劳在半夜消退了。我颤抖着走进妹妹们的房间，大声朗读。之前我在仆人面前伸着懒腰说：'我写了一夜。'她看到床一动没动，跟刚铺好的时候一样。通过写作的行为，我不无羞愧地触到了写作的真谛，这一信念终于得到证实，人只能在这样一种关系中写作，身体和灵魂全部开放。一个上午我都躺在床上，但始终没有合眼。"①

　　卡夫卡的这段文字将我们带进他写作的真实境遇，我们好像跟他一起熬过《判决》的通宵。

　　1914年，第一次世界大战爆发，卡夫卡的几个朋友应征入伍，卡夫卡因保险公司的工作离不开而幸免，但他多次表露想去当兵的念头，同时在日记中又对战争以及"令人作呕的爱国游行"表示反感。其实卡夫卡正独自进行着另一场战争，他在日记中写道："无论如何，我要写下去；这是必须的；这是我保持自己

---

①　Harald Salfellner, *Franz Kafka et Prague*, Prag, Vitalis, 1999, pp. 105-106.

的一场战斗。"《诉讼》（又译《审判》）《乡村教师》《代理检察长》和《少年教养院》就是这个时期的作品。

《诉讼》可能是卡夫卡拥有最多读者的小说。银行职员约瑟夫·K在30岁生日的那天早上无缘无故地被逮捕。他思前想后不明白自己犯了什么法，感到无辜受辱。直到最后他默认有罪，伏法，也不知道自己究竟犯了什么罪。他从未亲眼见过审判他的法官，官司也没打到最高法院。看来卡夫卡是希望读者来回答这些近乎荒诞的问题。读者从约瑟夫·K的经历中也看不出什么问题。只知道他是一个称职的银行职员，与经理的助理不和；30岁还是独身一人，每星期与一个夜总会的女侍者约会一次；三年没去看望过独自在外省生活的半失明的母亲，不过每个月都请一个堂兄去送钱。总之，他是一个似乎只有工作，没有生活的人，一个现代社会平庸的小资产者的典型。他万万没想到问题就出在这种生活方式本身：将生活建立在错误的价值观念上，追求外在的偶像和个人的声誉，忘却了人真实的存在。他犯的罪就是甘愿被社会异化，那个他无论如何搞不清楚的法律不是别的，正是生活的本质，一条内在的法律。在这条法律面前，人人都有罪，都可以被判刑，因此被审判的肯定不是约瑟夫·K一个人。卡夫卡写的这个人物虽是一个再普通不过的人，但他犯的罪却不是一般法院可以受理的案子，而属于良心法庭的范畴（约瑟夫·K最后被处决的时候，刽子手将刀插在他的心上，而且还剜了两下）。萨特说，"他人是地狱"，对卡夫卡来说，他人是法官，法官又是自己，因此自己也是他人（地狱）。《诉讼》经历了从外部到内部、客观到主观、低级法院（他人）到高级法院（自己）的审理过程。当两个刽子手在约瑟夫·K31岁生日的前一天晚上来押他赴刑场的时候，不知是出于厌倦，还是出于无奈，抑或是出于认罪的心理，他跟随刽子手去了，好像并无怨言。

1914年这一年，卡夫卡除了写作还与自己进行着另一场战斗：婚恋。他与一个在好友马克斯·勃罗德家邂逅的柏林姑娘费丽丝·鲍威尔（Felice Bauer）已经相恋了两年，1914年和1917年双方两次订婚，又两次解除婚约。在这聚少离多的关系中，他们分开难忍相思之苦，见面难掩失望之情，卡夫卡的写作也随着感情的波动而起伏。卡夫卡感到作家的职业与爱情和婚姻是一对不可调和的矛盾。一方面，他一直憧憬结婚、建立一个家庭；另一方面，他将孤独视为文学创作不可或缺的先决条件，所以他只能用通信的方式去营造一种"共同生活"。从1912年9月至1917年9月的五年间，卡夫卡给费丽丝·鲍威尔写了大量情书，仅在1912年10月23日到年底这段时间，就写了一百多封。

战时，卡夫卡一直梦想全身心投入文学写作。当他1917年9月被诊断出肺结核的时候即向公司提出提前退休的要求，结果遭公司拒绝。疾病并没有使他停笔，1922年1月卡夫卡开始写可能是他一生最重要的作品《城堡》。1922年7月病退的申请终于得到公司的批准，可是命运留给他的时日已经不多了，9月《城堡》完成后，他的大部分时间都是在疗养院的病榻上挨过的，他已经无力再写长篇小说，但仍然写出了《地洞》和《约瑟芬，女歌唱家或老鼠的民族》等几个短篇叙事作品。

卡夫卡病中写的《城堡》是他最晦涩的作品。他曾对马克斯·勃罗德说，这部小说"只是为了写而不是为了读"，好像这是一本不求被理解的书，一本真正为自己写的书。主人公土地测量员K的经历既简单又奇特。他自称被城堡的伯爵请来工作，但他的档案材料却被莫测高深的行政部门弄丢了。他想求见掌握他命运的城堡第十办公室主任克拉姆（Klamm）先生，但不得其门而入，结果是整天在进不去的城堡和无权落户的村子之间疲于奔命。如果把《诉讼》的主人公约瑟夫·K看作受迫害的犹太人的缩影，未免降低了这部小说的意义，但是《城堡》的主人公K的故事就不能不使人联想到犹太人漂泊流浪、无家可归的命运。K最终寻找的东西可能就是一个居留证，但他到处碰壁，一无所获，直到死也没有能将他的身份合法化。马克斯·勃罗德在《城堡》首版的后记中写道：

"（卡夫卡）有一次在我的追问下给我解释了这部小说的结局。这个自称是土地测量员的人至少得到了部分满足。他坚持不懈地斗争，但死于衰竭。村子的人聚集在他临终的床前，而就在这时，城堡的决定下来了：K不能在村子里合法居住，但鉴于某些附加情形，给予他在村里生活和工作的权利。"①

　　这是一个明显矛盾的决定：K在村里的居留是不合法的，但却被允许在那里生活和工作。这不能不使人想到卡夫卡那个时代犹太人在中欧和东欧国家的处境。历史上布拉格的犹太人曾长期受制于压迫性的法律，甚至遭到俄国沙皇的迫害。16世纪，他们还戴着犹太身份的黄色标记，受尽屈辱。狭小的布拉格旧犹太墓园在1478年至1787年竟然葬了约十万人，棺木重重叠叠堆积了12层，见缝插针的墓碑约一万二千块。他们的地位在1784年约瑟夫二世赋予犹太人平等的社会和政治权利后才有所改善，但直到20世纪初叶卡夫卡生活的那个时代，即使一个受过高等教育的犹太人也不能进入国家权力机关，可选择的道路只有自由职业，例如当医生或律师，这也是卡夫卡学法律的原因之一。卡夫卡去世后，他的同学菲利克斯·威尔兹（Felix Weltsch）在悼念文章中称卡夫卡是"一个虔诚的犹太教徒，而且是一个狂热的犹太复国主义者"。他的这个说法是否可以多少印证《城堡》的写作动机呢？

　　自1923年起，卡夫卡辗转求医于柏林、布拉格、维也纳，生命的最后6个星期住在靠近维也纳的基尔林（Kierling）疗养院。

---

① Kafka, *Œuvres complètes I*, Bibliothèque de la Pléiade, Paris, Gallimard, 1976, pp. 1140-1141.

那时肺结核已经侵入喉咙，致使他完全失声，只能靠写字与人交流。1924年6月3日上午，卡夫卡辞世，葬礼8天后在布拉格新犹太墓园举行。他的诗人朋友鲁道夫·福赫（Rudolf Fuchs）写道：

"来的人很多。希伯来文祷告。他的父母和妹妹不胜悲恸，他的女伴①沉默地绝望，像死人一样扑倒在墓穴上。天气阴沉，不时露出晴天。上帝做证，人们不能相信卡夫卡被埋在那个箱子里，直接仰卧在木头上——卡夫卡，这个刚刚开始出名的诗人。"②

卡夫卡的墓碑是布拉格建筑师利奥波德·埃尔曼（Leopold Ehrmann）设计的。灰白的石头，外形酷似古埃及的方尖碑，只是下方略窄，上方略宽。这也是卡夫卡的家庭墓穴，他的父母赫尔曼、朱丽·卡夫卡于1931年和1934年相继去世后，与卡夫卡合葬一处。父子关系是卡夫卡一生的心病，1912年他曾经熬个通宵写过一个父亲判儿子投河自尽的故事（《判决》）；1919年卡夫卡在病中写了一封"审判"父亲的信。卡夫卡曾说过："写作是一种祈祷的形式。"他写这封信是为了最终摆脱父亲的威权在他心中刻

---

① 指1923年卡夫卡结识的柏林姑娘朵拉·黛梦（Dora Dymant）。
② Harald Salfellner, *Franz Kafka et Prague,* Prag, Vitalis, 1998, p. 141.

下的伤痕，是对不可挽回的往事的追忆和宽恕——对这个成功的
商人和失败的父亲的宽恕：

"亲爱的父亲，

你最近问我为什么声称我怕你。像往常一样，我不知道回答
什么是好，一方面正是因为你让我感到恐惧，另一方面是因为这
一恐惧的原因包含太多无法口述的细节。如果说我现在试图用文
字回答你，那也会是非常不完整的，因为即使用笔写，对你的恐
惧及其后果也妨害我与你的关系，因为这个题目的重要性远远超
出我的记忆和理解力。"①

"在我眼里，你有暴君一样捉摸不透的性格，他们的权力不
是建立在思考的基础上，而是建立在他们个人的基础上。"②

"我们的要求完全不同；感动我的东西，你无动于衷，反之
亦然，你认为无辜的在我看来有罪，反之亦然，在你的生活中无
关紧要的事情，可能成为我的棺材盖。"③

"我在书中写的是你，我所做的只是抱怨那些我不能在你
怀中抱怨的事情。那是一个我对你说的告别，一个存心拖长的告

---

① Franz Kafka, *Lettre au père (BRIEF AN DEN VATER)*, Paris, Gallimard, 1957,
　　2002, p. 9.
② Ibid., p. 20.
③ Ibid., p. 80.

别，但是，如果说这个告别是你强加给我的，它的意义则是由我决定的。"①

卡夫卡的捷克文译者和女友蜜蕾娜·耶森斯卡夫人（Milena Jesenska）在悼念文章中这样评论他的作品：

"他写了年轻的德语文学最重要的书……它们真实，质朴，满含忧伤，即使充满了象征，也几乎是自然主义的风格。它们在无情的讽刺和敏感中战栗——一个人以如此清醒的目光审视世界，以至于这使他无法忍受，他除了死没有别的选择。"②

死神除了召唤他，可能也没有别的选择。在卡夫卡生命的最后几年，捷克斯洛伐克的反犹浪潮来势汹汹，尽管捷克斯洛伐克的首任总统马萨里克（T.G. Masaryk）竭力消除民众的反犹情绪，甚至甘冒政治生涯的危险，勇敢地为一个遭到无端指控的犹太人担任辩护律师，但仍然无法挽住狂澜。卡夫卡在给朋友的信中写道：

---

① Franz Kafka, *Lettre au père (BRIEF AN DEN VATER)*, Paris, Gallimard, 1957, 2002, p. 69.
② Harald Salfellner, *Franz Kafka et Prague*, Vitalis, 1998, pp. 141, 142.

"整个下午，我都在街上，泡在对犹太人的仇视中。有一次，我听到他们把犹太人称作败类。难道这不意味着要我们离开这个被人如此仇恨的地方吗（这里就无须祈求犹太复国运动和民族认同感了）？不顾一切留下来的英雄主义就像浴室里无法灭绝的蟑螂一样。我刚刚朝窗外张望，警察增援，宪兵枪上插了刺刀，人群叫喊着散去；我在上面的窗口旁有一种靠人保护而苟活的耻辱。"①

疾病和死亡对卡夫卡的生命和文学无异于摧残，而对于他的尊严却是无比的爱护。第二次世界大战期间，卡夫卡的三个妹妹都死于纳粹集中营。如果卡夫卡不幸活到那个时候，难免不遭到同样的厄运。1939—1945年捷克斯洛伐克被纳粹德国占领期间，卡夫卡的著作被列为禁书。若卡夫卡天上有知，一定不会反对命运对他的安排，尽管在当时，这一安排对卡夫卡和他的亲友，尤其对文学是何等残酷。

2004年7月于巴黎

---

① Harald Salfellner, *Franz Kafka et Prague*, Vitalis, 1998, p. 129.

加缪与希腊①

"奥德修斯在卡吕普索②（Calypso）那里可以选择永生或故土。他选择了故土，同时也选择了死亡。一个如此简单的高贵举止今天对我们是陌生的。"③

——阿尔贝·加缪

加缪的故乡阿尔及利亚与希腊一海之隔。1939年加缪和他未来的妻子弗朗希娜·福尔（Francine Faure），还有几个阿尔及尔的朋友，买好了9月2日启程去希腊的船票，但9月1日，德军的装甲

---

① 首发于《今天》文学杂志，2020年秋季号·总第127期，香港，第25—38页。

② 卡吕普索（Calypso），希腊神话中的海精灵（宁芙），擎天神阿特拉斯（Atlas）之女，她出于爱情将希腊英雄奥德修斯困在奥杰吉厄岛（Ogygia）上7年，后因雅典娜请求宙斯干预才放行。

③ Albert Camus, «L'exil d'Hélène» in *Essais,* Pléiade, Paris, Gallimard, 1965, p. 856.

车开进波兰，大战在即，地中海的天空骤然蓝得令人不安，加缪和他的朋友们不得不取消计划中的旅行。9月3日，英法两国先后对德宣战，二战正式爆发。其时，加缪担任《阿尔及尔共和报》的编辑，像所有年轻人一样，他也报名参军，但因肺结核被免除兵役。1946年，加缪在《地狱中的普罗米修斯》中回忆说："战争爆发那年，我本应该乘船重复奥德修斯的航行。那个时代，即使一个贫穷的青年人也可以奢侈地计划迎着阳光穿越大海。"①1953年，加缪还在《返回提帕萨》中写道："1939年9月2日，我没能如期去希腊。战争反而来到我们这里，之后覆盖了希腊本土。"②

返回伊萨卡③

加缪第一次去希腊没有像他年轻时计划的那样"穿越大海"，而是飞越了大海。1955年4月底，他受法国驻希腊大使馆和希法文化联盟的邀请，去雅典参加"欧洲文明的未来"研讨会。加缪在《手

---

① Albert Camus, «Prométhée aux enfers» in *Essais*, Pléiade, Paris, Gallimard, 1965, p. 842.
② Albert Camus, «Retour à Tipasa» in *Essais*, Pléiade, Paris, Gallimard, 1965, p. 870.
③ 伊萨卡（Ithaca），伊奥尼亚群岛之一，位于希腊西部，《荷马史诗》的英雄奥德修斯的故乡。

记》中详细记录了这次飞行的路线："阿尔卑斯山。岛屿一个接一个缓缓地与我们在海上相会：科西嘉（Corse），萨丁（Sardaigne），远处的厄尔巴（Elbe）和卡拉布里亚（Calabre）。凯法利尼亚（Céphalonie）和伊萨卡在黄昏中若隐若现。之后是希腊的海岸，但在夜色中，伯罗奔尼撒（Péloponnèse）肌肉发达的手掌变成一个昏暗而神秘、覆盖着雪花莲的大陆，雪峰在远处闪闪发光。仍然明亮的夜空中有几颗星星，之后是一钩弯月。雅典。"①

第二天，4月27日上午，加缪第一次登上了神往已久的卫城："风驱散了所有的云，洁白、刺眼的强光从天而降。整个上午都有多年来一直在这里的奇异感觉，就像在自己家中，甚至语言的不同也没有妨碍。……在好像被风刮到骨头的神庙和地面的石头上，11点的阳光倾泻下来，又弹起，碎成千万把炽热的白剑。阳光搜查眼睛，使其流泪，以刺痛身体的速度进入体内，将其掏空，施以某种肉体上的侵犯，同时清洗它。出于习惯，眼睛一点一点睁开，此处那放肆的美（是的，这一古典主义的非凡胆量使我震惊）被迎进一个经阳光净化的生命。"②希腊的春天短暂而绚丽，野花肆意绽放，卫城废墟中长满了暗红色的虞美人，有一朵孤独地长在光秃秃的石头上。草木在废墟中欣欣向荣，干燥的空

① Albert Camus, *Carnets* Ⅲ, folio, Paris, Gallimard, 2013, p. 185.
② Ibid., pp. 185-186.

气极具透明度，在笔直而纯净的光照下，卫城的峭壁好像是为永
久托起帕特农神庙而造，地势与建筑的完美结合抹去了二者之间
的界限，自然与人工的平衡感油然而生。"人们在这里要抗拒一种
完美已经成为过去，此后的世界不断没落的想法。但这个想法最
终还是会让人心碎。"①

　　几年来，因《反抗的人》一书与萨特在苏联共产主义问题上
的论战使加缪身心疲惫。半年前，阿尔及利亚战争爆发，加缪既
指责法国殖民当局的暴行，又谴责阿拉伯民族解放组织的恐怖行
径，这种两边不讨好的中间立场使他陷入进退失据的尴尬境地。
而此时，雅典卫城正用她残缺的完美使加缪的精神康复。希腊好
像代替了正在流血的阿尔及利亚，成为他新的故乡，就像奥德修
斯经过十年艰辛的漂泊，终于结束流亡，回到了他的家乡伊萨
卡。那种心情不是久别重逢可以形容！这一天距离加缪1939年那
次流产的旅行计划已经过去了16年。

神话和悲剧的希腊

　　加缪的哲学思考和文学写作以古希腊文化为根基，无论在

---

① Albert Camus, *Carnets*, Ⅲ folio, Paris, Gallimard, 2013, p. 186.

《婚礼集》（*Noces*）、《局外人》（*L'Étranger*）、《西西弗神话》（*Le Mythe de Sisyphe*）中，还是在《反抗者》（*L'Homme révolté*）、《夏》（*L'Été*）、《堕落》（*La Chute*）和《流亡与独立王国》（*L'Exil et le Royaume*）里，古希腊神话作为参照系时隐时现。加缪曾用希腊神话的人物来命名他的三个创作阶段：一、荒诞（西西弗）；二、反抗（普罗米修斯）；三、限度（涅墨西斯①）。然而长久以来，地理上的希腊对加缪遥不可及，他常怀着一颗"希腊心"想象拥有数千岛屿的爱琴海的轮廓，在那个完美的世界，天地、海域和人类有着最和谐的比例。

希腊语用κόσμος（kósmos）称呼世界，其本义是"秩序"。古希腊人认为世界是一个有秩序的整体，自然与人类之间存在某种紧张的和谐和脆弱的平衡。和谐与平衡都需要限度，这正是加缪在1955年4月28日雅典会议上讨论的一个题目。他说："如果今天，在巴黎的一个研讨会上，你提到限度这个概念，一千双浪漫主义的手臂会举向天花板。对于我们的知识分子来说，限度不过是资产阶级恶魔般的适度。其实完全不是这样。限度不是对矛盾的拒

---

① 涅墨西斯（Némésis），希腊神话中的适度女神，掌管万物的平衡，无论是诸神还是人的过度行为都会受到她的制裁，故被误作"复仇女神"。按照加缪的计划，第三阶段与前两个阶段一样，包括一部小说［《第一个人》（*Le Premier Homme*）］，一部戏剧［《唐·浮士德》（*Don Faust*)］，一部哲学随笔［《涅墨西斯神话》（*Le Mythe de Némésis*）］。《第一个人》于1994年（加缪去世34年后）发表，后两部加缪未及动笔。

绝，也不是矛盾的解决方法。在古希腊文化中，如果我在这一点上的知识够用，限度一向是对矛盾的认可和无论发生什么情况都保持平衡的抉择。"①20世纪50年代中期的法国知识界经历了一场萨特和加缪围绕革命和反抗的问题展开的思想论战。加缪主张将反抗建立在人类行动的界限之上，设限是为了防止反抗沦为暴力革命的工具，因为革命的思想包含"全面破坏"和"无限制奴役"的倾向。在社会和政治领域，限度作为调解矛盾的方法关系到个人的权利和义务的平衡："人权是我们需要捍卫的价值，但这不意味着这些权利是对义务的否定。反过来，也一样。"② "自由有一个界限，公平也有一个界限，自由的界限存在于公平之中，也就是说在他人的存在和对他人的承认之中，公平的界限存在于自由之中，也就是人按照他本来的样子在一个集体中存在的权利。"③

　　在以萨特为代表的左派知识分子看来，暴力对于建设一个新世界是必不可少的。弗朗西斯·让松④讥讽加缪是一个不愿意弄脏手的"漂亮的灵魂"；安德烈·布勒东⑤攻击他说："加缪使劲儿让人相信的这个反抗的幽灵是个什么东西，它又隐藏在什么

① Albert Camus, «L'Avenir de la civilisation européenne» in *Conférences et discours 1936-1958*, folio, Paris, Gallimard, 2017, p. 224.
② Ibid., p. 226.
③ Ibid., p. 230.
④ Francis Jeanson（1922—2009），法国哲学家，在法阿战争期间，为阿尔及利亚民族解放阵线运送资金，为此被缺席审判，并判处十年徒刑，1966年被赦免。
⑤ André Breton（1896—1966），法国诗人，作家，超现实主义运动创始人。

后面？一种反抗，若把限度引进其中，被掏空激情的内容，还剩下什么？"①加缪认为，"20世纪的革命声称以经济为依据，其实它首先是一种政治和一种意识形态。就其功能而言，它无法避免恐怖和对现实施加暴力。无论其意图如何，它从绝对出发塑造现实。相反，反抗以现实为依据，在一场持续的战斗中走向真理。"②如果让时间做裁判，加缪无疑是这场论战的胜者，尽管有限度的反抗与暴力革命的争论并没有因此而结束。20世纪的历史证明，德国法西斯以国家社会主义的名义、苏联以共产主义的名义、西班牙佛朗哥独裁政权以反共的名义所实行的迫害和杀戮都是用某种社会目标使大规模的犯罪行为合法化。在加缪看来，"所有刽子手都是一家的"③。

雅典讨论会的第二天，加缪以"悲剧的未来"为题做了一个讲座。他指出我们生活在一个悲剧性的时代，然而这个时代没有创造出古希腊悲剧的平衡艺术："古代悲剧永恒的主题是不可逾越的界限。两股各具合法性的力量在这一界限的两侧相遇，并发生激烈和不间断的冲突。对这一界限的误判，想打破这一平衡，意

① Cf. David H. Walker, *Albert Camus , Les extrêmes et l'équilibre, Actes du Colloque de KEELE, 25-27 mars 1993*, Éditions Rodopi B.V., Amsterdam-Atlanta, GA 1994, pp. 166-167.
② Albert Camus, «L'Homme révolté» in *Essais*, Pléiade, Paris, Gallimard, 1965, p. 701.
③ Albert Camus, «L'artiste et son temps» in *Essais*, Pléiade, Paris, Gallimard, 1965, p. 802.

味着毁灭。"①界限是对立的两股力量的触点，也是生命与死亡共享的平衡点。这一思想贯穿在古希腊的哲学、诗歌，特别是悲剧之中。由此派生的节制和限度的观念是加缪称为"正午思想"（La pensée de midi）的核心，即中庸和平衡的思想。加缪解释说：

"这一平衡力量，这种有分寸地安排生活的精神正是给予人们称之为太阳思想的悠久传统以生命力的精神，在那里，自古希腊人以来，自然总是与变化相平衡。"②

"我们流放了美，希腊人为她拿起武器。这是第一个不同，而且由来已久。希腊思想一向坚守在界限的理念之中。它什么也不推向末端，无论是神圣的事物，还是理性。它将一切都加以考量，用光平衡影子。相反，我们的欧洲是过度的女儿，在征服全体性的路上狂奔。……涅墨西斯，适度的女神，不是复仇女神，对此保持警惕。所有越过界限的人都会受到她无情的惩罚。"③

"对希腊人来说，价值先于行动而存在，并准确划出行动的界限。现代哲学将其价值置于行动之后。它们不是价值，而是变成价值。我们要在历史完成后才认识它们的全部。"④

---

① Albert Camus, «Conférence prononcée à Athènes sur l'avenir de la tragédie» in *Théâtre, Récits, Nouvelles*, Pléiade, Paris, Gallimard, 1962, p. 1705.
② Albert Camus, «L'Homme révolté» in *Essais*, Pléiade, Paris, Gallimard, 1965, p. 701.
③ Albert Camus, «L'exil d'Hélène» in *Essais*, Pléiade, Paris, Gallimard, 1965, p. 853.
④ Ibid., p. 855.

　　"但希腊人从未说界限是不可逾越的。他们说界限是存在的，敢于越界的人会受到无情的惩罚。在今天的历史中，这是无可辩驳的。"①

　　以上四段引文出自《反抗者》中的"正午思想"和《夏》中的"海伦的流放"，其写作时间相隔三年，但结论是一致的：古希腊和地中海的平衡思想与当代极权主义的"过度行为"相对立。"欧洲从来都处在正午和子夜的斗争之中。……在欧洲的深夜，太阳思想，有双重面孔的文明等待曙光。"②

　　从青年时代起，加缪就开始用两极平衡的概念表达他对事物的看法。这从他的一些著作或章节的题目上就可以看出来：《反与正》（*L'Envers et l'Endroit*）、《是与否之间》（*Entre oui et non*）、《流亡与独立王国》（*L'Exil et le Royaume*）、《不当受害者，也不做刽子手》（*Ni victimes ni bourreaux*）、《正义与仇恨》（*Justice et haine*）、《反抗与随波逐流》（*Révolte et conformisme*）、《反抗与奴役》（*Révolte et servitude*）、《虚无主义与历史》（*Nihilisme et histoire*）、《反抗与革命》（*Révolte et révolution*）、《节制与过度》（*Mesure et démesure*）。加缪的思想试图在"存在

---

① Albert Camus, «L'exil d'Hélène» in *Essais,* Pléiade, Paris, Gallimard, 1965, pp. 855-856.
② Albert Camus, «L'Homme révolté» in *Essais*, Pléiade, Paris, Gallimard, 1965, p. 703.

与虚无"的形而上二项式中，在"拒绝与赞同""肯定与否定"
的二难推理中接近一种平衡的真理。在雅典会议上，加缪在回答
"什么是欧洲文明的主要特征"这个问题时说：

> "欧洲文明首先是一种多元文明。我想说它是思想、异议、
> 价值多元的地方，也是无穷尽的辩证法的地方。欧洲有生命力的
> 辩证法不会通向一种极权的、正统的意识形态。这一多元主义一
> 直是欧洲自由观念的基础，在我看来，它是我们文明的最重要的
> 贡献。它今天处于危险之中，这正是我们必须努力保护的。"[1]

感官和现实的希腊

在1945年的一个访谈中，加缪说："我不是一个哲学家，我对
理性的信念不足以使我相信一个体系。我感兴趣的是知道如何做
人。"[2]加缪的艺术家气质使他对绝对理性和任何一种哲学体系
持怀疑态度。在雅典会议上，加缪提请听众注意这样一个问题：
唯理性主义是否在某种程度上造成人类感性的萎缩，并逐渐使

[1] Albert Camus, «L'Avenir de la civilisation européenne» in *Conférences et discours 1936-1958*, folio, Paris, Gallimard, 2017, pp. 220-221.
[2] *Cf.* Interview à la revue Servir, 20 décembre 1945.

个人的世界变得贫瘠？对这个问题，加缪的看法与诗人勒内·夏尔[①]很接近。夏尔认为那些唯理性主义者"无节制地服从谎言和恶的法庭"[②]，而"诗歌是感觉的神秘教义，是一种显然的真理……"[③]。诗人好像希腊神话中的睡神许普诺斯（Hypnos），是能在黑夜中见到光的人。诗人的天职是用感性之光观照世界，所以他会为美而流泪。《许普诺斯笔记》是夏尔题献给加缪的一本散文诗集的名字。1948年，加缪在介绍夏尔的广播节目中，用富于感性的语言说："他是新的。他的美妙的新是古老的。那是正午的太阳的新、活水的新、一对男女的新、自然的秘密的新、面包和葡萄酒的新、不厌倦的美的新。他新得像忠实的土地希腊、像前苏格拉底派，他认同他们的悲剧的乐观主义。他是幸存者中唯一活着的人，他从头继承正午思想的坚韧而罕见的传统。"[④]夏尔的诗歌是南法普罗旺斯的一眼喷泉，那是地中海的光、沃克吕兹（Vaucluse）山脉的雪、吕贝隆（Lubéron）山谷的风和索尔格（La Sorgue）的河水凝结成的文字，加缪称之为"恢复健康的话

---

① René Char（1907—1988），20世纪法国最重要的诗人之一。

② René Char, «Feuillets d'Hypnos, 1943-1944» in *Œuvres complètes*, Pléiade, Paris, Gallimard, 1983, p. 177.

③ *Cf.* Entretien de René Char avec Jacques Charpier, «Une matinée avec René Char», *Combat*, 16 février 1950.

④ *Cf.* «Albert Camus parle de René Char» in *La pensée de midi*, 2000, N° 1, Arles, Acte sud, pp. 191-197.

语",可以治愈"世界的溃疡"。

雅典会议和讲座后,加缪终于得以实现他23岁时"看希腊"的梦想。"我走过的整个希腊此时都长满了虞美人和几千种花"①:米科诺斯岛(Mykonos)忍冬的味道,爱琴娜岛(Égine)让人透不过气来的百合香,塞萨洛尼基(Salonique)弥漫的海盐味……到处是"废墟和野花的岛(虞美人,牵牛花,紫罗兰,紫菀)。"②加缪好像恢复了在巴黎失去的嗅觉,这种感官的快乐因他长期受肺结核的折磨而弥足珍贵。在阿伽门农(Agamemnon)的王国迈锡尼(Mycènes),加缪度过了"世界上最美的黄昏":"为收到这大块的永恒远道而来是值得的。此后其余的都不重要了。"③看着逐渐从视线中消失的提洛岛(Délos),加缪好像经历了一次失恋:"我第一次怀着一种痛苦的心情看着一片我喜爱的土地消失,我可能在死前再也看不到它了"④。月亮"很快升到天上,照亮水面。我看着它,直到午夜,我倾听船帆,内心伴随着摇动的海水拍打船舷"⑤。"离开提洛岛以后,除了那些山峦的平和、温柔的影子、鸟鸣啾啾的寂静,我什么也感受不到

---

① Albert Camus, *Carnets Ⅲ*, folio, Paris, Gallimard, 2013, p. 191.
② Ibid., p. 200.
③ Ibid., p. 194.
④ Ibid., p. 201.
⑤ Ibid.

了。"① "幸福，终于，近乎流泪的幸福。因为我想留住这种难以言说的快乐，把它抱紧，然而我知道它终会消失。这些天来，它一直在暗中持续，今天它使我那么痛苦，以至于我觉得只要我愿意，每次都能重新找回同样的快乐。"②

　　然而一路上，加缪并没有一味沉浸在幸福和快乐之中。在沃洛斯（Volos），他看到百分之八十的房屋毁于不久前发生的地震。整个城市，包括医院，都架起了帐篷，教堂的弥撒露天举行，市长在倒塌的房子旁接待加缪，理发师在院子里为他理发。在忒罗尼亚（Thronia），加缪看到岛民生活的贫困，"破烂的房屋"，"衣衫褴褛，但看上去还算健康的孩子"。在雅典东南方45公里处深入爱琴海的岬角苏尼翁（Cap Sounion），加缪度过了他称之为"完美的时刻"，但当他的视线落在对面海域的马克罗尼索斯岛（Makrónissos），又称长岛的时候，陪同人员告诉他那就是二战结束后希腊内战时期（1946—1949）建立集中营的地方③，关押过数万名希腊民族解放军和民族解放阵线的官兵，以及共产党员、作家、演员、音乐家、僧侣等政治犯，他们大都是纳粹占领期间抵抗运动的战士，其中就有希腊的大诗人扬尼斯·里佐斯④。1949年

① Albert Camus, *Carnets Ⅲ*, folio, Paris, Gallimard, 2013, p. 202.
② Ibid., pp. 198-199.
③ 第一批集中营是英国人利用马歇尔计划提供的资金建立的。
④ Yánnis Rítsos（1909—1990），20世纪希腊最伟大的诗人之一，二战期间抵抗运动战士。

八九月间，他把在这所集中营中写的诗密封在瓶子中，埋在地下，后来汇集在《石头时间》（*Temps pierreux*）中发表。在马克罗尼索斯岛，数千名共产党员和左翼人士遭军事法庭严刑拷打后被处决。1949年3月加缪曾签名呼吁赦免被判死刑的希腊知识分子。1950年11月，他曾与希腊政府斡旋，要求重新审理他们的案件。1955年12月6日，从希腊回来6个月后，加缪在法国《快报》（*L'Express*）上发表题为《希腊孩子》的文章，抗议英国统治者武力镇压塞浦路斯反对英国驻军的示威者："几个星期以来，反抗的塞浦路斯有了一个面孔，他就是被英国法庭判处绞刑的年轻的塞浦路斯大学生米歇尔·卡拉奥利（Michel Karaoli）。在阿芙洛狄忒诞生的幸福的岛上，人也可以这样恐怖地死去。"[1]1959年三四月，由于加缪的干预，以威胁国家安全罪名被判刑的希腊共产党议员马诺里斯·格雷左（Manolis Glezos）获释。

加缪同情希腊共产党员并非赞同共产主义[2]，而是出于人道情怀。加缪的道德观不是来自宗教，也不是来自任何一种意识形态，而是来自对苦难的同情心和对人类生存境况的共情意识。他对遭受纳粹主义和"苏联体制的集中化特征"时期迫害而流亡西方的东欧知识分子同样关切。他与匈牙利作家阿瑟·库斯勒（Arthur

---

[1]　Albert Camus, «L'Enfant grec» in *Essais*, Pléiade, Paris, Gallimard, 1965, p. 1766.
[2]　加缪曾于1934年底加入法国共产党阿尔及利亚支部，1937年秋被当作"托派分子"开除。

Koestler）、波兰诗人切斯瓦夫·米沃什（Czesław Miłosz）和苏联
卡廷大屠杀的幸存者波兰军官约瑟夫·恰普斯基（Józef Czapski）
会面并通信。汉娜·阿伦特（Hannah Arendt）1952年4月30日与
加缪见面后说，他"毫无疑问是目前法国最好的人"[1]。阿伦特
还在给她的导师卡尔·雅斯贝尔斯的信中将加缪和萨特做了比较：
"萨特可能比加缪更有天赋，但加缪更重要，因为他更严肃、更诚
实。"[2]米沃什在加缪逝世后发表的悼文中说："（加缪）——我相
信我可以代表其他人这么说——几乎是所有法国当代作家中与我们
最亲近的人。……我不知道是什么保护阿尔贝·加缪抗拒在巴黎知
识分子中流行的那种随大流的风气。是非洲的海滩，还是一种没有
资产阶级'良心不安'的贫民出身？"[3]在加缪与法国左派知识分
子的论战中，东欧的流亡者是少数支持他的群体，因为他们有一个
共同的认知，即纳粹和"苏联体制的集中化"是20世纪极权主义的
两种形式。反对纳粹主义和"苏联体制的集中化"的斗争不是反对
德国和苏联、德意志民族和俄罗斯民族的斗争，而是人类反对极权
主义，或者说是文明世界反对一种反人类的意识形态的斗争。在加
缪看来，左派知识分子在理论上否认革命的界限比拒绝接受苏联集

[1]　Hannah Arendt, Heinrich Blücher, *Correspondance 1936-1968*, Paris, Calmann-Lévy Éditeur, 1999, p. 233.

[2]　Hannah Arendt, Karl Jaspers, *Correspondance 1926-1969*, Paris, Payot, 1996, p. 102.

[3]　Cf. Czeslaw Milosz, « Hommage à Camus » in la revue *Preuves*, Avril 1960.

中营存在的事实更为严重，因为这个界限是现实的边界，对界限的无知或无视导致革命者背离现实，使革命迷失了方向，陷入"虚无主义"和"为运动而运动"的泥沼。

月桂和迷迭香

　　加缪第二次访问希腊是在1958年夏季，同行的还有他的出版人米歇尔·伽利玛（Michel Gallimard）夫妇，后者租了一条游艇。巴黎对加缪在阿尔及利亚危机四伏的时候去希腊游船很愤慨，尤其听说加缪的情人、西班牙籍演员玛丽亚·卡萨雷斯（Maria Casarès）也去与他相会。在阿尔及利亚问题上，加缪提出建立法阿联邦—阿尔及利亚自治的折中方案，人们嘲笑他天真幼稚；他拒绝发表意见，人们又责备他沉默。加缪好像投入了一场注定没有盟友的战斗，他不愿意在法属阿尔及利亚和独立之间做选择而被两个阵营都视为叛徒，他发出的声音到处碰壁，最让他无法想象的是阿尔及利亚独立将导致上百万"黑脚"①被迫离开他

---

① 黑脚（pied-noir），泛指在法属阿尔及利亚生活的法国和欧洲公民（包括犹太人和1956年3月之前生活在法属突尼斯和摩洛哥的法国公民），1960年大约占阿尔及利亚总人口的10%。1962年7月阿尔及利亚独立前后有80万"黑脚"迁回法国本土（包括13万犹太人），约20万"黑脚"选择留在阿尔及利亚。

们的故乡。但他心里知道最后的希望破灭了，从独立战争的第一天起，阿尔及利亚已经踏上了一条不归路。在心灰意冷的时候，他选择回到他的精神故乡——希腊。

当5月底的第一波热浪滚过，繁花似锦的春天很快褪去绚丽的色彩，整个希腊都换上了蓝白色的夏装。虽然相隔三年多的两次希腊行都历时20天，可他在《加缪手记》中对第二次旅行的记录只有第一次的三分之一，但他对希腊的感情一如既往——这个充满阳光、芳香和永恒瞬间的世界可以使他忘却一切。

6月10日，抵达雅典的第二天，加缪重返卫城，可这一次却因一个代号"O"的人扫兴而归。他在《加缪手记》中谈到他的时候说："卫城不是一个人们可以说谎的地方。"[1]上过卫城的人都能体会加缪的话，这样圣洁的地方不是跟任何人都可以去的。同一天，经过两小时的飞行，加缪一行搭乘的飞机在罗德岛的麦田中降落，"风使短麦秆和花丛如海浪般向蓝色的大海翻滚"[2]。在给他青年时代的哲学老师让·格勒尼埃的（Jean Grenier）的信中，加缪写道："我一大早离船，一个人，去距离20分钟的罗德岛海滩游泳，一个人。水清澈，温暖。早上初升的太阳暖洋洋的，但不发烫。美妙的时刻将我带回20年前马德拉格[3]的早晨，那时我睡眼惺

---

[1]　Albert Camus, *Carnets III*, folio, Paris, Gallimard, 2013, p. 265.

[2]　Ibid.

[3]　Madrague，阿尔及尔的一个海滨浴场。

忪地从距离大海几米远的帐篷中出来，钻进还在沉睡的海水。"①
在这几行字中，我们看到在加缪笔下多次出现的三个词：太阳、
沙滩和海水，这三个词对加缪有着特殊的意义。1958年他在《反
与正》的再版序言中写道："首先，贫穷对我从不曾是一种不幸：
阳光在其中播撒它的财富，甚至我的反抗也被它照亮了……为了
改正一种天生的冷漠，我被置于贫困和太阳的中间。穷困阻止我
相信太阳之下和历史之中一切都好；太阳让我明白历史并非一
切。"②"人们在世界上看到许多不公平，但有一个人们从来不
说，这就是气候的不公平。我不知道，我在很长时间是这一不
公平的受益者之一。"③阳光和大海虽不能消除贫困，但可以暂
时抚平人间的不平等。地中海的自然环境造就了加缪不知怨恨的
性格。

　　加缪的第二次希腊行也是穿行在海岛之间的一次感官复苏
之旅：林多斯（Lindos）混杂着海水、驴粪、干草和烟味的热
气；离希俄斯（Chios）几英里水面上海风刮来的夹竹桃的味道；
斯科派洛斯岛（Skopelos）的茉莉花和石榴花的淡香；德尔菲
（Delphes）剧场夜晚的气息……

---

① 　Cf. Albert Camus A J. Grenier & M. Dobrenn, *Correspondance 1932-1960,* Paris,
　　Gallimard, 1981.

② 　Albert Camus, «L'Envers et l'Endroit» in *Essais,* Pléiade, Paris, Gallimard,
　　1965, p. 6.

③ 　Ibid., p. 7.

不知道是否与这次旅行有关，加缪从希腊回来十多天后，在
《加缪手记》中写道："真理是唯一的权力，轻快的、无穷尽的。
如果我们能够只靠真理和只为真理活着该多好：我们身上年轻的
和不朽的能量。真理之人不老。再努力一下，他就是不死的。"①
加缪在给玛丽亚·卡萨雷斯的信中经常透露他对衰老的厌恶，不
知道他是否曾有早逝能够抗拒衰老的想法？

第二次希腊行约一年半以后，加缪乘车从普罗旺斯回巴黎，
在枫丹白露以南的5号国家公路上，米歇尔·伽利玛驾驶的跑车
（Facel-Vega）突然偏驶，撞在道旁的一棵梧桐树上，时间是1960
年1月4日13点55分。人们在加缪的皮包里发现了他未完成的自传
体小说《第一个人》的手稿和两本笔记，衣兜里有一张当天亚维
农至巴黎的火车票。

在卢尔马兰村（Lourmarin）加缪朴素的墓旁种着月桂和迷迭
香，这两种源自地中海盆地的植物永远陪伴着他……

2020年6月于巴黎

---

① Albert Camus, *Carnets III*, folio, Paris, Gallimard, 2013, p. 277.

罗伯-格里耶的文学态度^①

阿兰·罗伯-格里耶^②2008年2月18日去世的消息，我是在电视新闻中得知的，当时曾发愿写一篇纪念文章，一晃五年过去了。有时一个微小的愿望也需要长时间的酝酿才能实现，像一粒种子从吸胀到萌发需要时间。五年来我时断时续地重读罗伯-格里耶的小说和文论，他不再是1984年我在北大读研时来访的那位陌生的作家，更像是一个饱经沧桑故去的友人。当年在北大听他讲座的时候，就对他放弃植物学研究而从事文学写作的故事非常好奇，后来才知道他开始写作是出于政治和性的原因：

---

① 首发于《今天》文学杂志，2013年夏季号·总第101期，香港，第184—194页。《跨文化对话》第37辑转发，2017年9月，商务印书馆，北京，第27—39页。
② Alain Robbe-Grillet（1922—2008），法国小说家，电影艺术家，法兰西学院院士。

"自弗洛伊德以来，我们知道一切都与性有关；自马克思以来，我们知道一切都与政治有关。我大致是在二战结束后在对自己和世界的双重发现中开始写作的。政治发现是指我出身于一个右翼家庭，作为右翼家庭的子弟，我相信秩序。如对所有右翼家庭一样，相对于人民阵线①，国家社会主义代表了秩序。……然而，与大多数法国人一样，我后来发现纳粹主义②是一个疯狂的、血腥的制度。但我曾在纳粹德国看到笑容满面的金发儿童和帮助老年妇女过马路的士兵，我曾看到秩序井然。突然间，我看到了秩序的另一面，即极其混乱和隐蔽的无秩序。……于是，我发现纳粹主义隐藏的另一面是疯狂的罪行、恐怖和梦魇。种族灭绝完全有悖理性，是疯子的想法。正是这一发现促使我写作，我的书写的是秩序与无秩序之间的斗争。……此外，长久以来，我意识到我不完全是一个'正常人'，我发现施虐-受虐狂的画面对我的性器官的功能是不可或缺的。我用这一发现写书。当然不是坦白的书……"③

---

① 人民阵线（Front populaire）是1936—1938年在法国执政的左派政党联盟，由三个主要政党组成：工人国际法国支部，激进社会党和共产党。
② 纳粹主义是德语国家社会主义（Nationalsozialismus）的缩写。
③ Alain Robbe-Grillet, Entretien avec Jacques Henric in *Art Press* n° 88, décembre 1984, sous le titre: «Alain Robbe-Grillet par lui-même », repris dans *Le Voyageur*, Paris, Christian Bourgois éditeur, 2001, pp. 445-446.

　　"因为两种危险不断地威胁世界：秩序和无秩序。"①

——保尔·瓦雷里

　　"我书写的是秩序与无秩序之间的斗争。"带着罗伯-格里耶
提供的这把钥匙，我重读了他的《嫉妒》（1957）。在这部小说
中，秩序与无秩序好似透过百叶窗照射在地上的光线，明暗交
织，人物的动作和故事的情节有规律地重复，像电影里从不同
角度拍摄的同一场景在不同的时间反复出现。事件在同样的地
点发生，但随故事的进展而变化，就像西班牙复活节的宗教游行
队伍，沿着不同的路线经过同样的地方。叙事者想方设法建立
秩序，理顺思路，但是无秩序始终占上风，思路越理越乱，甚
至搞不清楚什么是正在发生的事情，什么是已经发生和将要发
生的事情，叙述没有前后连贯的时序。直到小说结尾，读者还
是不知道在女主人公阿x和她的邻居弗兰克之间究竟发生了什么
事情，好像没有什么事，而一切又都是可能的。表面上看，一切
都是那么可疑，但是细想起来又觉得一切都合情合理，并没有
什么出格的举动。叙事者思前想后，只有疑虑顽固地盘踞在心
头，挥之不去："最令人不解的是，类似的情况以前居然从来没

---

① Paul Valéry, *Œuvres*, *I*, Paris, Gallimard, 1957, p. 993.

有出现过。"① "以前即便有过类似的情况，却从来没有这样安排过。"②

　　《嫉妒》的叙事陷入了一个现象和幻觉交叉的迷宫，阅读不能沿着一个方向进行，而是向许多不同的方向延伸。例如阿x与弗兰克进城的那一段，两人刚刚还在商量何时动身，何时赶到城里，话题一下子转到对一本小说的评论，接着又谈到他们从城里回来的路上，车抛锚，马达不转，天黑了，所有的修车行都关门了，不得不在一家蹩脚的旅馆里过夜……叙事者承认弗兰克的话"说得很是得体，完全合乎逻辑。这种叙述的方式前后一致，很有分寸，越来越像法院上的那种证词或交代"③。只是与弗兰克有意不忽略每一个细节相比，叙事者的妻子阿x却好像对这件事讳莫如深。

　　《嫉妒》不仅是一部视觉小说，也是一部听觉小说。读者一边跟随叙事者的视角在看，一边借助他的耳朵在听。有时看到听不到，有时听到看不到。如果说《嫉妒》的叙述仿佛是一架摄影机，那它不仅在录像，同时也在录音，但与电影不同的是，观众看到和听到的并不一致，眼睛和耳朵构成了两个矛盾的叙事中心，将读者同时导向两个不同的方向：

---

① 　阿兰·罗伯-格里耶，《嫉妒》，李清安译，南京：译林出版社，2007年，第55页。
② 　同上，第104页。
③ 　同上，第52页。

"在暮色苍茫中，那一带很快就什么也看不清了。她好像在侧耳倾听四面八方无数昆虫所发出的叫声。"①

"四只手平行地并排摆着，一动也不动。阿x的左手与弗兰克的右手之间，只有大约十公分的空间。从山谷深处说不清多远的地方传来一只夜行猛兽尖厉短促的叫声。"②

"但是，她离开车子时浑身上下并无任何变化，而那辆蓝色大轿车的马达却在继续运转，使院子里充满越来越大的轰响。"③

罗伯-格里耶的妻子凯特琳娜在她的日记《新娘，1957—1962》中说过，她的丈夫有施虐-受虐狂的性取向和在想象中窥视他人隐私的毛病。罗伯-格里耶承认他将这一点写进了小说，《嫉妒》的叙事者身上就有作者的影子。这个叙事者好像一个只窥视和倾听的旁观者，一个不露声色的隐身人。叙述角度是第一人称，但从不使用"我"字。他好像在场，又好像不在场。说他在场吧，他从不参与谈话，也不回答问题；说他不在场吧，露台上有给他摆好的第三把椅子，餐桌上有为他准备的第三套餐具，女主人每次斟酒或调配饮料，也总有他的一份。仆人会对他说："太

---

① 阿兰·罗伯-格里耶，《嫉妒》，李清安译，南京：译林出版社，2007年，第16页。
② 同上，第23页。
③ 同上，第46页。

太没回来。"他好像是一个无所事事的种植园主，整天窥视妻子和邻居的一举一动，猜测或假设其中的含义，又得不到确切的解释。第三者好像不是他的邻居弗兰克，而是他自己。他并不用语言和动作表达任何嫉妒的情感，但读者能感到他满腹狐疑。怀疑是最难打消的情绪，它不仅折磨自己，而且使被怀疑的人一下子失去了清白。其实清白只是一种不受怀疑的状态，一旦成为怀疑的对象，一切都变得暧昧起来：

"白色裙衫的上身齐腰消失了。头、胳膊，以及躯干的上部都塞到车窗里，同时也就使人无法看清车内发生的事情"。①

"到了汽车机器罩的前边，两个人又很快聚拢到一起。弗兰克的身影比较宽大，从一点上望去，他完全遮住了后边的阿x。弗兰克的头朝前稍低着。"②

类似的暗示性语言好像在问读者：你说他们两人的关系是不是有点儿暧昧？你是否有过相同的感受？你说我应该怎么办？其实《嫉妒》这部小说的真正的主人公是一种类似嫉妒的情绪，故事情节就是这种情绪从产生到蔓延的过程。这部小说没有落入写

① 阿兰·罗伯-格里耶，《嫉妒》，李清安译，南京：译林出版社，2007年，第67页。
② 同上，第110页。

三角关系——丈夫、妻子和情人——的俗套。

"人的知觉因感受得多，理解得少而更有能力杜撰。"[①]

——斯宾诺莎

在罗伯-格里耶看来，世界有两种真实，一种是外在世界的真实，另一种是心灵世界的真实，艺术是在这两种真实的冲突中诞生的。如果一个艺术家完全认同外在世界的真实，那他就没有任何理由去创造什么。创造的冲动来自一种内在的矛盾：我们看到和感受得多，理解和明白得少。作家的工作是创造一个与外在世界既平行又交织的心灵世界，并将这个世界作为另一种真实呈现出来。古往今来大致有两类小说家：第一类小说家认为世界是可知的，他把他知道的讲给读者听，不仅叙述正在发生的事情，而且对这些事情高谈阔论；第二类小说家承认自己搞不懂这个世界，他叙述正在发生的事情和对这些事情的不解和困惑。新小说派作家显然属于第二类，他们揭示世界的不可知性：世界并非渗透了意义，荒诞不经和莫名其妙很可能是世界的本来面目。

巴尔扎克是第一类小说家的代表，世界对于他们没有什么秘密可言，一切都不难理解。世界的可知性加小说家的表达力等于

---

① Alain Robbe-Grillet, *Préface à une vie d'écrivain*, Paris, Seuil, p. 105.

真相：叙事者对他的人物从头到尾，从里到外无所不知。巴尔扎克笔下的人物出场，随身带着一份清楚的履历：

"路易·朗贝尔于1797年出生在旺多姆的一个小城蒙特瓦尔，他的父亲在那里经营着一家不起眼的制革厂，并打算让他做自己的继承人，然而他很早在学习上表现出来的天赋改变了父亲的主意。"[1]

罗伯-格里耶将18世纪的英国作家斯特恩（Laurence Sterne）和法国作家狄德罗视为第二类小说家的先驱，因为他们最先颠覆了叙事者、人物和读者的关系，提出了谁在叙述，怎么叙述，以什么名义叙述的问题。叙事者像一个旁观者，对他的人物并不比读者知道得更多，他们好像是在大街上偶遇的陌生人。狄德罗的《定命论者雅克和他的主人》是这样出场的：

"他们是怎么碰见的？萍水相逢，像所有人一样。他们叫什么名字？这关您什么事？他们是从哪里来的？从最近的地方。他们到哪儿去？难道我们知道我们去哪儿吗？他们说了些什么？主人什么都没说；而雅克说他的连长说过我们在世上所遭遇的一切

---

[1]　Honoré de Balzac, *Louis Lambert*, Paris, Albin Michel, 1951, p. 1.

幸与不幸的事情都是天上写好了的。"①

　　《局外人》的作者加缪可以说是第二类小说家的代表，叙事者不是真相的代言人，而是小说的人物，他不掩饰自己的无知和局限性："今天，妈妈死了。或许是昨天，我不知道。我收到养老院的一封电报：'母死。明日下葬。致敬。'这说明不了什么。可能是昨天。"②这个懵懵懂懂的人物的口头禅是："我不知道""这说明不了什么""这有什么关系呢？"

　　罗伯-格里耶认为，在现实中，"真正的故事更像新小说，而不像巴尔扎克的小说。人们称之为巴尔扎克现实主义的东西是一种弄虚作假的现实，某种让人放心的东西，末了真相大白……"③萨特的小说《恶心》有这样一个情节，一次主人公洛根丁感到恶心难耐，他不是去药店买药，而是去图书馆借了巴尔扎克的小说《欧也妮·葛朗台》来看。还有一次在饭店，洛根丁看到一个杯子，恶心感重新泛起，他赶紧从书包里拿出《欧也妮·葛朗台》抄写了两页，恶心感随之消失。洛根丁将巴尔扎克的这部小说当作治病的良药，因为《欧也妮·葛朗台》描写的是一个确实可靠

①　Denis Diderot, *Jacques le Fataliste et son maître*, Paris, Gallimard, 1973, p. 39.
②　Albert Camus, *L'Étranger* in *Théâtre, Récits, Nouvelles*, Pléiade, Paris, Gallimard, 1962, p. 1127.
③　Alain Robbe-Grillet, *Préface à une vie d'écrivain*, Paris, Seuil, 2005, pp. 92-93.

的世界，不像他生活的这个世界，充满了不确定性，没有什么是靠得住的。《欧也妮·葛朗台》使他重新找到了他习惯的生活坐标和安全感。

"超现实主义是相反的事物停止对立的地方。"①

——安德烈·布勒东

在罗伯-格里耶看来，人与世界的关系充满了空白和矛盾，一个和谐的世界是可疑的。苏格拉底以前的希腊哲学将矛盾的因素看作世界生成的必要条件。黑格尔说矛盾是人类发展和进步的动力，人类精神的演变是一系列矛盾的结果，而且矛盾是不可消除的，只能超越，也就是上升到另一个层次。在《嫉妒》中，女主人公和邻居弗兰克谈论一本小说，故事讲的是非洲殖民地的生活。罗伯-格里耶用小说套小说的方法将矛盾理论推向极端：

"书中的主要人物是一名海关官员。人物不是官员，而是一家老牌公司的高级职员。那家公司从事一种肮脏的交易，很快就发展成了诈骗行为。那家公司从事着一种十分高尚的事业。据悉，主要人物不老实。他是个老实人，企图从前任造成的残局中

---

① Alain Robbe-Grillet, *Préface à une vie d'écrivain*, Paris, Seuil, 2005, pp. 80-81.

重振企业。前任是在一次车祸中受伤身亡的。但是他根本没有什么前任，因为那家公司是新近才成立的；而且也从来没发生过什么车祸。再说书中讲述的是关于一艘船（一艘很大的白轮船）的事，而根本没提什么汽车。"①

这段话的句子前后矛盾，前一句肯定，后一句否定，或者相反。罗伯-格里耶用小说中的小说展示作家编故事的任意性。

爱因斯坦说过，科学之所以永远处在变化之中是因为它有漏洞。正因为有漏洞，科学才会不断进步。现代科学告诉我们，一个严密的体系通常是不完整的，否则它就会失去其严密性，因为严密性包含空白。罗伯-格里耶是带着这种科学观念开始文学写作的，当听到批评家指责他说"你不会写，因为巴尔扎克不是这么写的"，他的第一个反应是"人们永远不会对一个科学家说'你不能建立这个理论，因为牛顿不是这么写的。'"②

在罗伯-格里耶的《窥视者》中，一个小女孩被强奸后遭杀害的情节作为叙事的中心并没有出现。这个"隐而不言"的空白使一个本来连贯的叙事产生了断裂。在《窥视者》的第一章和第二章之间就有一段时间上和空间上的空白。这与叙事者一贯细心

---

①　阿兰·罗伯-格里耶，《嫉妒》，李清安译，南京：译林出版社，2007年，第117页。

②　Alain Robbe-Grillet, *Préface à une vie d'écrivain*, Paris, Seuil, 2005, p. 44.

的记录和精准的描述大相径庭。读者发现最重要的情节可能不是叙事者交代的那些事情，而恰恰是叙事者没有交代，而又绕不过去的一件事：在这段被漏掉的时间内，一个13岁的小女孩可能被强奸、焚尸并扔下悬崖。读者根据某些线索明显感到叙事者（旅行推销员）很可能就是在这段空白的时间中强奸和杀害那个小女孩的凶手。叙事者一会儿压缩，一会儿拉长上午发生的事情，好像有意抹去犯罪的时间，为开脱自己的罪责找到借口。例如，叙事者为了不引起他童年时代的朋友让·罗宾的怀疑，主动对他谈起他登岛一整天的经历。可是这些辩解连他自己也不信服，"他问自己一小时以来和一小时以前他做过些什么，比如在渔民的小屋里……沿着悬崖……在村里的酒店里……"[1]；他问自己"再早一些时候，他在大灯塔和市镇之间的路上做过些什么呢？后来在市镇里呢？"[2]回忆是不是为了填补空白？有一个细节再三引起读者的疑惑，"他伸手到他的短袄口袋里去找小绳子，没有找到，他才记起……他记起小绳子已经不在他身上了。"[3]"在他的短袄口袋里，今天早上才捡到的那股精美的小绳子，现在也没有了。他的右手在衣袋里只摸到一盒香烟和一小袋糖果。"[4]那么这个小绳子

[1]　阿兰·罗伯-格里耶，《窥视者》，郑永慧译，南京：译林出版社，2007年，第115页。
[2]　同上，第116页。
[3]　同上，第130页。
[4]　同上，第133页。

到哪里去了呢？是从什么时候开始不在他的口袋里了？是不是在那段空白的时间用这股小绳子干过什么事？

最糟糕的是"这时候他才第一次想起他曾经把三根香烟头遗留在悬崖的草地上，在两公里转弯角下面"[①]。他的那三根香烟只吸了一半，很可能被那些寻找小牧羊女的人捡了去。在神情恍惚之中，"他看见那个小牧羊女躺在他的脚下，身子向两边扭动，进行微弱的挣扎。他把她的衬衣卷成一团塞进她的嘴里，使她不能叫喊"[②]。

奇怪的是少女雅克莲被害后，岛上竟无人报警。女孩遇害两天后就下葬了，也不见警察来调查。更奇怪的是有人怀疑凶手是自己的亲人，妻子怀疑丈夫因勾搭这个少女而行凶，父亲怀疑自己的儿子与这个女孩有染而作案，旅行推销员千方百计地设法证明自己是清白的，可是想来想去，"时间表上还存在着一个漏洞"[③]，总是多出来一段"不正常的、可疑的、无法解释的时间"[④]。

最奇怪的是那个叫于连的年轻人，他好像目睹马弟雅思（旅行推销员的名字）干了什么事情。无论在农舍还是在悬崖那里，他都显出超常的冷静和支配马弟雅思的能力：既可以轻易替他销毁罪证

---

① 阿兰·罗伯-格里耶，《窥视者》，郑永慧译，南京：译林出版社，2007年，第144—145页。
② 同上，第145页。
③ 同上，第166页。
④ 同上，第167页。

（作案时扔掉的糖果纸和烟头），也可以轻易找到指控他的罪证（重新拾起小雅克莲的毛线衣扔到海里），可是却并未告发他。

《窥视者》的前半部分事无巨细地记录旅行推销员做的事情和想做的事情，细到无聊，甚至令人生厌的地步。后半部分几乎是从不同的时间段回到前半部分叙述漏掉的一小时。在空间上，主人公也是几次回到案发地点，好像试图销毁证据。于是这个时间上和空间上的空白成了小说的关键，可是叙事者愈想抹掉这一空白，它在读者头脑里占据的位置就愈重要，结果叙事不仅没能填补这个空白，反而逐渐被这个由小变大的空白吞噬。

"'自由'与'真理'相对立，也就是说，真理是自由的敌人。"[1]

——阿兰·罗伯-格里耶

罗伯-格里耶有一个绰号叫新小说派的教皇。其实新小说并不是一个真正的文学派别，而是一个由子夜出版社（Éditions du Seuil）推出的作家群体。罗伯-格里耶自1956年起担任这家出版社社长热罗姆·兰东（Jérôme Lindon）的文学顾问，直到1986年。30年间，子夜出版社出版了大部分新小说派作家的作品，其中有雷蒙·格诺（Raymond Queneau）、萨缪尔·贝克特（Samuel

---

[1]　Alain Robbe-Grillet, *Préface à une vie d'écrivain*, Paris, Seuil, 2005, p. 15.

Beckett）、娜塔莉·萨罗特（Nathalie Sarraute）、罗伯特·班热（Robert Pinget）、克劳德·西蒙（Claude Simon）、米歇尔·布托尔（Michel Butor）、克劳德·奥列（Claude Ollier），当然还有罗伯-格里耶本人。玛格丽特·杜拉斯（Marguerite Duras）也被罗伯-格里耶归入新小说派，但她本人坚决反对被划入任何一个派别。这些作家的风格不同，但都尝试脱离传统叙事方式，另辟蹊径。从这个作家群体中产生了两位诺贝尔文学奖得主，萨缪尔·贝克特（1969）和克劳德·西蒙（1985）。然而这个松散的作家群从未认同或参与过一个文学运动，最多不过是志同道不合而已。

　　20世纪五六十年代是西方文学艺术的繁荣期，这与第二次世界大战使西方国家受到的摧毁不无关系，整个西方的思想界也如同被战火毁灭的城市一样满目疮痍，一切都有待于重建。面对废墟，人们有一种创造新世界的冲动。新小说、新批评、绘画上的新现实主义就是在五六十年代勃发的文学艺术运动。

　　罗伯-格里耶正是在这个时期放弃植物学研究转而从事文学写作的。对于一个搞科学的人来说，科学有待发明创造是很正常的。在他看来，人和世界与科学一样没有定型，都在"发展中"，小说家要做的就是重新创造人和世界。发明创造不意味着脱离历史，面对出版界和评论界指责他标新立异，背离巴尔扎克的叙事传统，罗伯-格里耶尝试重新诠释文学史，证明新小说不是天外来客，而是从过去的文学蜕变而来的。与《欧也妮·葛朗台》的作者巴尔扎克相比，《包法利夫人》的作者福楼拜写的是新小说。

福楼拜没有参加法国1848年的共和革命，但他创作的《包法利夫人》是革命性的，所以福楼拜也是一个革命者。他用叙述形式的革命，而不是用叙述革命故事来批判那个僵化的世界。与福楼拜相比，陀思妥耶夫斯基写的是新小说，与陀思妥耶夫斯基相比，卡夫卡、福克纳、博尔赫斯写的也是新小说。小说只能是新的，因为小说一旦完成就已经成为废墟了，就像时间使一座完美的城堡变成了废墟，后人需要重建这座城堡。在巴尔扎克式的小说中，世界已经定型，只需一个讲故事的高手将这个世界发生的事情说给人们听。20世纪20年代后出现了另一种文学，它展示的是一个未完成的世界，这就是我们在卡夫卡的《城堡》（1926）、福克纳的《圣殿》（1931）和加缪的《局外人》（1942）中所看到的，这些作家不再呈现一个完成的世界，而是在旧世界的废墟上勾勒一个新世界的轮廓。

1999年圣诞节过后，一场特大风暴席卷法国，罗伯-格里耶位于诺曼底的一座17世纪古宅的园林被毁，350棵百年老树一夜之间倒地。那年罗伯-格里耶77岁，已经出版过十多本小说，拍过十多部电影。这个园林，他前后照料了近四十年，与他放弃植物学研究从事文学写作的时间相仿。面对被风暴摧毁的古堡园林，他觉得自己的全部作品也在一夜之间崩塌。继悲痛而来的是一种无以名状的创作冲动，他决定重新开始。

2001年罗伯-格里耶出版了一本貌似侦探小说的作品，名字叫《反复》（*La Reprise*）。小说的故事发生在1949年的柏林，战争留下的废墟和创伤随处可见。这本书在中国大陆的译名《反复》有待推敲，因为"反复"含有再三重复，变幻无常的意思，而法文*La Reprise*在罗伯-格里耶的语境中，应该是"重新开始"的意思。罗伯-格里耶引用克尔凯郭尔的话说："'重复'（la répétition）和'重新开始'（la reprise）是逆向而行的同一种运动。重复是照原样复制以前的东西，所以这是一种向后的运动，而重新开始是朝向前方：我要用过去的废墟建设一个新的世界，所以这不是一个重复，而是一个重新开始。"[①]

很清楚，罗伯-格里耶做的不是重复以前写过的东西，而是以柏林的废墟为背景重建自己的小说世界。在这个意义上，*La Reprise*有改写（réécriture）以前作品的意思：作者将早年作品《橡皮》的故事和人物瓦拉斯搬到了战后的柏林。就像乔伊斯的《尤利西斯》是荷马史诗《奥德赛》的改写，罗伯-格里耶曾说《橡皮》是索福克勒斯《俄狄浦斯王》的改写，《重新开始》是《橡皮》的改写。改写前人或自己的作品不是为了写得更好，不同时代的文学没有等级之分，有的只是叙述形式的变化。不同的叙述以新的方式诠释同一个故事，文学的演变主要来自叙述形式的变化，所以说世界需要重建，小说需要重写。

罗伯-格里耶说："世界永远需要重建的思想是现代精神的基

---

① Alain Robbe-Grillet, *Préface à une vie d'écrivain*, Paris, Seuil, 2005, p. 40.

石。萨特将其称为自由。倘若世界已经完成，我们就是不自由的，我们只能照原样复制世界的形式。倘若世界需要重建，我们的自由就永远有用武之地。因为在我们的生命中，甚至在文学以外，我们始终是一个世界的建设者。"①这里的"自由"既是真理的发明者，也是真理的破坏者。"自由"是一种不断破坏和建设的力量，文学创作正是施展这一自由的地方。

2004年3月，罗伯-格里耶当选为法兰西学院院士，这个保守主义的殿堂最终接纳了这位颠覆性的作家。可是罗伯-格里耶不改一贯挑衅的姿态，拒绝履行法兰西学院的传统仪式：穿戴绿色的院士服，佩剑，发表颂扬前任院士的演说。双方各不让步，直到2008年2月18日作家逝世。

罗伯-格里耶1953年发表的第一部作品《橡皮》②的题记引用的是索福克勒斯的一句话："时间，自己决定一切，不由你做主，它已提供了问题的解决方案。"

2013年3—4月于巴黎

2017年4月3日修改

---

① Alain Robbe-Grillet, *Préface à une vie d'écrivain*, Paris, Seuil, 2005, p. 41.
② 《橡皮》是一部侦探小说，受索福克勒斯的《俄狄浦斯王》的影响。俄狄浦斯为了避免杀父娶母的神谕离开科林斯，结果命运使他在不知情的情况下犯了杀父娶母的罪行。在《橡皮》中，警察瓦拉斯调查一桩实际上没有发生的谋杀案，最后自己成为这个案件的凶手。

阿西娅·吉巴尔：不妥协的慰藉①

　　她体态优雅，面容清癯，头发蓬松，严峻的微笑透出北非女性特有的刚毅。公众不知道她的原名法蒂玛-朱赫拉·伊马拉耶纳（Fatma-Zohra Imalhayène），只记得她的笔名阿西娅·吉巴尔（Assia Djebar）。在阿拉伯语中，阿西娅的意思是"慰藉"，吉巴尔的意思是"不妥协"。在长达半个多世纪的文学生涯中，她以"不妥协的慰藉"为名，争取穆斯林妇女的解放，捍卫女性的尊严和权利。今天，那些仍然不得不墨守穆斯林习俗的妇女会不会为失去一个不妥协的声音而有难以慰藉之痛呢？！

　　1936年6月30日，阿西娅·吉巴尔出生于阿尔及尔西部的一个小城舍尔谢勒（Cherchell），父母双亲都有柏柏尔人的血统。那个时代，穆斯林家庭的女孩无权接受教育，婚龄前都被禁闭在家中。但她的父亲，一位法语教师，"一个开明的现代人"，不怕与因循守旧的穆斯林传统决裂，先是把女儿送进一所法国学校接

---

① 首发财新《新世纪》周刊，2015年第8期文化版。现在的标题由作者新加，原标题为《用法语写作，用阿拉伯语祈祷》。

受启蒙，之后转入一所学习古兰经的私立学校，最后进入卜利达中学（Collège de Blida），学习古希腊文、拉丁文和英文。1953年，17岁的吉巴尔获得高中会考文凭后，进入阿尔及尔的布若高中（Lycée Bugeaud）读预科班。1954年，阿西娅·吉巴尔在校长和父亲的鼓励下来到巴黎拉丁区的芬乃伦高中（Lycée Fénelon）继续读预科班，翌年考进闻名遐迩的法国高等师范学院，选修历史。她是这所创建于1794年的名校有史以来接纳的第一位阿尔及利亚女性，也是第一位穆斯林女性。然而，1954年爆发的阿尔及利亚独立战争正在撕裂法国的神经，在高师学习一年有余的吉巴尔因响应阿尔及利亚穆斯林学生联合会的号令参加罢课、罢考，并开始写小说。处女作《渴》于1957年初发表，同年她被高师除名。学业中断使她义无反顾地走上了写作之路，而写作注定是一条反叛之路，使用阿西娅·吉巴尔的笔名是为了避免给家人招惹是非。《渴》的主人公是一个出身小资产阶级家庭的女青年，彷徨于传统习俗和青春萌动之间，"对她而言，发现自己的身体也是一场革命"。21岁的吉巴尔因这部小说的风格酷似《你好，忧愁》而被誉为"阿尔及利亚的萨冈"①。在后来的五年之间，她又发表了《焦急者》（1958）和《新世界的孩子》（1962）两部

---

① 弗朗索瓦丝·萨冈（Françoise Sagan, 1935—2004），法国女作家，畅销小说《你好，忧愁》（台湾译《日安忧郁》）的作者。

小说。在历时八年的法阿战争中，阿西娅·吉巴尔一直战斗在文学创作的前线，阿尔及利亚独立后，这场战争仍然在她的小说中延续……

1959年，吉巴尔受聘于摩洛哥阿巴特大学文学系，讲授北非现当代史。1962年7月，阿西娅·吉巴尔终于回到她的祖国，先是为法国《快报》担任特派记者，秋季开学受聘于阿尔及尔大学，讲授阿尔及利亚现当代史。后殖民主义时代弥漫着一种万象更新的气息，大学的阿拉伯语化顺势而为，吉巴尔因反对校方要求将阿拉伯语作为教学语言而辞职。回到巴黎，她在"自愿流亡"的心境下从事诗歌、小说和戏剧创作。这个时期的作品有小说《天真的云雀》（1967），诗集《献给幸福的阿尔及利亚的诗》（1969），剧本《红色，黎明》（1969）。20世纪70年代，吉巴尔的目光转向电影，讲述柏柏尔人历史遭遇的纪录片《舍那瓦山妇女的节日》获得1979年威尼斯双年展国际评论奖；《泽尔达或遗忘之歌》获得1982年柏林影展最佳历史片特别奖。

20世纪八九十年代，吉巴尔的文学创作进入高峰期。短篇小说《房间里的阿尔及尔女人》（1980），书名来自德拉克洛瓦和毕加索的同名绘画作品，描写父权制社会和殖民地时期阿尔及尔妇女的生活。这本小说集中了几乎所有对作者产生过重要影响的女性人物。小说《爱情，幻想》（1985）被公认为阿西娅·吉巴尔的代表作。这本书在两个相互交错的时间中揭示了一个国家、一种文化和一个女人自我解放的经历，同时也是作者本人自我解放

的过程。小说描述了在民族解放战争中，阿尔及利亚妇女的牺牲
和贡献，以及在叙述者的母亲的解放过程中，法语所起的作用。
在《我父亲给我母亲写信》一节，叙述者的母亲以前说起自己的
丈夫只用阿拉伯语的第三人称"他"，但学了法语以后，她开始说
"我的丈夫"，甚至开始叫他的名字，法语成为阿尔及利亚妇女
表达感情的语言，至于谈论女性的身体，那更是非用法语不可。
作者说："《爱情，幻想》是一本双重自传体小说，法语也是主人
公，这是我后来才意识到的。"[1]吉巴尔对法语的感情是复杂的，
法语是她思维和写作的语言，但阿拉伯语才是她感情和精神生活
的语言：

　　"我用法语写作，旧时殖民者的语言，然而它不可逆转地成
为我思想的语言，同时我继续用阿拉伯语，我的母语，去爱，去
受苦，去祈祷（当有时我祈祷的时候）。"[2]
　　"几十年以来，这个语言对我而言已经不是他者的语言——
而几乎是第二个生命，或者一种渗入到你身体中的语言，它随着
你的脉搏跳动，或者紧靠着你的主动脉，也可能像活结环绕着你

---

[1]　Assia Djebar, «Discours de réception du Prix des Éditeurs et Libraires allemands,
　　Prix de la paix 2000», Francfort, in *ÉTUDES, Revue de culture contemporaine,*
　　2001/9 (Tome 395), pp. 235-246.
[2]　Ibid.

的踝骨，使你的步伐富有节奏……"①

　　20世纪90年代初，吉巴尔以其历史学家的敏感，意识到伊斯兰拯救阵线（FIS）的崛起对阿尔及利亚政局的冲击，她决意回溯伊斯兰教的源起。1991年3月，小说《远离麦地那》在巴黎和阿尔及尔同时出版。这部小说聚焦公元632年6月8日先知穆罕默德辞世前后的这段日子。围绕先知继承人的问题，政治分裂的迹象初露端倪，穆罕默德的妻妾、女儿、随从和第一继承人之间的关系错综复杂，特别是先知的女儿法蒂玛的出场，她的悲痛、愤怒、冷峻和辛酸，以及她周围的穆斯林女性通过她而表达的抗争意识，使伊斯兰教早期的这段历史鲜活地铺展在读者的眼前，好像已经躺倒的时间老人重新站立起来。同年12月，阿尔及利亚国民议会选举第一轮结果出炉，伊斯兰拯救阵线获胜，当局担心该组织以民主的名义废除国家的民主进程，宣布取消选举，接下来持续了10年的阿尔及利亚内战导致15万人丧生，包括多名遭暗杀的记者、诗人、剧作家、艺术家和知识分子。同一时期吉巴尔发表的长篇小说《辽阔的监狱》（1995），《斯特拉斯堡之夜》（1997）和短篇小说《阿尔及利亚之白》（1996）、《奥

---

① Assia Djebar, «Discours de réception à l'Académie française», Paris, le 22 juin 2006, URL: https://www.academie-francaise.fr/discours-de-reception-et-reponse-de-pierre-jean-remy.

兰，消失的语言》（1997）像一首首哀伤的安魂曲，慰藉那些
亡灵。

阿西娅·吉巴尔还是一个以自己的文学作品作为研究对象而
拿到博士学位的作家。1999年，她在法国蒙彼利埃第三大学通过
博士论文答辩，她的论文题目是《马格利布的法语小说，语言与
文化之间：1957—1997，阿西娅·吉巴尔四十年的文学历程》。同
年，她接替去世的美国法语作家于连·格林（Julien Green），当
选为比利时法语语言文学皇家学院院士，之后赴美，任路易斯安
那州法语研究中心主任。2001年初执教纽约大学，并先后发表了
《没有墓地的女人》（2002），《法语的消失》（2003）和《在父
亲家里无容身之地》（2007）三部长篇小说。

阿西娅·吉巴尔被西方人看作在父权制社会忍气吞声、逆来
顺受的穆斯林妇女的代言人。自20世纪80年代中期以来，她的作
品先后获得德国、比利时、美国、意大利的文学奖，但始终与法
国的几个重要文学奖无缘。1999年出版的文集《围困我的声音》
获得德国出版商和书商颁发的"2000年和平奖"。吉巴尔在获奖词
中说：

"就像一个后退的摄影师为了与他拍摄的对象拉开距离，
我需要一个更广阔的视角。尽管用的是一种'外语'，但是我决
定提出关于我的祖国的所有问题。关于她的历史，她的身份，她
的创伤，她的禁忌，她的被隐藏起来的财富和一个世纪的殖民掠

夺——这一切不是为了抗议，也不是为了控诉。独立，我们已经拥有，而且付出了很大代价！——而是为了记忆，为了那些反抗与战斗的印记，在我们的心里和眼光中不可磨灭的印记，它们应当被记录和保存，甚至用法语和拉丁字母。"①

2003年法国举办了阿尔及利亚文化年，这是自1962年阿尔及利亚摆脱法国殖民统治后的第一次，也是两国希望在历史的疮疤愈合后，走向全面和解的开端。2005年阿西娅·吉巴尔当选为法兰西学院院士，她是历史上首位来自北非的院士，能得到法兰西学院的青睐，除文学成就外，不能不说与当时的社会政治气氛也有一定的关系。在入选后的9年中（直到逝世），吉巴尔几乎再也没有踏进法兰西学院的大门。2006年6月22日她在不朽院士们的"穹顶下"接受这一荣誉时发表的演说曾在法国社会引起不小的争议：

"法兰西帝国时代的北非，一如被英国、葡萄牙、比利时的殖民者统治的非洲大陆的其他地方，在一个半世纪的岁月中，遭到自然财富的掠夺和社会结构的破坏，对阿尔及利亚来说，还有

---

① Assia Djebar, « Discours de réception du Prix des Éditeurs et Libraires allemands, Prix de la paix 2000 », Francfort, in *ÉTUDES, Revue de culture contemporaine*, 2001/9 (Tome 395), pp. 235-246.

两种民族语言，古老的柏柏尔语和阿拉伯语在教学中被排除……
我们的前辈，至少四代人，日复一日经历的殖民主义曾是一个巨
大的伤口！"①

　　阿西娅·吉巴尔的这段话遭到许多阿尔及利亚独立战争期
间被迫返回本土的法国人的抗议。他们质疑阿西娅·吉巴尔既然
可以在阿尔及利亚自由发挥其文学才华，为什么从1980年开始选
择在法国生活？为什么她没有勇气在阿尔及利亚的一所大学恢复
她赞不绝口的阿拉伯语和柏柏尔语的名誉，而偏偏选择用法语写
作？②记者皮埃尔·阿苏里讷更是毫不客气地指责"吉巴尔将（院
士的）宝剑插入伤疤……将法国在阿尔及利亚130年的存在概括为
一道血迹"③。
　　历史是由胜利者书写的，此时，胜利者和失败者似乎换了
个位置。吉巴尔曾引述出生于埃及的法国作家埃德蒙·雅贝斯
（Edmond Jabès）的话说，"……墨水铺成的路就是血铺成的

① Assia Djebar, «Discours de réception à l'Académie française», Paris, le 22 juin
2006, URL: https: //www.academie-francaise.fr/discours-de-reception-et-reponse-
de-pierre-jean-remy.
② Cf., Communiqué de presse de l'association Recours-France, URL: http://www.
oran-memoire.fr/Monsite/djebar.html.
③ Cf., Pierre Assouline, «Djebar enfonce l'épée dans la plaie», URL: http://
passouline.blog.lemonde.fr, 2006/06/24/.

路"①，"语言中的血是不会干涸的！"②。法语是1830年随殖民者军队进入阿尔及利亚的，在被殖民军践踏的乡村、城市和山区，这个语言浸透了殖民地人民的血泪。擦干这个语言的血迹和泪水，抖落历史的尘埃，使其在还原真相的过程中得到净化，或许这才是阿西娅·吉巴尔对法语的真正贡献。

2015年2月于巴黎

① *Cf.*, Assia Djebar, « Discours de réception du Prix des Éditeurs et Libraires allemands, Prix de la paix 2000 », Francfort, in *ÉTUDES, Revue de culture contemporaine*, 2001/9 (Tome 395), pp. 235-246.
② Ibid.

没人走在那里像在陌生的土地上^①
——纪念伊夫·博纳富瓦^②百年诞辰

　　博纳富瓦身材不高，但显得结实。那天他穿着一件棕色圆领的毛衣，头顶的白发比两鬓稀疏，倔强地向后竖起，鼻梁笔直，两耳硕大，厚厚长长翘起来的睫毛下，双眸湿润，闪着泪光，手背的血管隆起，让人担心会突然破裂。那年他九十高龄，说话慢条斯理，谦和可亲，睿智中不乏童真童趣。

　　那是2013年10月24日我第一次拜访博纳富瓦，地点在他位于巴黎蒙马特区勒比克街（Rue Lepic）63号的书房。他的寓所在同一条街的72号，两座楼高低相仿，隔街相望。书房在一座公寓楼

---

① 首发于《今天》文学杂志，2022年冬季号·总第136期，香港，第309—322页。标题为博纳富瓦引罗马哲学家普罗提诺的话（Cf. Yves Bonnefoy, *L'Arrière-pays*, Paris, Gallimard, 2003, p. 7.），普罗提诺（Plotinus，205—270），又译普洛丁，新柏拉图学派之父。

② 伊夫·博纳富瓦（Yves Bonnefoy），法国诗人，评论家，翻译家，法兰西公学教授，1923年6月24日生于图尔（Tours），2016年7月1日在巴黎逝世。

的三层①，进门本来不宽的走廊，因砌着"书墙"，变得更加狭窄。来到走廊尽头，左右两个房间，我犹豫了一下，博纳富瓦示意我向左。这是他的会客室兼工作室，临街，四壁是顶到天花板的书架，书桌摆在门的右侧，桌上堆着书，桌角有一盏老式台灯，灯柱像一把上粗下细的火炬。一把扶手椅，一个板凳和一个茶几被周围的书刊挤到一起。博纳富瓦把我让到扶手椅上，他习惯地坐在书桌前的板凳上。

我们的谈话是从勒比克街开始的。我知道梵高在这条街的54号他的胞弟特奥家住过两年，还画过从三楼的房间望出去的蒙马特屋顶和街道。这个时期，他还结识了罗特列克、色拉、西涅克、毕沙罗、高更等一批画家。博纳富瓦说，如果您对蒙马特的绘画感兴趣，可以去看看莫里斯·郁特里罗（Maurice Utrillo）的作品，他就出生在蒙马特，母亲苏珊·瓦拉东（Suzanne Valadon）曾给梵高、雷诺阿、罗特列克做过模特，后来跟德加学画，也成了名画家。他的父亲是谁无人知晓，西班牙画家米格尔·郁特里罗（Miquel Utrillo）认他为私生子，并让他随了自己的姓。勒比克街是用一位军人的名字命名的。路易·勒比克（Louis Lepic）是法国大革命时期，拿破仑时代和复辟王朝的一位将军，他参加过拿破仑战争的几乎所有重要战役，据说他因战

---

① 法国的三层楼相当于中国的四层楼。

功得到的勋章跟身上刀枪的伤疤一样多。这条街不仅跟现代艺术，还跟法国文学有关。路易-费迪南·塞利纳（Louis-Ferdinand Céline）曾在这条街的98号住过十几年，他的两部最重要的小说《茫茫黑夜漫游》（1932）和《死缓》（1937）就是在这里写成的。

老诗人并不急于询问我的来意，但我觉得这个开场白占用了他太多的时间，于是主动"言归正传"，向他介绍了北岛主编的"国际诗人在香港"双语诗集[1]和北岛委托我选译一本博纳富瓦诗集的计划。老诗人起身在侧面的书架上抽出一本中文书递给我，是北岳文艺出版社2002年出版的《博纳富瓦诗选》。他说十多年前他在这间书房接待过译者树才，他也是一位诗人，我告诉他我认识树才。接下来的谈话，我在后来牛津大学和译林出版的《词语的诱惑与真实》的前言中写过：我对博纳富瓦说，我不是诗人，不知道自己是否有资格翻译他的诗。老诗人带着善意的微笑回答说："即使诗的译者不是诗人，他在翻译的过程中也会成为诗人。诗人和他的译者是两个相互诉说和倾听的声音。"临别的时候，博纳富瓦题字签名送给我一摞他近几年出版的诗集和论著，其中一本是关于诗歌翻译的文论《声音可及的另一种语言》[2]。"您知道

---

[1]　这套书的简体版更名为"镜中丛书"，由译林出版社刊行。
[2]　Yves Bonnefoy, *L'Autre Langue à portée de voix*, Paris, Éditions du Seuil, 2013.

诗的话语跟其他话语有本质的不同，诗的翻译只能按照自己的法则进行。"老诗人说道，我明白这是他对一个不了解的译者能做的委婉的提示。

从博纳富瓦的书房出来，我没有沿来时的路返回。勒比克街不是一条笔直的路，而有两处90度角的转弯，而且坡度很大，这在巴黎是独一无二的。博纳富瓦书房的那栋楼位于第二个转角，我出门朝98号的方向爬坡，来到塞利纳住过的那栋白色小楼前面，大门像一个仓库的入口，没有任何标识显示这是塞利纳的故居。

回来后的几天，我开始断断续续地阅读《声音可及的另一种语言》。读博纳富瓦的文字不容易，他的文风让我想到唐诗"曲径通幽处，禅房花木深"（常建）。他偏爱长句子，思路常常岔出去，收回来，才抵达要点。他当面与我说的话貌似平淡，其实他将译诗的标准定得很高，把挑战诗的不可译性作为译者成为"诗人"的条件。

"翻译带来了什么？它的计划本身，以及这个计划创造的情景激励译者成为诗人。或者更自觉、更有效地做诗人。

一种翻译的价值由此清晰起来：译者除了对词语的意思、句子的含义的思考——这当然是一项完全必要的工作，但仍然停留在概念的层面，总之是前期的——还要更多地坚持质疑概念的所指垄断世界存在的权利。诗，通过它的翻译，获得自我意识和自信。"①

"何为译者的悖论？正是使诗的翻译不可能的东西激发和强化了为翻译而苦恼的译者的诗人使命。"②

　　第二次拜访博纳富瓦是3个月后的2014年1月28日，地点仍然在他的书房。这一次是金丝燕陪我去的。约定的时间是下午5点，冬天天黑得早，我们到的时候，博纳富瓦的书房已经掌灯。我先向老诗人介绍了金丝燕，他闻说转身到另一间书房取来一本他太太露西·维纳（Lucy Vines）的画册送给我们。博纳富瓦说他和露西·维纳1968年结婚后，借去日本讲学的机会，一起游览了印度、柬埔寨和伊朗，途中曾在中国香港停留，那是他一生中去过的离中国大陆最近的地方。在印度，他们还访问了墨西哥诗人，时任驻印大使的奥克塔维奥·帕斯（Octovia Paz）。我告诉老诗人，我第一次见到他不是在法国，而是在中国。2007年11月我去北京开会，顺便参加了11月12日首届"中坤国际诗歌奖"在北京中山公园音乐堂举行的颁奖典礼，那年"国际诗人"奖的获得者正是博纳富瓦。主持人说他因膝盖要做手术，不能前来领奖，但寄来题为"法国诗与中国诗"的书面答谢词。我是在颁奖典礼的

---

① 　Yves Bonnefoy, «La traduction au sens large» in *L'Autre Langue à portée de voix*, p. 56.

② 　Yves Bonnefoy, «Le paradoxe du traducteur» in *L'Autre Langue à portée de voix*, p. 81.

屏幕上第一次见到他的照片。老诗人闻说会心笑道："那以后要说我去过中国了！"

那次见面，我将在8本诗集中选出的49首诗提交给他审读，并请教了一些翻译的疑难。老诗人回答了我的问题，对诗选没有提出异议。我请他为这本双语诗集起一个名字，他略微思考了一下，建议用*Leurre et vérité des mots*（《词语的诱惑与真实》）。虽然我当时不完全理解"诱惑"和"真实"这两个词之间的关系，但立即接受了他的建议，因为他无疑是最有资格为这本书取名的人。

我开始理解这个书名的含义是几个月以后。那年11月，博纳富瓦请瑟耶出版社（Éditions du Seuil）的公关给我寄来他刚出版的论著《波德莱尔的世纪》（*Le siècle de Baudelaire*），目录中第二篇文章的题目《寓意的诱惑与真实》（*Leurre et vérité des allégories*）立即吸引了我的注意。这是博纳富瓦为帕特里克·拉巴特（Patrick Labarthe）再版的书《波德莱尔和寓意的传统》[①]写的导言。此文先是回顾了西方的雕塑、绘画和音乐的寓意传统，再以波德莱尔《恶之花》的几首寓意诗为例，论述诗是用词语作媒介的寓意艺术。即使我们不能由此断言"寓意的诱惑与真实"和"词语的诱惑与真实"是同一个意思，至少可以肯定这两个只

---

① Patrick Labarthe, *Baudelaire et la Tradition de l'allégorie*, Genève, Droz, 1999.

有一词之差的题目有着必然的联系：

　　"思考诗，必然立即进入四条道路之一，人们本能地感到它们通向诗的核心：象征，换喻，隐喻和寓意。……这几条路线反复交叉，常常在它们的会合处犹豫不决，处于永远理不清的错综复杂的关系之中。然而它们当中有一条路因自身更神秘而格外吸引我们，好像为其意义的模棱两可平添了一种许诺。

　　寓意，寓意句？我一开始就会说：寓意不属于这个世界。或者更好地说，它像一个门槛出现在言说和作品中，我们当中所有在我们拥有的世界里幻想另一人的存在的人都将走向那里。我不会忘记的是，在这个寓意的作用中有诱惑。但应当看到，对于那些幻想者中的某些人，他们因此而成为诗人，这种传递意义的方式也是在虚幻中意识到什么是真实的机会；从而重新掌控自己。"①

　　"寓意是话语的一个场地，在那里，隐喻和换喻互相撞击，有时词语中出现朝向光的缺口，光不停地为这些缺口折边。"②

　　博纳富瓦对"寓意的诱惑与真实"的解释至少可以看作

---

① Yves Bonnefoy, « Leurre et vérité des allégories » in *Le siècle de Baudelaire,* Paris, Éditions du Seuil, 2014, pp. 22-23.

② Ibid. p. 56.

对《词语的诱惑与真实》的注解。诗是"旅行的邀请"[①]，其词语的寓意是这个旅行对我们的许诺，许诺必然掺杂着诱惑与真实。

第三次拜访博纳富瓦是一个月后的2月27日。有了连续4个月品读和翻译博纳富瓦诗作的经验以及前两次的接触和了解，我觉得是时候进行一次较深入的访谈了。征得老诗人的同意，我请同去的金丝燕帮我录了音。下面是根据录音整理的访谈录，问答的次序略有调整：

问：有一种观点认为法国现代诗的"四边形"是由奈瓦尔、波德莱尔、兰波和马拉美组成的。[②]您支持这一观点吗？

答：是的，在19世纪中叶的法国，可能在西方世界也一样，诗对自己是什么有了一种全新的意识，而且这一意识有某种激进化的倾向。显然，奈瓦尔、波德莱尔、兰波和马拉美，他们四人对诗学的本质展开了一场持久的对话。迄今为止，我们仍然是这一伟大的对话的听众，因为那个时候他们已经触及诗的本质！

问：具体地说，这一切是如何发生的呢？

答：是他们首先意识到写诗不是诗人用比他人更雄辩的言说

[①] *L'Invitation au voyage*, 波德莱尔诗集《恶之花》中的一首诗的名字。

[②] *Cf.* Bertrand Marchal, «Mallarmé selon Bonnefoy» in *Bonnefoy, Les Cahiers de l'Herne,* Paris, Éditions de L'Herne, 2010, p. 127.

阐释真理的工具，因为文字无论多美都是虚幻的。诗是词语摆脱概念的代言，让我们直接面对世界的实体。

我们透过他们的作品发现，诗试图将直接表达和再现事物的能力，以及我们存在的强度还给词语。之后，我们可以借助诗的帮助，用革新的、年轻化的词语，在我们个人的生活中，重建我们与自己的存在，以及与周围其他人的存在的关系。

我们知道，在19世纪中叶，雨果是雄辩诗人的顶梁柱，是真理和正义事业的代言人。然而波德莱尔的诗是无意识通过意识的言说，所以在他的文字中，词语比它们表达的意义更重要。

问：也就是说，诗的主题从真理的言说转到自我的言说。语言的问题，或者说词语本身成为诗的变革的一部分，是吗？

答：是的，也可以这么说，这一变革使再现让位给再创造。整个西方艺术的历史都是如此。人们明白了，以前画家的再现工作有赖于神话传说，于是19世纪画家的探索越来越朝向一种个人经验，过去所学和过去的思想意识跟艺术家与此时此刻的生存处境的关系相比，显得不那么重要了。绘画中的再现转变为将简单事物的强度还给被个人深刻感知的东西。

再谈诗的问题，是奈瓦尔、波德莱尔、兰波和马拉美使诗回到它的本质上来。他们在法国19世纪下半叶的诗坛发起的这场革命与塞尚和印象派画家开启的现代主义艺术同步。在奈瓦尔、波德莱尔、兰波、马拉美等大诗人之后，我们还可以加上儒勒·拉弗格（Jules Laforgue）、阿尔弗雷德·雅里（Alfred Jarry）和纪尧姆·阿波利奈尔（Guillaume Apollinaire）。

问：您写过很多本关于绘画的书，是因为绘画与诗的这种关联性吗？

答：当我们以极端的方式思考诗的时候，我们发现它其实是对词语中概念再现的一种违逆，词语从而获得新的涵义，就像我们刚才说的那样。在这个条件下，我们可以说绘画和诗是同一场战斗。画家的眼光直接看到被我们的文字概念所蒙蔽的东西，以至于我们可以借助画家的工作更好地反抗词语对概念的再现。通过绘画的世纪，我们可以发现画家的直觉与诗人的直觉是平行的，特别是在当代。

问：比起我们刚才提到的那几位现代主义诗人，您与上一代的法国诗人，如瓦雷里（Paul Valéry）、克洛岱尔（Paul Claudel）、蓬日（Francis Ponge）、米肖（Henri Michaux）、圣-琼·佩斯（Saint-John Perse）和夏尔（René Char）似乎并不亲近，这是为什么呢？

答：坦率地说，我与这一代人的诗没有真正的渊源。当然，我十五六岁，直到17岁的时候，读了很多瓦雷里。20世纪40年代初，我还去法兰西公学听过瓦雷里的诗学讲座，但是后来我意识到他的诗的局限性，他的诗与我刚才提到的那几位19世纪诗人的伟大实验相比退步了，而不是前进了。我认识圣-琼·佩斯，欣赏，甚至可以说喜爱过他，但是他的诗对我来说不太重要。夏尔的诗在我看来仍属于雄辩的传统，这是我所摈弃的。在他们那里，我没觉得有一种真正的诗学探索和创新。然而可以说，我在安德烈·布勒东的超现实主义冒险中汲取过信心和灵感。因为他们从本质上感知到诗的话语给我们提供的不是真理，而是真实，通过自由的词语揭示的真实。

问：我几次读到有关1947年您与安德烈·布勒东和超现实主义者决裂的事情。除了拒绝签署超现实主义宣言之外，您与超现实主义运动的主要分歧是什么？

答：这不是一次真正的决裂，我不同意布勒东在那个时期带领超现实主义运动走的方向，他试图将年轻的信徒引到一条神秘的、玄学的道路上去，这是我所不能接受的，因为我是一个注重现实的人，我的意思是，我不去想象世界表象后面的东西，真实没有幕后，没有一个被隐藏的世界，我们需要应对的现实就是我们眼睛看到的样子。我反对布勒东晚期的做法，但不否定以往的超现实主义运动。我觉得后期的超现实主义没有真正明白我们应如何接近由自动写作法产生的无意识话语，仍然停留在无意识话语的表面，没有用其他方法靠近它，这正是我要探索的，也是我渐渐脱离了超现实主义运动的原因。

问：让我们来谈谈您与同时代法国诗人的关系，这也是中国读者感到陌生的一代诗人。

答：同代诗人中跟我最有共鸣的是安德烈·杜·布歇（André du Bouchet）和路易-勒内·德弗亥（Louis-René des Forêts）。布歇的诗中有一种触摸未加工的东西和缺乏意义的现实的欲望，没有概念化思维在现实上的投影和诠释，这也正是我以自己的方式尝试做的事情。至于德弗亥，我非常欣赏他对语言的思考，德弗亥追求一种天然的、赤裸的话语，一种摆脱了伪装和谎言的词语，一种不受奴役的语言。他们两人的作品跟我的探索很接近，他们对我的鼓励和帮助也非常大。

问：另一位与您有交往的诗人是保罗·策兰（Paul Celan）。1968年2月28日，您曾邀请策兰来家里午餐。那天策兰对您说，他不应该选择流亡法国，遗憾没有去以色列。您2007年出过一本书，名叫《令保罗·策兰不安的》，您能跟我谈谈他吗？

答：我是在保罗·策兰刚到法国的时候认识他的，大约是在20世纪40年代末、50年代初。①之后我们时不常见面，有几年多一点儿，有几年少一点儿，因为在他的生活中常有怀疑和逃避的时候。我写关于他的事情，是因为他受到了一次严重的伤害。

您可能知道，有人指控他剽窃另一位德语诗人伊万·高尔②的诗。我试图在我的那本小书中说明他被伤得那么重的原因。令人不安的不是有人诬陷你剽窃，因为诗不存在剽窃的问题。诗是一种再创造，一个诗人从另一个诗人那里借用的"所指"成为他自

---

① 保罗·策兰第一次来巴黎是1938年11月10日，1939年暑假回到罗马尼亚。第二次来巴黎是1948年7月14日，博纳富瓦说的是这一次。
② 伊万·高尔（Ivan Goll，1891—1950），原名Issac Lang，生于法国圣迪耶（Saint-Dié），表现主义诗人，翻译家，用法文和德文写作。

己创作中的"能指",所以没必要为这个担心,特别是当时所有知情人无不谴责诽谤保罗·策兰的那个人。①

我力图在那本小书中说明,策兰之所以不安,之所以未能从那个指控中恢复过来,是因为他明白了一点,即那些为他辩护的人并非真的懂诗。他们说策兰没有剽窃,他当然没有剽窃,但即使他这么做了,也不是问题。说他没有剽窃,证明那些人不懂诗。诗是表达真实的一种方式,不存在剽窃的问题。谁会把莎士比亚或波德莱尔的借用说成是剽窃呢?

策兰明白即使是那些声称喜爱他的诗的人也并不真正懂他。对他而言,诗是一切,诗是对抗种族主义最有效的方法。您知道,策兰深受种族主义之苦,确切地说是反犹主义带给他的痛苦。②他认为只有真实的、深刻的诗的经验才能消除种族主义的偏

---

① 指克莱尔·高尔(Claire Goll),伊万·高尔的妻子和译者,她于1953年和1960年两次诽谤策兰。博纳富瓦在《令保罗·策兰不安的》一书中曾对此事做过详细说明:在1953年8月的公开信中,克莱尔·高尔指控策兰在他刚出版的书中(*Mohn und Gedächtnis*)剽窃伊万·高尔1951年的诗作。事实上,如果有借用,也是高尔借用策兰,因为策兰曾在高尔病危期间去医院探望,并给他读了自己的诗,后者康复后用德语写的诗受到策兰的影响。克莱尔·高尔将时间的先后顺序颠倒过来,恶意中伤策兰。1960年德国语言和文学学院给保罗·策兰颁发了格奥尔格·毕希纳奖(Georg-Büchner-Preis),表彰他对德国文化的杰出贡献,克莱尔·高尔对策兰的诋毁随之消失。
② 博纳富瓦在《令保罗·策兰不安的》一书中透露,策兰曾给他看过一些奇怪的路人塞到他手中的传单,上面说要把他赶出法国或对他发出死亡威胁。

见。然而他发现根除种族主义非常困难，这一发现无疑加深了他的孤独感：诗人是孤独的，诗同样是孤独的，寄希望于诗是何等虚幻！

问：就是说他不仅为所受到的诬陷而痛苦，更为那些喜欢他的人并不真正了解他而痛苦，是吗？

答：正是这样，使他不安的正是这一点。

问：那他自杀与此有关吗？

答：他去世后不久，我在另一个文集中写道，在某种程度上，他的自杀是与现实和解的方式，因为终其一生，德语带给他的困境使他无法与真实合为一体。另外，我认为他的死很可能与他一直服用的镇定药有关，这种药使他丧失记忆力，可是他教书离不开记忆力。因此他有一段时间停了药，结果突发谵妄症，并被病魔所控制。我认为他死前的意识并不清醒。

问：死亡的问题让我想到您写于不同时期的好多首诗，它们的标题都是《一个声音》或《一块石头》，这些诗好像可以当作墓志铭来读，对吗？

答：那些标题是《一块石头》的诗的确是墓志铭，是想象的、虚构的墓志铭。这些诗的起源是一本名叫《希腊诗选》的

书，其中有卡利马科斯①和其他诗人杜撰的一些墓志铭②。我为什
么要把那些思考想象的生命的诗命名为《一块石头》呢？因为石
头代表着世界的一种真实。诗应该以这样或那样的方式去发现概
念以外的真实。在墓志铭中，我看到了那些有限的生命。辩证地
看，"石头"和"声音"是一样的，它们都代表生命。我认为真正
的生命是一种深刻、完整地意识到自己限度的存在。换句话说，
限度让我们知道什么是生命的固有条件，从而更加清醒。

问：还有一件事与石头有关。自1963年起，您和露西·维纳
勠力修复瓦勒桑特③的一座坍塌的修道院。这一经历至少催生了
两本诗集，《刻字的石头》（*Pierre écrite*）和《在门槛的诱惑中》
（*Dans le leurre du seuil*）。您是否想用诗重建一个废墟上的世
界？这样说是不是过度解读了您的写作动机？

答：修复瓦勒桑特修道院的尝试最早出现在《刻字的石头》

----

① 卡利马科斯（Callimachus，约前305—前240），古希腊诗人，学者，曾在亚
历山大图书馆工作，著有诗集《起源》（*Aitia*）。
② 博纳富瓦在《诗与建筑》一书中列举过卡利马科斯的一首对话体墓志铭诗的片段：
"哦，卡里达斯，下面有什么？
—— 幽深的黑暗。
—— 那返回的道路呢？
—— 一个幻象。
—— 普路托呢？
—— 一个神话。我们一无所有，除了虚无。"
（Yves Bonnefoy, *Poésie et architecture*, Bordeaux, William Blake & Co., 2001, p. 40.
③ 瓦勒桑特（Valsaintes），地名，位于法国上普罗旺斯的阿尔卑斯省。

的最后一部分，贯穿了《在门槛的诱惑中》的全文。至于这件事对我意味着什么？很简单，我想住在里面，因为那里的土地，天空，周围残存的古老建筑符合我的需要和渴求。然而在修复工程中，我很快发现这个计划对我是一种诱惑，它掺杂着一些幻想和乌托邦的成分。总而言之，瓦勒桑特修道院的修复工作成为我思考词语和诗的诱惑的机会，而不仅仅是与生存有关的劳动。开始的时候，我想把这座古建筑变成一个新生活的门槛，结果这个幻象加深了我与真实的关系。

谈话还可以这样继续下去，但夜色降临，老诗人虽仍健谈，但也有了些许倦意。我们起身告辞，带着遗憾和满足，满足多于遗憾。像上次一样，老诗人把我们送到门口，眯着眼睛说了一声"Au revoir"（再见），结尾的小舌音"r"拉得很长。

第四次，也是最后一次去博纳富瓦书房的确切时间在我的记事本上没有记录。现在推测，应该是我3月24日动身去香港中文大学参加北岛诗歌坊的前一周。这次应香港法国文化协会（Alliance Française de Hong Kong）的要求，我请博纳富瓦诵读了《词语的诱惑与真实》的部分诗作。①老诗人读诗有他特殊的节奏，不仅让

---

① 博纳富瓦诗朗诵会于2014年3月27日在香港艺术中心举行，播放了博纳富瓦录音的片段。

人注意词义，而且强调音色和音乐感，咬字像舞台剧演员那么清晰，语速不紧不慢，不抑不扬，有一种催眠的效果，一切都像他九十岁高龄该有的样子。

　　4月15日，我从香港回来半个月后，请博纳富瓦和他的夫人露西·维纳来家做客。看到牛津大学出版的《词语的诱惑与真实》，他说喜欢这本书质朴的装帧。我请他在送给几位朋友的诗集上签字，并问他对法中双语诗集这一形式的看法，他说："我认为那些有运气通过表意文字接触现实的人在与世界关系的直接性上比我们使用字母文字的人有优势，因为字母符号强化了概念的作用。我想象中国的文字与现实有着更加亲密的关系，可惜我没办法真正体会这一点。我读到的中国诗应该说是不完整的，因为译成字母文字后失去了中文的书画特征，所以我更喜欢去看佛像，它们更接近我自己尝试表达的东西。"听了博纳富瓦的话，我想如果他懂中文，可能会像帮助安东尼·鲁道夫（Anthony Rudolf），他的一个英文译者那样[1]，对一首诗关键字句的翻译直接提出建议。翻译有时像作者和译者一起找路，方向是在共同张望和摸索中显现的。

　　临别的时候，博纳富瓦告诉我6月份在巴黎索尔邦大学的沙

---

[1]　*Cf.* Anthony Rudolf, « Au commencement était la traduction » in *Bonnefoy, Les Cahiers de l'Herne*, p. 286.

龙有一个读诗会，由他和比较文学教授让-伊夫·马松（Jean-Yves Masson）共同主持。6月10日那天，我去听了这场读诗会，现在只记得博纳富瓦读了他的散文诗《山中的哈姆雷特》[①]，其他没有印象了。那不是我最后一次见到博纳富瓦，但后来每当想起他，脑海中首先闪过的是那次他背对索尔邦大学沙龙的窗棂，披着一头银发，在逆光中读诗的侧影。

2016年7月2日星期六，法国水星出版社负责版权的热娜维耶芙（Geneviève）女士给我发来一封简短的电邮："博纳富瓦先生昨天离开了我们。下周二举行葬礼，应家属的要求，限制在很小的范围。"我拿起记事本，在7月1日这一页上，用法文写下了他的一句诗：Temps si riche de soi qu'il a cessé d'être[②]（时间因自己的丰富而停止了存在）。

几年后我曾去过一次勒比克街63号。门房告诉我博纳富瓦的书房已经被他的女儿卖了，藏书都运回了他的家乡图尔。

博纳富瓦去世前几年，法国伽利玛出版社七星书库就计划在他百年诞辰的时候出版他的诗歌全集，并邀请博纳富瓦参与。编者在前言中说，"博纳富瓦希望在生命结束前安排好一切。"继2010

---

① Yves Bonnefoy, *Hamlet en montagne* in *L'heure présente,* Paris, Mercure de France, 2011, pp. 71-78.

② Yves Bonnefoy, «Passant auprès du feu» in *Ce qui fut sans lumière*, Paris, Gallimard, 1987, p. 34.

年出版诗歌访谈录《不可完成的》^①之后，他就开始协助编辑另一本访谈录《未完成的》^②，这本书于2021年出版，七星书库的博纳富瓦《诗歌作品集》^③于2023年问世，这时我才意识到，博纳富瓦生前已经看到了死后的时间。

　　　　　　　　　　　　　　　　2022年12月于巴黎

　　　　　　　　　　　　　　　　2023年6月修改

---

① Yves Bonnefoy, *L'Inachevable*, Paris, Éditions Albin Michel, 2010.

② Yves Bonnefoy, *L'Inachevé*, Paris, Éditions Albin Michel, 2021.

③ Yves Bonnefoy, *Œuvres poétiques*, Pléiade, Paris, Gallimard, 2023.

缺席的真实[①]
——法国当代诗选译后记

一

　　诗的作用是提醒我们世界的不确定性，一个显而易见的世界是虚假的，真实的世界一向捉摸不定。人在诗中彷徨，就像在超出自己理解范围的生命和宇宙中寻找意义。克里斯蒂安·普利让在《所有书的缺席者》中写道："我把诗称作一个洞的象征化。这个洞，我把它命名为真实。真实在这里按照拉康的意思理解：在意义停止的地方开始的东西。""诗追求在所有书中缺席的真实。"[②]

---

① 首发于《今天》文学杂志，2021年冬季号·总第132期，香港，第130—137页。
② Christian Prigent, «L'absent de tout bouquin» in *L'Incontenable*, Paris, Éditions P.O.L. 2004.

二

　　诗人用意象为真实命名，但不下定义。他脱去词语的衣裳，或者为它们除尘去污，清洗伤口，还词语以霜的洁白和脆弱。诗人的真实不是普遍真理，而是个性化的特殊体验。诗扩大真实的疆域，提升人们对真实的认知，真实的信誉来自诗人的诚实。将诗与真实对立起来是世人最大的误解之一。伊夫·博纳富瓦在《真实的名字》中写道："我将名之为荒漠这座你曾经的城堡／这个嗓音为夜，你的面孔为缺席／而当你倒在贫瘠的土地上／我将名之为虚无那道把你带走的闪电。"①

三

　　在诗的世界中，词语是一种稀土，准确的词语稀之又稀。诗靠沉默而存在，就像人靠呼吸而存在。诗在"编织词语"的同时，也在"挖掘沉默"。陆机在《文赋》中说："课虚无以责有，叩寂寞而求音。"米歇尔·贝纳尔在《空白的书》中写道："只是一个

---

①　Yves Bonnefoy, «Vrai nom» in *Du mouvement et de l'immobilité de Douve*, Paris, Mercure de France, 1953.

长久的沉默／唯一的理由／是一支丝笔／轻轻地滑行。"[1]

四

　　写诗是发起一场战斗，词语时而是你的战友，时而是你的敌手，词语之间相互厮杀，那些作为胜利者幸存的词语也是遍体鳞伤。写作是失败前尚未完全放弃希望的过程，是胜利前几近绝望的时刻。弗兰克·维纳耶在《沉默是死者的言语》中写道："我与没有年龄的词语工作，有时它们在我进行的许多次言语的战争中被毁容。这是我的战果。"[2]伊夫·博纳富瓦说："我将把你命名为战争，在你身上／我将得到战争的自由，在我手中／我将有你模糊和沧桑的面孔／在我心中这个暴雨照亮的国度。"[3]

———————————

① Michel Bénard, «Le livre blanc», inédit.

② Franck Venaille, «Le silence est le langage des morts» in *C'est nous les Modernes*, Paris, Flammarion, 2010.

③ Yves Bonnefoy, «Vrai nom» in *Du mouvement et de l'immobilité de Douve*, Paris, Mercure de France, 1953.

五

一首好诗不会一次读懂，就像今年过去的每一天明年还会再来，等到那一天来了，同一首诗已经改头换面，好像与一位朋友久别重逢，时间的摇篮使我们都变了样子。让·布勒东在《失去你》中写道："她会回来，我肯定，滚烫的／嘴，自由的眼睛／她会将双手倾注在我的额头。"①莫尼克·W. 拉毕朵尔在《往昔》中说："往昔不再，昨日不再，过去不再，只有停滞的此刻在那里永恒掠过一个如此特殊的存在。"②

六

诗中有语言的各种可能和不可能的形态。读者进入一首诗，就像进入一个未知世界，他与诗的词语、句式、语法、节奏、声音和意象的关系，就像与树木、河流、山脉、海洋、风雨和空气的关系。诗把我们带到比想象更远的地方。每首诗都是向超越想象的真实不断出发。雅克·图潘在《薄木板》中写道："它没有你

① Jean Breton, «Te perdre» in *Vacarme au secret*, Paris, Librairie Saint-Germain-des-Prés, 1975.
② Monique W. Labidoire, «D'autrefois», inédit.

理解的意义上的光芒，因为它从第一天就摈弃了外部的光彩，而选择在幽暗的肌体中的辐射、不可见的暴燃和隐蔽的蜕变。"[1]

七

每首诗都是诗人的一张照片或画像，国家、民族、城市、历史、文化、性别、年代，甚至语言都只是它的背景，文字才是他本人。诗是他的标志和相貌，或某种跟读者接头的暗号，只是应者寥寥。马塞尔·贝阿鲁在《安全门》中写道："清晨的一千扇打开的门发出一千种神秘的钟声！门的钥匙就在锁上——但没有人敢进去。"[2]

八

诗人写诗，诗重写诗人，那些非写不知的东西进入他的生命，诗人用文字把自己塑造成一个更真实的人。个人经历通过

[1] Jacques Dupin, Extrait in *Éclisse*, Marseille, Spectres Familiers, 1992.
[2] Marcel Béalu, « Portes de secours » in *Journal d'un mort*, Paris, Gallimard, 1947.

写作变成他渴望的生活，写作成为他生活的一部分，而且是真正赋予他生命的那一部分。阿兰·博斯凯在《第一个遗言》中写道："如果诗必须写他的诗人／告诉我，我的书，我是不是由你而生？／哪一页预示了我冒失的出生／并一千次预言：'你将被禁？'"①

九

每写一首好诗，都像生一场大病，发一次高烧。写作使诗人生病，又将他治愈。写得越久，病得越重，好得越彻底。写作一旦成为生活，生活便有了名字和记忆。对诗人而言，生存的困难就是书写的困难，因为通用的语言虽在那里，诗人的言语却不是现成的，写作就是寻找他的言语。阿兰·博斯凯说："生活或写作，写作或生活？我哀叹：／在言语中我的肉体找到了它的理由。"②

---

① Alain Bosquet, «Premier testament» in *Poèmes, un (1945-1967)*, Paris, Gallimard, 1985.
② Ibid.

十

写诗是自我逼问下的招供，诗是供词。诗人企图用供词说出秘密，可他的言语被人当作外语。威廉·克里夫在《同性恋的抒情诗》中写道："我们把眼睛投向一切与我们交臂的人／但到处我们都是异乡人。""我们任衰老的身体倒下／不堪那么多争斗极度的重负"。①

十一

诗人的忧郁不是忧愁，不需要理由，好像晴空的一朵乌云，盛夏的一场阵雨，黎明的一丝惆怅，晚霞的一道感伤，幽默的一种绝望。没有人不是穿过黑夜走进黎明。弗兰克·维纳耶说："做诗人，就是相信言语的强度，它的委婉，它的逆反，它的矛盾，还有它的慷慨。剩下的是管好我的忧郁，也就是说，一种古老的和无声的针对自己的暴力形式。"②

---

① William Cliff, «Ballade des homosexuels» in *Homo Sum,* Paris, Gallimard, 1973.
② Franck Venaille, «Le silence est le langage des morts» in *C'est nous les Modernes,* Paris, Flammarion, 2010.

十二

　　人性的温度和人生的悲凉是一对孪生姊妹。每个人的人性有各自的温度，每个人的人生有各自的悲凉。我们都需要给予别人和得到别人的温暖。感恩是打开幸福之门的钥匙。薇洛妮克·弗拉巴-皮欧在《"感谢"之外》写道："在'感谢'之外／开出尊重的花朵／沁出理解的甘露／化作人性的泪水。"[①]

十三

　　就像一个人远走他乡，回过头来发现了自己，诗人要离自己更近，须先走得更远。脱离封闭，出发就是抵达；拆除藩篱，这里就是远方。亨利·米肖有一本诗集，题目是《遥远的内部》。费德里克-雅克·汤普勒在《树》中写道："我在远处靠近源头／当我离去我不留下任何／回来找不到的东西"。[②]

---

① Véronique Flabat-Piot, «Au-delà du〈 *Merci* 〉»… inédit.

② Frédéric-Jacques Temple, «Arbre» in *La chasse infinie et autres poèmes,* Paris, Gallimard, 2020.

十四

　　诗人有自己的波段，在自己的波段上等待被收听，就像我们听收音机的时候调台，对上波段之前，一切只是噪音，对上波段那一刻，一切都变得清晰，声音产生了意义，音和意随波段的节奏振动。薇洛妮克·弗拉巴-皮欧说："处女的纯洁摘去面纱／词语……符号……颜色／为了振动和传播／串串回声……／……诗歌！"[1]

十五

　　诗人要把被驯服的语言还原成烈马，甩掉缰绳，跳出协议文字的空间，回到秩序建立以前的自然状态。贝尔纳·马佐在《世界保存的记忆》中写道："因为在世界的／混沌的中心／有生命的固执的／跳动。"[2]

[1]　Véronique Flabat-Piot, «Au-delà du 〈 Merci 〉»··· inédit.
[2]　Bernard Mazo, «La Mémoire préservée du monde » in *La Revue des Archers*, n° 8, 2005.

十六

诗是此刻的记忆，是感觉用文字保存的触角，是心灵呜咽的留声机，她比历史细微，比经验辽阔，比诗人持久。让-彼埃尔·吕米奈在《天路》中写道："永恒的情人／我抵抗时间的流逝／期限的局外人。"[①]

十七

一首诗是一支射出的箭，同时飞向许多靶子，但拒绝击中任何一个，永远处在飞矢状态，"动静等观"。菲利普·雅各泰在《播种期》中写道："我们发明了一种言语，在那里，精确和模糊相结合，限度不阻碍运动继续，而是呈现它，因此不会任其完全消失。"[②]

---

① Jean-Pierre Luminet, Extrait in *Itinéraire céleste*, Paris, Le Cherche Midi, 2004.
② Philippe Jaccottet, Extrait in *La Semaison, Carnets 1954-1979*, Paris, Gallimard, 1984.

十八

诗的意义不是直线型的，而是重叠、交叉、往复、回溯、立体式的。诗的意义不仅来自字义，更来自它的形式。每首诗都是一个形式，一个脆弱的、危险的、倒立在悬崖上的形式。它的意义是盲目的，但又是可见的，可感知的。诗里和诗外的东西须等量齐观。菲利普·雅各泰还说，"当人们看到一些形式，同时猜到它们没有说出全部，它们没有缩减为本身，它们为不可捕捉的东西留有余地"。[1]

十九

写诗像荡秋千，在文字的有限和诗的无限之间摇曳，让词语逃出字典，在运动中获得自由。诗句随秋千翻飞，用直线画弧，把高低拉平，但这一来一往都要掠过地面。《道德经》说："反者道之动。"彼埃尔·勒韦尔迪在《好运》中写道："一个失声的嗓子歌唱／在词语消失的空虚中／雪不再能上升或下降／因为已经没有上下。"[2]

---

[1]　Philippe Jaccottet, Extrait in *La Semaison, Carnets 1954-1979*, Paris, Gallimard, 1984.

[2]　Pierre Reverdy, « Bonne chance », *Poèmes de circonstance* in *Sable mouvant*, Paris, Gallimard, 2003

二十

诗人是语言的"走私犯",无视习俗海关的检查,偷运违规的文字。诗人是秩序的叛逆者,无视众人膜拜的偶像,思无定所。安德烈·舍迪德在《非现时的,生命》中写道:"非现时的和短暂的／跨越界限和理性／生命处于变幻／自我创造远离时钟／习俗季节。"①

二十一

诗人追求自己的言说,但拒绝占有。写诗、读诗都不是盘点我们拥有什么,而是意识到我们缺少什么。为了弥补这种缺憾,诗人不断流放自己,语言如影随形,但始终若即若离。路易-勒内·德弗亥在《萨缪埃尔·伍德的诗》中写道:"然而在这个影子上有某种东西持续／甚至在意义丧失之后／其铃声仍在远方振动像一场暴雨／人们不知道它在靠近还是远去。"②

---

① Andrée Chedid, « Inactuelle, la vie » in *Rythmes,* Paris, Gallimard, 2003.
② Louis-René Des Forêts, Extrait in *Poèmes de Samuel Wood,* Saint-Clément-de-Rivière, Éditions Fata Morgana,1988.

二十二

现代诗的陷阱之一是把散文排列成诗行，句与句的关系是散文的逻辑，没有断裂和跳跃。虽然诗忌讳散文按诗的形式排列，却不忌讳把自己排列成散文，只要有诗的意象，按散文体排列的诗仍然是诗，诗体和散文体只是诗人的面具。瓦雷里·拉尔博在《面具》中写道："我写作总是把一个面具戴在脸上……／哦，一个读者，我的兄弟，我与他交谈／透过这个苍白和发亮的面具／走过来缓慢地重重地吻了一下／这个下陷的前额和这个苍白的脸颊。"[①]

二十三

小说的语言在地上走，诗的言语在天上飞。前者是平面的文字，讲故事的工具，意义的奴仆；后者是立体的文字，生命的载体，自由的主人。诗是语言的扩疆者，也是语言的最高维度。阿兰·博斯凯说，"一只羔羊刚从我的言语出生。它走了几步在夏天的空中"。[②]

[①] Valéry Larbaud, «Le Masque» in *Les Poésies de A.O. Barnabooth*, Paris, Gallimard, 1948.

[②] Alain Bosquet, «Premier testament» in *Poèmes, un (1945-1967)*, Paris, Gallimard, 1985.

二十四

　　写诗和读诗都不是娱乐，娱乐要迎合和取悦大众。诗首先是相异性的艺术，诗人要在与众不同的路上走得足够远才能成为自己。与众不同不是成为孤立的人，而是分享他的心灵，用本真的自我感动和唤醒同类。弗兰克·维纳耶说："做诗人不只是写诗——诗句或散文。是赋予我们的痛苦以超越自己的力量和手段，使其变成所有人的痛苦，包括诗本身的痛苦。"①

二十五

　　当所有意识形态和各式各样的"主义"在社会实践的水中搁浅，或被历史无情地否定，当代诗人寻找的不再是一种形而上的真理，而是一种自洽的本体论，或对自我的诠释。亨利·德·雷涅在《今天的诗人和明天的诗》中说，今天的诗人"将缪斯重新引向生活，不是让生活梦想缪斯，而是让它体验缪斯。他们不是把发声的海螺贴在耳朵上，听一个理想的大海低吟，而是把生活

---

① Franck Venaille, «Le silence est le langage des morts» in *C'est nous les Modernes*, Paris, Flammarion, 2010.

安放到浪边，让它听海的喧嚣，并加入自己的声音"。①

二十六

　　每一代诗人都有属于他们的思想和感情，都有他们表达的困难和苦恼，都要经受自己对另一个我的折磨。诗人用痛苦搅动语言，写诗无异于给语言上刑，反过来接受语言的刑讯。阿兰·博斯凯写道："是谁对我的诗说话？／他悲伤而脆弱／当我对他说你好／他以为在受刑。"②

二十七

　　诗并非无处不在。事实上，诗不存在于任何地方，但一切都可以成为诗，条件是诗人看到万物之间那种隐秘的联系，并用独特的词语和意象表达出来。彼埃尔·勒韦尔迪举过荷马的例子，

① Henri De Régnier, «Poètes d'aujourd'hui et poésie de demain», conférence, 1900.
② Alain Bosquet, «Premier testament» in *Poèmes, un (1945-1967)*, Paris, Gallimard, 1985.

"当年轻的黎明／垂着玫瑰红的手指／重现天际……"，黎明本身不是诗，当诗人将黎明和玫瑰红的手指联系起来的时候，诗诞生了。诗并非大自然的馈赠，而是来自诗人的精神活动，是诗人的感性与世界接触时发生的共鸣。诗不仅追求在所有书中缺席的真实，也追求在自然界缺席的真实。古希腊人说，"诗人是创造者"（Ο ποιητής είναι δημιουργός）。

2021年10—11月于巴黎

欧洲篇

欧洲大学的沿革①
——兼论大学的使命

一、历史的光荣与耻辱

谈起欧洲大学的起源，大多数文字记载都说是在意大利的波伦亚（旧译波隆纳），少数记载说波伦亚大学和巴黎大学孰先孰后实难公断。从行政的观点看，波伦亚大学的创建过程扑朔迷离，难以清楚地描述。大约从1087年开始，波伦亚出现了两个学生自治团体（Universitas），当时学生自行管理校务，直接支付教授的讲课费，在大学似乎占主导地位，这与后来教授治校的大学建制有本质的不同。12世纪至13世纪，波伦亚城市当局开始介入大学的管理，并给教授发放薪俸；罗马教皇遂下诏规定，教授的执照由教会颁发，学生渐失对大学的控制。巴黎大学的初始脉络则清

---

① 首发于《跨文化对话》，第19辑，南京：江苏人民出版社，2006，第13—27页。原标题为《欧洲的大学沿革》。

晰可寻。1257年，法国国王路易九世（死后被罗马教廷封圣，史称圣·路易）采纳巴黎议事司铎，神学家罗伯特·德·索尔邦的建议，在罗马教皇的庇护下，建立了一所皇家学院，主授经院神学。后来为纪念罗伯特·德·索尔邦，这所皇家学院改名为索尔邦大学，但它为皇权和神权护法的性质丝毫未变，甚至到18世纪，索尔邦大学仍代行教会法庭的职责。从社会契约的角度看，索尔邦大学初期的使命是为皇权和天主教培养知识精英，教师均为教士，他们在皇权和神权的双重监护下，毫无独立性可言，更谈不上学术研究。教士在大学享有的特权以他们讲授的知识符合罗马教廷的教旨为条件。对此，曾数度出任中山大学校长的许崇清论曰："中世时代并无教授和研究之别。所谓神学只是疏证耶教的义理。……研究学术，发明新理，实属当时学子思念所不及的事。"[1]在中世纪，索尔邦大学被称为"法国国王的长女"，这当然是法国被称作"罗马教廷长女"的比附。按照这个比附的逻辑，索尔邦大学当可称作"罗马教廷的外孙女"。

　　继波伦亚大学和巴黎大学之后，大学陆续在其他欧洲城市出现，它们大都只有神学、法学、医学和哲学四科，并各有所长。巴黎大学以神学著称，波伦亚大学以法学见长，意大利萨莱

① 许崇清，《欧美大学之今昔与中国大学之将来》，见《大学精神》，杨东平主编，上海：文汇出版社，2003年，第68页。

诺（Salerno）大学和法国蒙彼利埃（Montpellier）大学则以医学称道。中世纪欧洲大学的通用语言为拉丁文，"所谓医学、法学只是领解希腊、拉丁的医书法典"①。其时，各国大学颁发的文凭普遍得到承认，这使教师和学生产生了很大的流动性（旧时，物资的流通受到严格的管制，但人却有迁徙的自由；如今，商品流通——合法的、非法的——肆无忌惮，但人的旅行却受护照、签证的限制）。

欧洲大学性质的变化应首先归功于印刷技术的发明和传播。初时，教会的卫道士不仅焚毁那些被指责为异端的书籍，而且还将印刷商处以火刑。法国印刷商埃蒂安纳·多莱（Étienne Dolet）的悲剧命运颇有代表性。他不仅出版过法国文艺复兴诗人克莱芒·马罗（Clément Marot）和作家拉伯雷的著作，也印刷发行过《圣经》，最终却因亵渎神明罪和叛乱罪于1546年8月3日在巴黎牟贝尔广场（Place Maubert）惨遭火刑，刑前还将他双腿的肌肉和筋腱用老虎钳子扯断，并将他吊起来示众。克莱芒·马罗和作家拉伯雷也随即遭到索尔邦大学教授诺埃尔·贝达（Noël Béda）的迫害。1600年，布鲁诺因坚持泛神论和宇宙无限大的思想并传播哥白尼的日心学说被教皇克莱芒八世处以火刑。1633年伽利略

---

① 许崇清，《欧美大学之今昔与中国大学之将来》，见《大学精神》，杨东平主编，上海：文汇出版社，2003年，第68页。

遭宗教裁判所审判并被迫收回自己的科学主张，其著作《关于两种世界体系之间的对话》被付之一炬。1992年，罗马教廷才在约翰·保罗二世的任期内为伽利略平反，对布鲁诺却以道歉了事，不予昭雪，理由是布鲁诺的理论与基督教的信仰水火不容。在布鲁诺的问题上，罗马教廷的立场至今得到路德教派和加尔文教派的支持。1619年，意大利自然主义哲学家于勒-恺撒·瓦尼尼（Giulio Cesare Vanini）在法国图鲁兹被宗教裁判所处以火刑，年仅34岁，罪名是提出从猿到人的进化论思想（比达尔文早二百多年）。以瓦尼尼为代表的意大利自然主义者公开宣布，我们看到的一切都是大自然的创造。在自然以外，上帝的存在是无用和多余的。奇怪的是瓦尼尼的著作《自然的秘密》①曾得到巴黎大学神学家的出版许可。瓦尼尼出事后，这些循规蹈矩的神学家们硬说瓦尼尼是在得到出版许可后才瞒着他们将自己的异端邪说塞进即将印刷的书中去的。对于欧洲大学历史上这段黑暗的时期，德国维尔茨堡（Würzburg）前大学校长特奥多尔·贝克姆（Theodor Berchem）反省说："人们知道为近现代开辟道路的很多重大科学发现都是在大学以外完成的，这些科学发现受到中世纪传统的阻挠，并经常被教条主义封锁。不错，有时长期顽强抵抗科学进步

---

① 全名为《人类神奇壮观的自然界令人称羡的秘密》（拉丁文：*De Admirandis Naturae Reginae Deaeque Mortalium Arcanis , 1616*）。

的正是大学本身。"①

在启蒙时代的前夜，有多少试图用科学的火炬照亮人类道路的勇者在宗教裁判所的火刑中殉难。然而，科学的火苗初时虽微弱，最终却战胜了愚昧的烈焰，历经文艺复兴和启蒙运动的欧洲人终于打破宗教教条的禁锢，从被动敬畏、观察自然到主动认识、分析、解释自然。科学不是神启的经文，而是启示人类的真理。

15世纪到16世纪，现代资本主义在欧洲的萌发使科学发现和社会进步的概念逐渐渗透到大学的校园，新学科的出现在一定程度上改变了大学的方向。宗教的抵抗势力仍然强大，但形势的发展已经出现不可逆转的局面。然而就在这一时期，大学精神的开放也伴随着民族主义的兴起，拉丁文遂成为民族主义的第一个祭品，在大学的讲坛上被各国民族语言所取代，边境管制使大学生和教师的迁徙变得困难，大学几乎沦为地方主义势力的温床。

欧洲第一所现代意义的大学1809年诞生于柏林。其创始人是时任普鲁士教育部长的语言学家威廉·冯·洪堡（Wilhelm von Humboldt）。是他第一个提出将大学建立在科学的基础上："高等教育机构的特征之一是将科学视为一个尚未完全解决的问题，

---

① Theodor Berchem, *Tradition et progrès. La mission de l'Université*, Leçon inaugurale, Collège de France, le 15 janvier 2004, p. 3.

因此研究永远不应该终止。"[1]柏林大学将教学和科研结合起来，以革新和超前意识为主导的科研随之成为大学使命的一部分。法国历史学家欧内斯特·拉维斯说："现代大学和中古大学的不同，在于它们所依据的原则各别。中古把知识放在宗教的范畴中；现代则把知识放在科学的体系里；中古的生活原则是权威，现代的生活原则是自由。"[2]以洪堡创建教学和科研相结合的柏林大学为标志，知识的积累和传授成为大学的基本责任。现代研究型大学的意义在于将保护传统和追求进步作为大学的双重使命，传统代表了人类的记忆和知识的积累；进步代表了人类的好奇心和求知欲。没有历史的记忆，人类会迷失方向；没有好奇心和求知欲，现有的知识只能成为阻碍进步的绊脚石，大学也就失去了存在的意义。

几乎与洪堡创建柏林大学同时，曾在1806年的耶拿（Jena）战役大败普鲁士军队的拿破仑，却在法国大学体制之外建立了几所工科院校。法国大革命倡导自由、平等、博爱的价值观，然而大革命后却在政治上产生了独裁的帝制，在教育上产生了选拔严格的精英制。在这个体制下，大学与社会的契约变成为国家培养技术人才，几乎每个政府部门都有自己的工程师学校，如综合理工

① Wilhelm von Humboldt, *Werke IV*, Darmstadt 1964, p. 256.
② 孟宪承，《现代大学的理想和组织》，见《大学精神》，杨东平主编，上海：文汇出版社，2003年，第76页。

学院、矿业学院、桥梁道路学院、农业学院、中央工艺制造学院等等，专事培养对政府有用，能尽忠职守的技术官僚。

19世纪末和20世纪初，在大规模社会运动和战争的冲击下，欧洲大学逐渐赢得对重大社会和政治问题的发言权，成为社会经济和文化发展的驱动力之一。大学权力的扩充使政权一方面有所忌惮，一方面视大学为意识形态可资利用的宣传工具。希特勒时代的德国大学就不惜为纳粹理论制造舆论，致使在纳粹执政前后，许多德国和奥地利的科学家和知识分子（其中以犹太人居多）避走他乡。最著名的有爱因斯坦、维特根斯坦、茨威格、哈耶克、波普尔、本雅明等，这段历史说明了大学的独立性对知识分子何等重要，大学丧失独立性的后果何等严重。据哈耶克晚年回忆："1932年9月，他回过一趟维也纳，当时'一大群各专业领域的同仁们聚会，米塞斯（哈耶克的师友）突然问大家，这会不会是我们最后一次相聚。大家起先都觉得有点奇怪，米塞斯解释说，再过12个月，希特勒就会掌权……我们所有人都不得不背井离乡。"[①]

---

① 阿兰·艾伯斯坦，《哈耶克传》，秋风译，北京：中国社会科学出版社，2003年，第56页。

二、大学的独立与自治

　　大学的独立性涉及大学与国家的关系问题。欧洲大学与国
家的关系错综复杂，难以尽述。如果不能说各个大学都有一个共
同的传统，至少可以说它们都有一个传统的倾向，这就是自治。
1792年孔多塞[①]在他的《公共教育普遍组织条例的草案和报告》中
建议："任何公权力都不应该有职权和经费阻碍发现新的真理，阻
碍讲授与其个别政策及其暂时利益相违背的理论。"[②]洪堡的说法
要比孔多塞少一点儿理直气壮的冲劲，多一点儿老谋深算的婉转：
"国家不应当要求大学向它提供即时和直接的利益，而应当相信
如果大学达到其自身的最高目标，也就是在一个更高的层次上实
现了国家的目的。"[③]

　　大学为什么要有自治权？人类社会是由各种政治利益集团和
经济利益集团组成的，大学要完成培养文化人和自由人的使命，
需要与社会的政治和经济势力保持一定的距离。人类社会的进步

[①]　孔多塞侯爵（Marquis de Condorcet，1743—1794），法国数学家、哲学家、
　　政治家。26岁进入法兰西科学院、39岁当选法兰西科学院院士。1794年3月
　　27日被雅各宾党人逮捕，次日死于狱中，据说是服毒自尽，以躲避上断头台
　　的命运。

[②]　Condorcet, *Rapport à l'Assemblée législative: Rapport et projet d'ordonnance sur
　　l'organisation générale de l'instruction publique*, 1792.

[③]　Wilhelm von Humboldt, *Werke Ⅳ*, Darmstadt 1964, p. 260.

和完善离不开科学和文化，正因为如此，大学才需要超越国家政治和经济发展的暂时利益，在一个更广阔的视野下，继承和发展全人类的知识水平。特奥多尔·贝克姆解释说："自治意味着国家自愿放弃暂时的和可预见的利益，相信一种自由和独立的科学从长远看对社会更有好处。我不敢断言这个信念在任何情况下都会被证明是对的，但是我可以说从未有一个国家对大学严厉的控制可以使研究和教学实现持久的进步"①。简单地说，大学自治是为了避免学校成为民族主义及形形色色的意识形态的奴婢。大学要在更高的层次上，实现国家，而不是执政者的目标（在理想的情况下，国家和执政者的目标是一致的，但是在现实中，两者的目标并非总是一致的）。所以争取大学的自治，不唯是学术自由和独立的问题，也是维护国家长远利益和尊严的问题，不唯是学生学者的责任，更是政治家、执政者的责任。大学能否自治取决于它与国家的关系的性质，反过来说，大学是否要求自治也决定了它给自己的定位。大学与那个时代它所处的国家和社会有着一个无形的契约，真正自主的大学只有在民主的环境中才能存在。香港中文大学前校长金耀基曾引用剑桥大学艾雪培爵士的话说："学术自由与学术自主在最终意义上，都是依赖民意的，唯有当民意

①　Theodor Berchem, *Tradition et progrès. La mission de l'Université*, Leçon inaugurale, Collège de France, le 15 janvier 2004, pp. 11-12.

了解大学为何而设立，并予以尊重时，学术自主与自由始能获得保障。"①

　　思考大学的使命这个问题，有必要重温康德的文章《什么是启蒙？》。在这篇短文中，康德开门见山地说："启蒙运动就是人类脱离自己所加之于自己的不成熟状态，不成熟状态就是不经别人的引导，就对运用自己的理智无能为力。当其原因不在于缺乏理智，而在于不经别人的引导就缺乏勇气与决心去加以运用时，那么这种不成熟状态就是自己所加之于自己的了。Sapere aude! 要有勇气运用你自己的理智！这就是启蒙运动的口号。"②广义的启蒙运动不只是发生在西方18世纪的那场思想解放运动，启蒙运动也没有因为理性时代的开始而结束。因为每个时代都有自己的成见和教条，所以启蒙运动是一个人类不断脱离不成熟状态的过程。福柯在《什么是启蒙？》一文中，提出过这样一个问题："我们是否应该这么理解：全体人类都卷入了启蒙过程？如果正是这种情况，那么我们必须把启蒙看成是影响到地球上所有民族的政治及社会生存状态的一种历史变化。"③"因此，我们必须既把启蒙理解为一个人类集体参与的过程，又将其视作一项勇气鼓召之下由

①　《金耀基自选集》，上海：上海教育出版社，2002年，第275页。
②　康德，《历史理性批判文集》——答复这个问题："什么是启蒙运动？"（1784），何兆武译，北京：商务印书馆，1990年。
③　福柯，《什么是启蒙？》，李康译，文化研究网。

个人完成的行为。"①

　　如果采用直译，拉丁文Sapere aude是"敢于思想"的意思，它体现了大学独立自由的精神。在反对各种形式的思想专制和话语霸权的意义上，大学是每一代人获得自由的地方。用康德的隐喻可以说，大学应为学生最终摆脱监护人而独立行走迈出坚实的步伐。在这个意义上，大学是启蒙运动世代交替的地方。"然而，这一启蒙运动除了自由而外并不需要任何别的东西，而且还确乎是一切可以称之为自由的东西之中最无害的东西，那就是在一切事情上都有公开运用自己理性的自由。"②理性的真正力量并不在于占有真理，而在于获得真理。正如孔多塞所言，真理属于那些寻找它的人，而不属于那些自称占有它的人。康德还特别强调区分理性的公开运用和私下运用："必须永远有公开运用自己理性的自由，并且唯有它才能带来人类的启蒙。私下运用自己的理性往往会被限制得很狭隘，虽则不致因此而特别妨碍启蒙运动的进步。而我所理解的对自己理性的公开运用，则是指任何人作为学者在全部听众面前所能做的那种运用。一个人在其所受任的一定公职岗位或者职务上所能运用的自己的理性，我就称之为私下的

---

① 　福柯，《什么是启蒙？》，李康译，文化研究网。
② 　康德，《历史理性批判文集》——答复这个问题："什么是启蒙运动？"（1784），何兆武译，北京：商务印书馆，1990年。

运用。"①在现实中，理性的公开运用不仅需要个人勇气，还需要制度保证。这样说似乎是矛盾的，因为有制度上的保证，个人勇气好像就是多余的了。但实际上，正因为理性的公开运用永远需要个人的勇气，制度性的保证才是必须的。

三、大学的观念与观念的大学

大学的观念应当是开放的。对"何为大学的本质？""何为大学的使命？"这样的问题，大学有权利、有责任去思考、发明和质疑。在众多大学的观念中，德里达提出的"无条件大学"值得注意。我们权且将之称作"观念的大学"。

德里达说："现代大学应当是无条件的。……这个大学要求而且应当在原则上享有，除了人们所说的学术自由之外，提问和建议的无条件的自由……大学以真理为业，它声明对真理的毫无保留的承诺。"②无条件大学指"公开言说和出版的原则性权利，哪怕是以虚构和知识实验的名义"。③德里达清楚地知道"这种无条

---

①　康德，《历史理性批判文集》——答复这个问题："什么是启蒙运动？"（1784），何兆武译，北京：商务印书馆，1990年。

②　Jacques Derrida, *L'Université sans condition*, Paris, Galilée, 2001, pp. 11-12.

③　Ibid., p. 16.

件大学事实上是不存在的……但是在原则上，按照它公开宣布的使命，根据它公开主张的本质，它应当是批评抵抗一切教条的、不公正的占有之权力的最后一个地方"。①

让我们试从四个方面阐释德里达这几段话的意思：

一是大学的无条件性。大学不受制于任何条件的性质使"无条件性"成为大学存在的必要条件。因此，在理论上和原则上（或者说在观念上），"无条件性"应当永远作为大学的存在条件而存在。

二是大学为真理服务。为了恪守它对真理的承诺，坚持它探索和言说真理的信仰，大学的自由，特别是研究和出版的自由就应当是无条件的（这就是为什么世界各国的大学通常都有自己的出版社，而大学出版社的商业化、市场化倾向严重地威胁到大学的自由，尤其是对学术成果的价值判断的威胁）。

三是无条件大学的乌托邦色彩。事实上不存在，不等于法理上也不应当存在，也就是说，已然状态不都是合理的，应然状态不见得不合理。聆听纯理想的呼唤是对某种可能性的永久向往。

四是大学的批评精神。大学的使命要求它对教条的和不公正的权力持批评的立场。我们也可以采用蔡元培较为和缓的说法："大学教员所发表之思想，不但不受任何宗教或政党之拘束，亦

---

① Jacques Derrida, *L'Université sans condition*, Paris, Galilée, 2001, p. 14.

不受任何著名学者之牵掣。"①

　　关于"抵抗的原则",德里达提醒我们说:"这个观点的后果是,无条件的抵抗可能将大学与许多权力对立起来:国家的权力(即民族国家的政治权力及其主权不可分割的幻觉:在这方面,大学不仅在世界政治上,而且在普遍意义上,是超前的,跨越了一般意义上的世界公民身份和民族国家),经济权力(国家与国际资本的集中),传媒的、意识形态的、宗教和文化的权力,等等。总之,一切限制未来民主的权力。"②

　　德里达的可爱之处在于他那无所畏惧的堂吉诃德精神:手握一支笔敢向全世界宣战。如果说理性的言说让我们看到的是德里达作为思想者的学养,那么知性的执着让我们看到的则是德里达那类似先知的品质。他讲授的内容既有知识,又超出知识范畴而进入警世预言的领域。他倡导的"抵抗的原则"必然使大学腹背受敌,可是这一原则的弱点也正是它的优点:敢于要求无条件独立、无条件自治的权利,或者说理直气壮地要求得到不可能完全得到的东西。大学的可爱和力量正在于它"不识时务",不事权贵,明知不可为而为之。德里达强调说:"如果这个无条件性在原则上和法律上构成了大学不可战胜的力量,然而它却从来没有成

----

① 蔡元培,《大学教育》,见《大学精神》,杨东平主编,上海:文汇出版社,2003,第74页。

② Jacques Derrida, *L'Université sans condition*, Paris, Galilée, 2001, p. 16.

为事实。正由于这个抽象的、言过其实的不可战胜性，甚至正由于它的不可能性，无条件性也暴露了大学的弱点和脆弱性，暴露了它的无能为力，在所有控制它、包围它、企图将它据为己有的权力面前虚弱的自卫能力。因为它与权力不相干，因为它与权力的原则相异，故大学实无权力可言。"①

　　大学的力量不是权力的力量，而是没有权力的力量。德里达并不讳言大学的软弱性："因为它是绝对独立的，大学也是一座暴露无遗的城堡。它将自己奉献出来，它有待被占领，常常注定要无条件投降。无论到什么地方，它都做好投降的准备。因为它拒不接受人家提的条件，所以它有时被迫地、面色苍白地、令人费解地无条件投降。是的，大学会投降，有时出卖自己，它有被占领、被攻取、被收买的危险，做好了成为跨国公司和集团的分支机构的准备。这在今天的美国和全世界成为一个重大的政治问题：研究和教学的组织在何种程度上应该得到支持，也就是说，直接或间接地受到控制，或者委婉地说，为了商业和工业的利益得到资助？"②

　　德里达的这段话并非捕风捉影。近些年来，大学的科研越来越受到民间研究所的挑战，这些重视应用科学的民间研究机构从

---

① Jacques Derrida, *L'Université sans condition*, Paris, Galilée, 2001, p. 18.
② Ibid., pp. 18-19.

企业得到的经费大大多于大学从政府得到的拨款。它们的出现缩短了基础研究转化为应用科学的时间，但是企业对科研项目的资助必然以对自己有利可图为依归，有时甚至以限制科研成果的公开发表为条件，申请的专利也会在相当程度上限制科学和技术发明得到全人类广泛利用的可能性。与此同时，跨国公司和财团的胃口也越来越大，逐渐将战略目标瞄准私立和公立大学，使知识出现了某种私有化的倾向。而"私有化阻碍了知识的传播，削弱了意在监督和保证学术质量的同行审查制度。与其鼓吹者所说的相反，市场化的知识并不保证知识在社会上更好地传播"。①因此大学有必要联合国家和其他合作伙伴，制定共同准守的科研公约，避免科研经费过分依赖市场和私人企业，优先选择有公益价值的科研项目，保证非功利性研究项目的进行，规定科研成果的发表不受限制。

　　在这本书的结尾，德里达说："无条件大学并非必然、唯一地处于我们今天称之为大学的围墙内，也并非必然、唯独、最好由教授的形象来代表。无条件性在什么地方崭露头角，它就在什么地方出现。"②

　　大学并非进行自由思考的唯一地方，无条件性虽是大学的

---

① 阿里·卡赞西吉尔，《治理和科学：治理社会与生产知识的市场式模式》，见《治理与善治》，俞可平主编，北京：社会科学文献出版社，2004，第141页。

② Jacques Derrida, *L'Université sans condition,* Paris, Galilée, 2001, p. 78.

必要条件，但并非为大学所独有。法国社会学家、哲学家埃德加·莫兰说过"要想自由思考，须在边缘思考"。[①]这句话可以理解为：在包括大学在内的所有体制中，自由思考都是困难的。今天的大学保留了传授知识的功能，然而自由思考的功能却在退化。究其原因，阻碍并非总是来自外部。

　　我们在关于大学的所有定义中几乎总能找到一个共同点，这就是"大学是一个将高等教育和基础研究结合起来的机构"[②]。我们知道，基础研究的基础恰恰是自由思考：不仅思考未知的事物，还要反思人类以往的思想成果，对一些毋庸置疑的知识提出疑问。大学的无条件性就是质疑一切的权利，包括质疑问题本身的价值，这是大学存在的理由，也是大学不可回避的责任。

四、今天的困扰和机遇

　　近些年来，一种来自社会的压力要求大学成为直接与职业挂钩的人才培训地，而事实却证明，现在的人才市场对某种专业人

---

① 见2004年12月9日埃德加·莫兰在法国人类进步基金会关于《伦理》一书的演讲。
② Oliver Reboul, *La philosophie de l'éducation* in *Que sais-je ?* Paris, PUF, 1989, P. 43.

士的需要无法保证几年后这个专业的学生能找到相应的工作。因此，一个囊括多学科的教学大纲和扩大学生知识面的教学计划实为适应职业伸缩性的要求所必须，不论劳动市场如何反复无常，毕业生应具备转学科、转专业的基本能力。大学的任务不是一劳永逸地为社会提供专业人士。科学技术的高速发展不可能使学生靠在校期间掌握职业生涯所需要的全部知识。因此成人教育和职业教育理应成为大学的重要任务之一。

在今天这个多极、多元的世界，大学的使命已经不能整齐划一，无论在教学领域，还是在研究领域，都已出现大学使命多样化的趋向，大学与社会其他部门的联系也越来越密切。目前，欧洲大学普遍面临跨学科教学的课题。19世纪和20世纪，知识突飞猛进使各学科分野壁垒森严，"社会向'管风琴'体制演变，在这个体制中，同一个领域的人即使处在地球的两端，也比邻居之间的联系更为紧密"。[1]21世纪的大学有超越学科，使知识融会贯通的任务，还要培养对世界的复杂性和整体性有适应能力和思考能力的人。为培养这样的人才而制定的教学计划势必重视跨学科知识，强调学科间的互补性，将消化不断更新的专业知识置于次要地位。社会的进步使许多新的问题成为大学的研究对象，

---

[1]　Pierre Calame, «L'Université du 21e siècle sera citoyenne, responsable et solidaire ou ne sera pas», Conférence, *FPH*, 26 novembre 2004 (bip 2311).

例如环境保护，可持续发展，人权思想的普及，多元文化的共处，人类社会的永久和平，等等。梅耶人类进步基金会主席皮埃尔·卡蓝默（Pierre Calame）认为，21世纪的大学"面对的最大挑战是培养未来的公民"，每一代人有每一代人的责任，"第二次世界大战结束后，法国的年轻人和德国的年轻人的责任是建设欧洲，以避免两次世界大战开始的集体自杀的结局。接下来的这一代人的责任也很明显，这一次要建设的不是欧洲，而是世界，出于同样的理由，避免集体自杀"。^①他还引述法国哲学家米歇尔·塞尔（Michel Serre）的建议说："为什么不梦想所有国家，所有学科的大学一年级学的都一样，例如，选择的伦理和公民资格（从地方到全球）；文化间问题；共同的挑战；知识的联系和国际关系的建立。"^②

大学首先是不同学科对话的地方，每个学科的专家应具备吸收和理解其他学科知识的能力，以及超越本专业局限思考问题的能力。未来的科技进步很大程度上取决于多学科和跨学科的合作，即学科间研究。其次是不同文明之间的对话，大学使不同文化共存成为可能，没有一所真正的大学以单一文化自诩，因为这既不可能，也没有必要。大学的开放，已经使教师成分和学生成分的国际化成

_____

① Pierre Calame, «L'Université du 21e siècle sera citoyenne, responsable et solidaire ou ne sera pas», Conférence, *FPH*, 26 novembre 2004 (bip 2311).
② Ibid.

为不争的事实。美国、英国、法国和德国成为接受外国学生最多的国家。这种双向互动使外国学生成为欧美大学争夺的重要生源。再者，大学是一个无所谓年龄的地方，几代人济济一堂，经年累月持续对话。教师传授知识、经验和伦理；学生通过课堂提问、课外活动、论文答辩加入学术研究和思考。最后，大学通过开门办学，组织学生到企业、公司、银行和非政府组织实习，与社会有生力量进行对话，了解社会需求，在实践中检验知识。

目前，欧洲的大学都有不同程度的欧洲化倾向，教学和科研领域的校际交流与合作日益频繁，课程设置和文凭趋向一致。整合后的欧洲大有继承中世纪知识共同体传统的趋势。况且，政治和经济画地为牢的时代已不复存在，知识的分享已成为人类社会和谐发展的必要条件。正如当年印刷术的发明和应用发动了一场知识领域的革命，信息技术和因特网的普及正在引发知识领域的另一场革命。从积极的意义上讲，这场信息革命消除了时间和地域的阻隔，大大减少了知识传播的成本，对科学和工业发展乃至人类社会有着不可估量的影响，同时有助于打破信息垄断和封锁、有利于多元文化的存在和弱势群体的发声，为教师备课和学生自学带来的方便自不待言。

今天大学面对的问题之一是思考科学技术的发展带来的问题。转基因植物、克隆动物和人等伦理问题不只是哲学家和神学家的事情，大学对科学技术（或称作技术科学）造成的后果负有不可推卸的责任。

五、没有结论的结语

综上所述，不难看出大学的使命从一开始就在培养有用的人和自由的人之间摆动。然而何为有用？对谁有用？对某种教条（无论是宗教教条，还是意识形态教条）有用的人，对科学和真理就是无用的人，甚至是有害的人。换言之，大学的使命游移于培养社会工具和自由思想者之间，前者需要的是工具人格，后者需要的是独立人格。我们可以从每个人对教育的看法知道他对这个问题的态度，1929年，时任复旦大学校长的李登辉这样发问："学生中有几个人够得上独立的初步，教师中又有几人能本着这个目的去教导学生呢？"。[①]

现代欧美大学以自由思想为教育理想（理想与现实总是有距离的），但我们知道自由思想并非早期大学的遗产，而是大学在不断摆脱教会控制的过程中取得的最重要的成果，是经历了文艺复兴和宗教改革运动的欧洲大学维系不坠的宝贵传统。没有建立起这个传统的大学（或建立起来又中断了的大学）应当以此为努力的目标，已经建立起这个传统的大学应当使之发扬光大。

之所以强调思想自由，是因为这是教育的核心目的。只有达

[①]　李登辉，《我们所最需要的教育》，见《大学精神》，杨东平主编，上海：文汇出版社，2003，第18页。

到这个目的才能成为一个真正的文化人。一所好的大学不在于颁发了多少文凭，而在于造就了多少文化人。"造就文化人"的第一层含义是，学习和教育不是一个阶段性的任务，不能以获得某种文凭为终结。文凭只能代表一个人接受过哪一种教育（当然教育水平因时代、国家和学校不同而异），但不能说明这个人是否达到了教育的核心目的。毋庸讳言，在这一层次上，所有大学制造的废品和次品都远多于成品。换言之，有文凭的人和有文化的人在数量上不成比例。第二层含义是，文化不是单纯的知识和技能，在这一点上，文化超越科学。然而文化通常与一个民族的地理环境、历史进程、政治制度、社会生活息息相关，在这一点上，科学又超越文化。如果说科学代表普遍性和同一性，文化则代表特殊性和多样性。一个真正的文化人必然是一个主张文化宽容和文化开放的人。第三层含义涉及"文化人"的范畴。文化人本身是一个笼统的称谓，孔子以"文、行、忠、信施教"，后世儒家以"诗、书、礼、乐"造士，可以说"文化人"接近中国传统意义上的"士大夫"。中国的文人与士大夫有"以天下为己任"的传统，所谓"天下兴亡，匹夫有责"，但对这句话的解释，则应取顾炎武和王夫之的说法。①王夫之说："天下不可一日废者，道也；

---

① 此观点参见贺麟《学术与政治》，见《大学精神》，杨东平主编，上海：文汇出版社，2003，第104—105页。

天下废之，而存之者在我。故君子一日不可废者，学也；……见之功业者，虽广而短，存之人心风俗者，虽狭而长。一日行之习之，而天地之心，昭垂于一日；一人闻之信之，而人禽之辨，立达于一人。……君子自竭其才以尽人道之极致者，唯此为务焉。有明王起，而因之敷其大用。即其不然，而天下分崩、人心晦否之日，独握天枢以争剥复，功亦大矣。"[①]可见中国古之学者有延续"学统""道统"之责任，有"为往圣继绝学"的使命。因此"天下兴亡，匹夫有责"的意思，不一定是忧国忧民，时刻准备为国捐躯，为人民抛头颅洒热血，也可以是"独握天枢"，存道于我。西方意义上的"文化人"则多指那些通过汲取知识发展审美意识、判断力和批评精神的人，它既是一个人通过智力活动获得个性解放（自由）的过程，也是启蒙的个人行为，可以说西方意义上的"文化人"更接近知识分子。但这种知识分子不仅要有知识，而且要有胆识和见识；既要敢言，又要善言；对真理和正义居敬执着，对世态炎凉处之泰然。

2005年11月—2006年1月于巴黎

[①]　王夫之，《读通鉴论》（全三册），卷九，北京：中华书局，1975，第274—275页。

德里达的最后一课^①

  2003年3月的中下旬，联合国教科文组织《信使报》的原总编奥尔嘉·罗岱尔（Olga Rodel）夫人告诉我，德里达罹患胰腺癌，3月26日他要在高等社会科学研究院（EHESS）讲最后一堂课。罗岱尔夫人听德里达的课，15年来从未间断。我问她是什么原因使她有这样的耐力，她说："德里达思想的魅力是不断逃避意义，他从不停留在一个意义上，而总是揣摸其他意义的可能性。在他看来，意义远不是字典上的词条，而是一个处于变化中的生命。你看到天上貌似烟状的一片云，他说那是一只大鸟的尾翼，没等你看出鸟的尾翼来，他又说那是一片沙丘，他的语言是流动的。德里达的世界是一个迷宫，但这不是一个封闭的迷宫，而是一个开放的迷宫。"我又问罗岱尔夫人对"解构主义"的看法，她说"解构主义就是让人怀疑自己确信的事情，把'这是什么？'的问题

---

① 首发于《跨文化对话》，第17辑，上海：上海三联书店，2005，第63—72页。

问到底。哲学就是建构和拆卸意义的过程。只有像笛卡尔那样的哲学家才相信'我思故我在'千真万确，而在德里达那里没有什么千真万确的东西。"我想起不久前在书店，看到笛卡尔和德里达两人的著作因姓氏的第一个字母相同而摆在一起，不知是谁在两个名字的下面各贴了一个字条，一个写着"我思，故我在"，另一个写着"我解构，故我在"。

3月26日下午，我和罗岱尔夫人一起去听德里达的最后一课。她觉得这堂课的气氛与平时并无不同，人不比往常多，也不比往常少，不同的可能是听课者心里的感受。那天，德里达讲课出现频率最高的两个字是"战争"和"死亡"。德里达谈"战争"是因为美国在六天前发动了对伊拉克的进攻，人们关心战事，更质疑这场战争的合法性。德里达谈"死亡"则不仅使人联想到战争，还牵动着听众对他病情的忧虑。

"今天，我们知道，至少是一个世纪以来，所有的战争都是世界性的，全球性的。我们称之为战争的赌注是将世界据为己有，是在世界上建立霸权。今天已经没有局部战争和民族战争，在未来的每一场战争中，都有一个世界行将毁灭，都是一个世界末日，一个权利的武力、甚或没有权利的武力企图强加给世界的末日或者目的。每一个个体的死亡都是一个世界的死亡，在这个意义上，世界末日每一次都是唯一的。"①

听德里达的课，许多自以为熟悉的词语和事物会忽然变得陌生起来，他把一道道被定义锁紧的门重新打开，扫荡尘封在那里的意义。例如"世界末日每一次都是唯一的"这句话，既然说"每一次"，就意味着"世界末日"不止一个，而每一个"世界末日"又都是唯一的。这意味着世界在每一个人的身上存在，世界上有多少个人就有多少个世界，每一个人的消失都意味着他身上的这个世界的消失，每一个人的死亡都发出了这个与他同归于尽的世界的讣告。既然每个人都有他的世界末日，每个世界末日都是唯一的，也是不可代替的，不可交换的，不可避免的，那每一个人的世界与另一个人的世界是同一个世界，还是不同的世界呢？

"任何人都无法证明两个人居住的是同一个世界，无法证明人们通常所指的世界对我们每个人来说是同一个东西。这个世界可能有许多个世界，谁能向我们保证只有一个世界？也可能压根儿就没有世界，还没有，或许永远不会有。当每一天，每一天的每一刻，我们对某一个人充满怒气，而有时是对我们最亲近的

---

① 本文的引文，除另加注释外，都根据德里达最后一课的录音整理翻译。

人，我们轻率地、单纯地、温柔地、粗暴地称作自己人，或者亲人的人，在我们之间，在与我们分享一切的人之间，哪怕是与我们分享爱的人之间，我们生活在其间的那些世界也是多么不同，彼此难以辨认、难以置信，彼此毫无相似或相像之处，彼此不可同化、不可转让、不可比较、不可共享的情形简直到了可怕的程度。而我们知道，不可否认地、固执地知道，那是不可分享的深渊，我的意思是，我们彼此像被大海深渊分隔开的岛屿，深渊以外无边无岸，我们不能指望从那无边无岸的深渊以外得到什么，横在这些无法沟通的岛屿之间的深渊让我们头晕目眩，以至于我们只能听到孤独的声音。我说的不是在同一个世界可以与别人分担的那种孤独，而是没有一个共同和相同的世界的孤独，换句话说，是那种不属于一个共同的世界的孤独感、孤立感、岛国状态。然而，我们应当承认，这个不可逾越的距离，至少在一个'仿佛'的时空中，却可以被语言和对话轻轻跨越。"

无论听德里达讲课还是读他的书，你都觉得尽管他说的和写的是一种你能理解的语言，但这种语言是属于他一个人的。例如他使用"世界"这个字，你无论如何不敢肯定他说的那个世界和你理解的那个世界是一个意思。即使你以为你们赋予相同的语音和相同的符号以相同的意义，或大致相同的意义，你还是无法保证你们是在同一个世界，用同一种语言，讲同一件事情。他甚至让你觉得那个你自以为熟悉的世界与你不辞而别，那个你习以为常的世界原来是一个幻觉，那个"被语言和对话轻轻跨越"的距离是在"仿佛"的时空中，而在真实的时空中，它是不可逾越的。自古以来，语言不过是绝对孤独的人与人之间（哪怕是最亲密的人之间）一个从未达成的协议。

我们每个人不仅活在与别人不同的世界中，也活在自己的多重世界中。尽管我们在这些世界中存在的强度不同，然而这仍然是人优越于其他动物的地方，因为只有人才能存在于物质世界、感情世界、智性世界和精神世界之中。有时我们在其中一个世界的存在极其微弱，微弱到几乎不存在，而在另一个世界的存在极其强烈，强烈到几乎忘却我们在其他世界的存在。生命的过程是不同世界之间的转场，我们每天都在学习适应从较强的存在转入较弱的存在，又从较弱的存在转入较强的存在。一个人在每个世界存在的程度多少决定了他对这个世界的态度。

一个人活着与存在并不总是一回事，很多时候甚至是完全不同的两回事。大多数人活着，或者曾经活过，但在政治上、文化上、历史上并不存在，或不曾存在，从"存在就是被感知"的角度看，他们被视为不存在。例如2004年11月11日逝世的阿拉法特，他从1965年执掌巴勒斯坦解放组织到1994年与以色列总理拉宾和外长佩雷斯共同获得诺贝尔和平奖，叱咤风云三十年。直到20世纪末，他的活着和存在在很大程度上是一致的。阿里埃勒·沙龙（Ariel Sharon）于2001年3月担任以色列总理后，阿拉法特被美国和以色列从巴以谈判进程中排除，美以两国宣布他在政治上的"死亡"（不存在），甚至不准许他离开哈马拉的寓所，直到2004年10月29日病危，紧急住进法国贝尔西军医院，很快陷入深度昏迷，继而被宣布脑死亡。布什和沙龙迅速对阿拉法特的"死亡"做出反应，意图消除其"存在"的最后一点儿影响，但巴勒斯坦人却不愿意承认他们的独立运动领袖"已不在"这个不可逆转的事实，因为他们需要这个象征性人物"活着"，哪怕他实际上已经"不存在"。从这里我们可以引申出一个简单的结论：活着的不见得都存在，或者说，要想存在，只活着还不够；反过来说，存在的不见得都活着，死去的不见得都不存在。

让我们回到德里达的最后一课。这堂课的中心论题是康德写于1785年的一篇论文：《对人类历史起源的推测》。德里达在阐述康德文章的结语时说：

"人类遭受的最大苦难来自战争，不仅是已经发生和正在发生的无数次战争，还有为将来的战争所做的无休无止的准备。国家在持续不断的备战中浪费其经济资源和文化成果，而这些资源和成果本来可以用于创造更伟大的文化。然而康德却不是简单地谴责战争的恶，至少没有把战争作为一个简单的恶加以谴责，这可以说是康德的新颖之处，也是最值得人们深思的地方。康德注

意到，是战争的前景维持了国家、社会、社群和文化的团结，[①]
同时尽管存在约束性的法律，自由在一定程度上还是得到了保
障。康德说：'就人类目前所处的文化水平而言，战争仍然是文
化进步不可或缺的一种手段'。由此看来，战争成为国家和有组
织的社会的条件、因素和必要的远景。失去战争的远景，国家就
不再有存在的理由。无论如何，战争的终结就是国家的终结。战
争一向以国家利益为名义。国家从本质上说是好战的、穷兵黩武
的，是参战者。国家的存在需要潜在的敌人。康德补充说：'只有
在这种文化完成以后（上帝知道什么时候），一个永久的和平对
我们才是有益的，也只有在这种文化完成以后，永久和平才是可
能的。'"

　　康德关于战争的观点容易被人误解或曲解为战争有一定的
积极意义。其实他的话是以目前人类所处的文化水平为前提：战
争之所以能够起促进文化发展的作用，是因为现阶段人类所处的
文化水平为其提供了条件，而战争本身并无积极意义可言。人类
要等到"战争文化"阶段结束才能进入"和平文化"阶段。和平
作为人类理性的诉求是可以实现的。为此，康德在1795年发表的

---

① 德里达诠释康德的这一观点颇有柳宗元"世人但知敌之害而不知敌之利"之
　意，但康德的观点与坏事也可以变好事无关，他的思想是从普遍的历史观念
　出发，带有某种历史必然性的特征。

《永久和平论》中提出三级权利学说：一个国家内部的公民权利（ius civitatis，民法），国与国之间相互关系的国际权利（ius gentium，国际法），世界公民权利（ius cosmopoliticum，世界公民法）。"三级权利说"的整体目标是将已经在单一国家内部实施的法治原则延伸到国与国之间和各国人民之间，以自由国家的联盟为基础逐步导向一个全球性的法律秩序。[①]

　　德里达在课上没有提到康德的《永久和平论》和他的"三级权利说"，而是特别强调战争是国家存在的理由："战争的终结就是国家的终结"。看来德里达思考的问题主要是如何结束战争！我们可以从德里达对20世纪50年代的法国–阿尔及利亚战争和旷日持久的巴以冲突的态度上，看出他主张通过国家部分放弃主权或与其他国家分享主权——削弱国家观念和主权观念——来消除战争的隐患，这显然比康德的国家联盟思想更进了一步。当阿尔及利

---

① 参见康德，《永久和平论——一部哲学的规划》，《历史理性批判文集》，何兆武译，北京：商务印书馆，1991，第97—144页。按照康德的构想，永久和平规划的三项正式条款是：每个国家的体制都应该是共和制；国际权利应该以自由国家的联盟为基础；世界公民权利将限于以普遍的友好为其条件。康德的理由是：首先，在共和体制下国家公民决定是否应当进行战争比在非共和体制下的领袖（国家元首或君主）决定更慎重。这里共和制指的是代议制的政权形式，而不是国家形式。其次，自由国家按照国际权利的观念结成的联盟会不断扩大，逐步导向永久和平。最后，现阶段在地球上的一个地方侵犯权利会在所有的地方都被感觉到，所以世界公民权利的观念就不是什么幻想或夸诞的权利表现方式，而是为永久和平而对国家权利与国际权利的一项必要的补充。

亚为赢得民族独立和主权而与法国殖民者战斗时，德里达在道义上坚定地支持阿尔及利亚人民，但是他更希望阿尔及利亚人民摆脱僵化的、无条件的主权意识，与法国建立一种新型的国与国关系。如果说当年德里达的这个希望带有浓厚的理想主义色彩，那么他对以色列和巴勒斯坦关系的构想却是出于非常现实的考量。首先他赞同巴勒斯坦的主权要求，这是对一种原则的认同。其次他更希望以色列和巴勒斯坦找到一种共同行使主权的方法，例如将耶路撒冷作为共同的首都。德里达曾在"致国际作家议会成员巴勒斯坦之行的贺信"中说："尤其是要分享国土，分享被一种陈旧的语言称作'主权'的东西（特别是耶路撒冷和那些宗教信仰的'圣地'，如果我们聆听的真是亚伯拉罕的信仰，那么要在这些'圣地'寻找的是和平的启示，而不是战争的叫嚣）。"[1]

　　德里达呼吁以色列人和巴勒斯坦人不要无条件地迷恋主权和领土的观念，放弃建立纯粹民族国家的目标，只有这样才能永久结束敌对状态。他不主张废除主权，而是提倡主权让步，也就是说，尽可能就主权问题达成一种妥协式的和解：在有些领域维护主权，在有些领域分享主权，在有些领域放弃主权。当然，这将使主权观念不可避免地失去其绝对性和特殊性。德国哲学家卡尔·施米特（Carl Schmitt，1888—1985）曾说过："主权者有权

---

[1]　*Cf., Le Voyage en Palestine*, Castelnau-le-Lez, Éditions Climats, 2002, p. 135.

破例，有权利中止权利。"民族国家的主权思想目前还有它的积极
意义。它可以用来保护自己的国家和人民的利益免遭国际金融势
力和市场效应的损害（例如许多国家在经济和金融领域实行的保
护主义措施），不加入政治或军事同盟（例如印度和中国等国家
在国际上奉行的不结盟政策）。德里达很清楚国家主权观念在全
世界范围内尚未过时，但欧洲已经开始通过主权让步铲除战争的
根源，改变民族国家好战的本质，变古老的谚语"谁想要和平，
就必须准备战争"为"谁想要和平，就应当分享主权"。欧洲联盟
半个世纪的历史正是逐步地、有限地放弃国家部分主权的过程。
例如，迄今已有十六个欧洲国家签署的取消内部边境的《申根协
定》①，欧盟十二国的统一货币——欧元，由欧盟成员国军人组
成的快速反应部队，2004年6月欧盟扩大为二十五国后首次普选产
生的欧洲议会，未来可能实行的欧洲宪法规定选举的欧盟主席，
设立主管外交及共同安全政策的欧盟外长职务，还有2000年3月
欧洲理事会在里斯本制定的经济、社会和环境发展战略，所有这
一切都是出让和分享主权的举措（由于事关边境、货币、军队、
立法、外交、防御及科研等主权事务，这些决策遂成为欧盟国家
内部争论的焦点和主权派的主要反对理由）。德国和法国是两次

---

① 《申根协定》的签署国是除英国和爱尔兰以外的欧盟十三国加挪威、冰岛和
瑞士。

世界大战的交战国，现在成为欧洲整合事业的轴心。以色列和巴
勒斯坦能否效法德法两国的经验，化干戈为玉帛，关键在于能否
接受主权让步思想。在以色列和巴勒斯坦内部不乏类似的呼声，
只是很少被更关心极端主义暴力事件的新闻媒体注意，也得不到
双方主政者的重视。困扰人类的许多问题再复杂也不是没有比较
好的解决办法，只是当权者常常做出最坏的选择。德里达的政治
思想一方面顾及政治运作的传统形式，如国家、民族、主权等范
畴，另一方面要求政治根据现实的演变容纳更大的异质性。他的
政治思想不固守现成的体系，而是向正在发生的历史进程开放，
这与解构主义理论是一致的。在永远结束一切战争，而不是仅仅
结束一场战争的总体思路上，德里达的"主权让步说"与康德的
"和平联盟"思想遥相呼应，不同的是康德主张的"联盟并不是
要获得什么国家权力，而仅仅是要维护与保障一个国家自己本身
的以及同时还有其他加盟国家的自由"[1]，而德里达基于欧盟的
实践，看到主权让步是联盟的必然结果，只有使联盟部分获得
国家的权力才能保证联盟的成功。2004年5月8日在法国《外交世
界》月刊创刊50周年纪念会的演讲中，德里达这样表达对欧洲的
希望：

[1]　康德，《永久和平论——一部哲学的规划》，《历史理性批判文集》，何兆武
译，北京：商务印书馆，1991，第113页。

　　"我们应当为保持欧洲在未来世界的不可替代性而奋斗，为欧洲不只成为一个市场，一种货币，一个新民族主义者的大本营，一个新的武装力量而奋斗，尽管在后一点上，我倾向于认为欧洲需要一支强大的军队和外交来支持一个经过改造、总部迁到欧洲的联合国，一个有能力执行其决议，而不是听任美国的利益及其技术、经济、军事强权、单边机会主义摆布的联合国。"

　　"我梦想一个欧洲，在那里我们可以批评以色列的政策，尤其是沙龙和布什的政策，而不怕被指责为反犹主义者或仇视犹太人。

　　在那里，我们可以支持巴勒斯坦人民要求收复失地和建国的正当权利，同时反对自杀恐怖活动和仇视犹太人的宣传。

　　在那里，我们可以对反犹浪潮的高涨和反伊斯兰浪潮的兴起同表担忧。……

　　最后，在欧洲我们可以批评布什、钱尼、沃尔弗维茨、拉姆斯菲尔德的计划，但绝不姑息萨达姆·侯赛因政权的罪恶。在欧洲，没有反美主义，没有反以色列主义，没有针对巴勒斯坦人的反伊斯兰主义……"[1]

---

[1]　«Une Europe de l'espoir» in *LE MONDE DIPLOMATIQUE*, Novembre 2004, p. 3.

就其哲学思想来说，德里达从来不是一个欧洲中心主义者，而是一个国际主义者。然而，他要为之奋斗的"欧洲在未来世界的不可替代性"是什么呢？应该说是欧洲启蒙时代以来的思想和批评精神，包括对殖民主义、极权主义、种族灭绝等历史罪恶的记忆和反思。欧洲国家在历史上所犯的这些错误都是国家和政府行为。与国家和政府相比，德里达更相信人民。因此，他明确地站在反全球化的公民运动一边，赞同"另一个世界是可能的"这个口号，希望欧洲成为"另一种世界化"的榜样：不是一个市场化、商品化的欧洲，而是一个人道的、社会公正的欧洲。

德里达在他的最后一堂课上，还阐述了康德在《对人类历史起源的推测》的结语中表述的另一个观点：

"人类最大的不满足之一是生命的短暂。人类一方面幼稚地抱怨死亡，另一方面却不懂得爱惜生命。如果人的生命像他所希冀的那么长久的话，他会更懂得珍惜生命的价值吗？我们可以想象，如果人可以活到800岁，甚至更长时间，恐怕父亲在儿子面前将不再有安全感，兄弟之间，朋友之间，安全感也将不复存在。父亲的存在将受到儿子的威胁，哥哥的存在将受到弟弟的威胁，朋友之间也将互相构成威胁。……康德这个深知人性弱点的思想家至少相信，人类的众多问题并不会因为人的寿命延长而得到解决，相反，父子、兄弟、朋友等人际关系还可能恶化。我们只要略微想想人的寿命的延长给发达国家带来的问题，就会明白康德的这一推测并非荒诞不经：围绕退休年龄、退休金的积累和管理、比例分配等问题的争论显示，老人和养老金已经成为资本主义社会和社会民主主义的核心问题，社会保险、人寿保险都已成为资本主义金融市场的商品和投资。"

"康德认为，如果800岁的梦魇不幸成真，那人类的丑行和罪恶所能达到的程度除了使他们被一场席卷全球的大洪水淹没之外，恐怕没有更好的出路。康德的'将人类全部溺毙'的说法显然来自《圣经·旧约》。圣经的大洪水实际上是上帝懊悔的表现，挪亚当时600岁，挪亚以600岁的高龄在滔天洪水中成为新世界的第一人。"

我们知道挪亚的爷爷玛土撒拉活了969岁，而耶和华之所以要惩罚人类，是因为从亚当、夏娃偷吃禁果和他们的儿子该隐杀死弟弟亚伯开始，人类作孽多端。玛土撒拉是塞特的后代，而塞特正是该隐和亚伯的一个弟弟，他是在该隐杀弟的悲剧发生以后出生的。洪水天谴的故事似乎为康德"年老并不能保证人类向善"的假说提供了一个佐证。德里达继续说道：

"大洪水的暗示之后，康德的文章中出现了孤岛上鲁宾逊的身影或幽灵，康德说人类还有一个无法实现的愿望是借助诗人对黄金时代的幻想来表达的，所谓黄金时代是使人类摆脱一切想象的欲望的折磨，而只需要满足简单的自然需求的时代，是人与人之间绝对平等，和平相处的时代，是人们可以充分享受无忧无虑的生活，在懒散、幻想或戏谑中度日的时代。正是这种虚妄的欲望给鲁宾逊这个人物涂上了一层迷人的色彩，同时也反映了人对文明生活的厌倦。但是人不可能返回到那个天真淳朴的时代去，更不可能永远停留在那个原始状态中。所以说，人类目前所面临的困境是人类自己的选择所造成的。"

这堂课结束前，德里达的话题又转回到"战争"和"死亡"。他再次提到正在发生的伊拉克战争，感慨国家在总体上过于强大，过于暴力。他引述海德格尔的话说："只有一样东西可以立即结束暴力，那就是死亡。"他补充说："死亡结束暴力的同时也结束了人至高无上的主权。"

2004年10—11月于巴黎

欧洲文明的复杂性[①]
——读莫兰《欧洲的文化与野蛮》[②]

"在世界上多一个新的帝国有什么好处呢，如果它不是建立在一种新的思想上……"[③]

——尼采

《欧洲的文化与野蛮》是法国当代社会学家、思想家埃德加·莫兰（Edgar Morin）于2005年10月出版的一本小书，由那年5月他在法国国家图书馆的三篇演讲稿集结而成：《人类的野蛮与欧洲的野蛮》《欧洲文化的解毒剂》《思考二十世纪的野蛮》。如果要用一句话来概括这本书的意义，或许可以说，这是"思想的欧洲"反省"行动的欧洲"。作者的目的不是忏悔，而是通过对欧

---

① 首发于《跨文化对话》，第23辑，南京：江苏人民出版社，2008，第275—281页。
② Edgar Morin, *Culture et barbarie européennes,* Paris, Bayard, 2005.
③ Jean-Pierre Faye, *L'Europe une, Les philosophes et l'Europe*, Paris, Gallimard, 1992, pp. 236-237.

洲文明复杂性的深刻认识找到消弭野蛮性的解毒剂，抵抗野蛮要从反思野蛮和正视受害者开始。

从野蛮的罗马征服文明的希腊开始，欧洲历史的发展伴随着武力征服、贩卖黑奴、殖民掠夺、种族歧视、宗教迫害、世界大战、纳粹集中营、古拉格群岛、极权主义等多种形式的野蛮行为。从1492年哥伦布发现美洲新大陆开始的殖民化算起，到第二次世界大战后的去殖民化运动结束，欧洲对世界的殖民统治持续了近五百年。在这个漫长的历史时期，非洲、南美洲和亚洲都曾饱受欧洲殖民主义的祸害。殖民化的野蛮一方面与欧洲民族国家的兴起有关，另一方面与一神教，特别是天主教的排他性有关。欧洲历史上反复出现的宗教清洗和种族清洗就是证明。从反犹太教到仇视犹太人，从反伊斯兰教到仇视阿拉伯人，能看出从宗教清洗到种族清洗的过渡。莫兰从既不美化欧洲，也不丑化欧洲的立场出发，客观地考察欧洲"文明的复杂性"。基督教无疑成为他的重要分析对象。

罗马帝国在基督教成为国教以前对其他信仰和神灵还是相当宽容的（但迫害基督徒却异常严酷）。基督教在罗马帝国取得统治地位以后，在传播普世福音的同时也暴露出它的极端的排他性，在这一点上，基督教继承了犹太教的不宽容性。这种排他性的神学基础是：上帝启示的真理是唯一的真理，其他教义都是异端邪学。但犹太教与基督教至少有一点不同，犹太教可以将自己封闭在与上帝达成的圣约之中，以上帝的选民自居；然而基督教传教的疯狂却可以摧毁其他宗教信仰。

例如1492年以前的西班牙，穆斯林地区安达卢西亚（Al Andalus）也接受基督教徒和犹太教徒；在基督徒地区，穆斯林和犹太教徒相安无事。那么1492年发生了什么事呢？除了世人皆知的哥伦布发现美洲新大陆之外，这一年还发生了一个重要的历史事件：西班牙天主教国王斐迪南和伊莎贝拉的军队在历时10年的战争后，攻占了伊斯兰教的最后一个堡垒，摩尔人统治的格拉纳达（Granada），随即颁布法令，强迫穆斯林和犹太教徒在改信基督教和被驱逐出境之间做最后选择。1502年西班牙驱逐了大量拒绝改教的穆斯林和犹太教徒。初期，当局还是承认和尊重那些真心改信基督教的摩尔人和犹太人作为基督徒的权利，但是很快发现有许多穆斯林和犹太教徒口是心非，表面上是基督教徒，暗中却继续信奉阿拉和耶和华，而且还有使基督教伊斯兰化或犹太教化的行为，于是设立了天主教宗教裁判所，惩罚那些被判定口是心非的穆斯林和犹太教徒，许多男性摩尔人因无法被认定真心诚意改信了基督教而遭驱逐。这就从宗教清洗开始走向种族清洗了。同时在美洲，宗教的不宽容也导致西班牙殖民者彻底摧毁了哥伦布发现新大陆以前存在的宗教。在欧洲大陆，民族国家的建立过程也伴随着大规模的宗教清洗和宗教战争。例如16世纪马丁·路德和加尔文宗教改革后发生的宗教战争，开始是天主教徒和新教徒之间的内战，从1618年到1648年演变为十多个欧洲国家卷入的宗教战争，历时30年，直到1648年10月神圣罗马帝国与参战各国签订《维斯特伐利亚和约》才宣告结束，这个和约同意各国和各公国君主将各自信奉的宗派定为国教，这等于放手让各国在内部进行宗教清洗。参加德意志天主教联盟的公国确立了天主教的统治地位，参加德意志新教联盟的诸侯确立了新教的统治地位。英国国教的确立也伴随着对天主教徒的驱逐，16世纪有大量英国天主教徒避难法国。法国国王亨利四世于1598年签署的《南特敕令》虽然暂时实现了宗教和解，亨利四世本人也放弃了新教，改信天主教（1610年遭天主教狂热分子弗朗索瓦·拉瓦亚克刺杀身亡），但是路易十四于1685年废除了《南特敕令》，限制新教徒的权利，并发生龙骑兵有组织地迫害新教徒的事件。当时只有在宗教战争后获得独立的荷兰还略有宗教宽容的气氛，天主教徒，路德教徒，犹太教徒和无神论者基本上相安无事。许多在其他国家禁止发表的著作也得以在阿姆斯特丹出版发行。

莫兰在《欧洲的文化与野蛮》这本书中提出的一个重要观点是欧洲人道主义的两副面孔：

"欧洲的人道主义孕育于文艺复兴时代。当我们考察人道主义本质的时候，我们可以得出两种完全不同的答案。第一个答案来自波兰哲学家克拉考维斯基（Leszek Kolakowski）。在他看来，欧洲人道主义起源于犹太–基督教：《圣经》中说，上帝按照自己的形象创造了人；在《新约全书》中，上帝化身为人。对此，捷克哲学家帕托卡（Jan Patocka）反驳说，欧洲人道主义的源头是希腊，因为人的精神和理性是在希腊思想中表现了自主性。"①

"我们可以说事实上这两个源头互不排斥，是它们的结合创造了欧洲的人道主义。当然，第一个源头，人具有上帝的形象，或上帝化身为人，如果说能带来对人的生命的尊重，也会导致幼稚的人类中心主义，而且是狂妄自大的根源。一旦摆脱了上帝，人就会抢占宇宙的主体和中心的位置。"②

"这个人道主义有两副面孔，一个是统治者，另一个是博爱者……人道主义的第一副面孔如果不说是狂妄的，至少也是虚妄的，将人置于上帝的位置，并使人成为宇宙唯一的主宰，并赋予人征服世界的使命。这就是笛卡尔赋予科学的使命：使人成为自然的主人和占有者。笛卡尔的使命感被布封和卡尔·马克思继承，从1970年开始，也就是说不久以前，这个普罗米修斯式的强大的使命感才破碎。人们发现征服实际上不可控制的自然导致生物圈的毁坏，还会因连锁反应，使生命和人类社会遭到破坏：这种征服具有自杀性。"③

"我们应当转向人道主义的第二副面孔，对所有人的尊重，不论性别、种族、文化和国家。""事实上，如果说这一人道主义在原则上对所有人都有效，西欧曾经将它限制在自己侨民的范围

---

① Edgar Morin, *Culture et barbarie européennes*, Paris, Bayard, 2005, p. 36.
② Ibid., pp. 36-37.
③ Ibid., pp. 37-38.

内，而将其他人视为古老、未开化、不发达的人民。"①

"人道主义的第二个面孔与批判理性，甚至自我批评精神的发展联系在一起。"②

欧洲历史上的宗教迫害所产生的一种特殊现象对人道主义的理性批判精神和博爱思想的发展起了很大的作用：就在欧洲将野蛮施加给自己，也施加给世界的时候，一个"思想的欧洲"开始了对一个"行动的欧洲"的反省和批判，其中的几个代表人物正是在改信天主教的犹太人后裔中产生的，莫兰在书中列举了三个人：西班牙的德拉斯·卡萨斯，法国的蒙田和荷兰的斯宾诺莎。

巴托洛梅·德拉斯·卡萨斯（Bartolomé de Las Casas，1474—1566）是一位天主教多明我会的教士，历史学家。他的直系亲属中就有改信天主教的犹太人。他在做随军神甫参加西班牙远征队期间，见证了西班牙征服者对美洲印第安人的残酷杀戮，联想到天主教迫害犹太教徒的历史，他对印第安人产生了强烈的共情心，返回西班牙后，他谴责殖民制度，呼吁停止杀害印第安人，被授予"印第安人守护者"的称号，著有讲述印第安人悲惨历史的《西印度毁灭述略》一书。德拉斯·卡萨斯说"……美洲印第

---

①　Edgar Morin, *Culture et barbarie européennes*, Paris, Bayard, 2005, p. 38.
②　Ibid., p. 39.

安人与其他人一样，也是有灵魂的人。他的观点遭到教廷的拒绝：既然耶稣从来没有到过南美洲，怎么能把他们看作人呢！"①或许出于策略的考虑，他回避了黑人是否也有灵魂的问题，但他保护美洲印第安人的立场宣扬了人道主义的博爱思想，是对欧洲种族歧视，殖民行为的反戈，因此被称为"世界上第一个普遍人权的实践者"。

16世纪法国思想家米歇尔·德·蒙田（Michel de Montaigne, 1533—1592）的母系是改信天主教的犹太人后裔，当然可能与蒙田这一代隔得比较远。蒙田的思想以怀疑主义著称，同德拉斯·卡萨斯一样，他也拒绝将美洲印第安人视为下等人：

"被人们称为野蛮人的那些人是不同于我们的另一个文明的人。"②

"我完全相信有与我不同的品质……我可以想象并相信有一千种好的截然不同的生活方式；与一般人相反，较之相似性，我更容易接受我们身上的相异性。"③

"我将所有人看作同胞。"④

---

①   Edgar Morin, *Culture et barbarie européennes*, Paris, Bayard, 2005, p. 40.
②   Ibid., p. 42.
③   Montaigne, *Essais, Ⅰ*, 27, *Collection Quarto*, Paris, Gallimard, 2002. p. 283.
④   Montaigne, *Essais, Ⅲ*, 9, Pléiade, Paris, Gallimard, p. 950.

　　莫兰评论说："欧洲野蛮的表现之一是把他人当成野蛮人，相异者，而不是赞美这种相异性，并把它看作丰富知识和人际关系的机会。"[1]蒙田不赞成用自己的习俗和生活方式作为判断文明与否的标准，批评欧洲人的种族中心主义偏见，认为改正这一错误要从将他们眼中的"野蛮人"视为同类开始。从古希腊把不讲希腊语的民族叫作野蛮人，到中世纪基督教将异教徒视为野蛮人，再到蒙田将所谓"野蛮人"称为另一个文明的人，"思想的欧洲"在纠偏"行动的欧洲"方面迈出了重要的一步。

　　斯宾诺莎（Baruch Spinoza，1632—1677）本身就是犹太人，他原本想成为犹太教的教士，但他质疑犹太人是"上帝选民"的信条，或者说试图重新阐释这个观念。斯宾诺莎在生前匿名发表的唯一著作《神学政治论》中讨论"希伯来人的天职"时说：

　　"每人的真正幸福和天佑完全在于享受善良的事物，而不在于自负只有自己有这种享受，别人都在摈弃之列……例如，一个人的真正幸福只在智慧和知道真理，完全不在他比别人更有智慧或别人不知道真理。"[2]

---

①　Edgar Morin, *Culture et barbarie européennes*, Paris, Bayard, 2005, p. 42.
②　斯宾诺莎，《神学政治论》，温锡增译，北京：商务印书馆，1982年，第50页。

"我们可以断言，这些天赋的才能并不为任一民族所专有，而是为人类所共有……"①

"犹太人和非犹太人并无分别。上帝对所有的人都是一样仁厚，慈爱，等等。"②

"若是我们把保罗特别想宣扬于人的教理审量一番，我们就可以知道和我们现在的主张毫不违背。相反地，他的主义正和我们的相同，因为他说（《罗马书》第三章第二十九节）：'上帝是犹太人的上帝，也是非犹太人的上帝。'"③

"因此之故，认识上帝和爱的这种永久的神约是普遍的……在这一点上，犹太人与非犹太人是没有分别的。在我们所指出来的之外，犹太人并不享有任何特殊的神选。"④

莫兰评论说：斯宾诺莎"拒绝在他看来不现实的选民观念，将犹太人的身份世俗化，从而在基督教以外，重建普世主义的思想。"⑤尽管斯宾诺莎生活在相对宽容的阿姆斯特丹，但他在被犹太教会开除后，不得不放弃当教士的初衷，只能成为一个手工艺者，以打磨眼镜片为生，有一次还险遭暗杀。我们知道，当年耶

① 斯宾诺莎，《神学政治论》，温锡增译，北京：商务印书馆，1982年，第53页。
② 同上，第57页。
③ 同上，第61页。
④ 同上，第63页。
⑤ Edgar Morin, *Culture et barbarie européennes*, Paris, Bayard, 2005, p. 43.

稣遭法利赛派控制的犹太教会的迫害，原因之一就是他宣扬爱与仁慈超出犹太人的范畴，他以上帝之子的身份宣布天国并不是只为犹太人准备的，而是所有上帝信仰者的归宿，这就将基督教的普世精神与犹太教的神选教条对立起来。由此可以看出，斯宾诺莎继承的是耶稣的精神衣钵。

　　欧洲人道主义的博爱精神和理性批判精神经过18世纪启蒙哲学家的弘扬最终产生了1789年法国大革命的《人权和公民权利宣言》。该宣言开宗明义地宣告："在权利上，人生来是而且始终是自由和平等的。"[1] "一切政治联合体的目的都是保护人的自然的和不受时效约束的权利。这些权利是自由，财产，安全和反抗压迫。"[2]莫兰在《欧洲的文化与野蛮》一书列举的历史人物中，有一个叫维克多·舒乐彻尔（Victor Schoelcher，1804—1893）的人。1848年，时任法国殖民地副国务秘书的舒乐彻尔，推动法国第二共和国的临时政府签署了在法属殖民地废除奴隶制的法令（伴随对奴隶主的经济补偿），从而使26万奴隶获得了自由。在欧美国家废除奴隶制的历史上，法兰西第一共和国首先于1794年废除了奴隶制，但是1802年又被拿破仑重新恢复。接下来是英国

---

[1] *Déclaration des Droits de l'Homme et du Citoyen de 1789*, Article 1er. Source: https://www.conseil-constitutionnel.fr/le-bloc-de-constitutionnalite/declaration-des-droits-de-l-homme-et-du-citoyen-de-1789.

[2] Ibid., Article 2.

于1807年通过了在大英帝国境内禁止奴隶贸易的法律，但是直到1834年才在大英帝国全境禁止了奴隶制。法国于1848年再次废除奴隶制度后，美国总统林肯于1862年南北战争期间，发表了《解放黑奴宣言》，并于1865年彻底废除了奴隶制。之后，葡萄牙、西班牙跟进，最后是古巴和巴西分别在1886年和1888年废除了奴隶制。①20世纪中叶发生在亚非拉三大洲的去殖民化运动可以看作废除奴隶制的逻辑结果，殖民地国家的民族解放运动领导人以子之矛，攻子之盾，他们以"自由"的名义要求民族自决。这说明西欧在征服和统治世界的同时也发明了野蛮的解毒剂：自由、平等和博爱的思想。作为法兰西共和国的箴言，自由和平等的口号是在1789年的法国大革命时代提出来的，而博爱的口号是在1848年的共和革命中补充的。正是这一年，法国第二共和国颁布了在法属殖民地废除奴隶制的法令。

莫兰在《欧洲的文化与野蛮》一书中还提出了"两个全球化"的概念。首先全球化时代不是现在才开始的，而是从哥伦布发现美洲新大陆和接踵而来的殖民征服和贩卖奴隶时就开始了。16世纪初麦哲伦的环球航行使地球真正进入了互通有无的全球贸易体系，然而就在对其他民族的征服和奴役的同时，就在商品和

---

① 2001年5月，法国国民议会还率先立法承认奴隶制是反人类罪行，但迄今为止，英国、西班牙、荷兰和葡萄牙尚未对历史上实行的奴隶制做正式道歉。

贸易全球化的同时，欧洲也将她的自由与人道主义思想传播到世界各地，奴隶制的废除，殖民地的独立与这个思想的全球化过程密切相关，有为数不少的欧洲移民都直接或间接地参与到殖民地的独立解放运动中去，例如欧洲移民中的精英分子在阿根廷和巴西的独立中所起的作用。每个时代的霸权，从黄金世纪的西班牙到现在的美国，都曾为了争夺经济利益而推行"经济贸易全球化"。虽然人道主义思想的全球化与经济贸易的全球化相比始终处于次要地位，也没有强权政治的推动，但它时缓时急的进展也从未停止过。莫兰最关心的是"经济贸易全球化"和"人道主义思想全球化"之间的辩证关系。例如市场经济的全球化导致苏联体制和官僚主义经济的崩溃；而苏联的解体又使人权民主思想不仅在苏联的加盟国和东欧的附属国，同时在拉丁美洲和非洲传播开来。因此我们不能把经济全球化简单归结为一种同化，它也在引发人道主义思想的全球化，它们之间存在一种既对立又相互依存的辩证关系：

　　"文明与野蛮一向并肩而行。我们看到种族主义，民族主义和宗教狂热在许多国家和地区卷土重来，某些发作使我们想到一场宗教战争，或一场文化，甚至文明之间的战争是可能的。"[1]

---

[1]　Edgar Morin, *Culture et barbarie européennes*, Paris, Bayard, 2005, p. 58.

"野蛮对我们的威胁甚至就在被认为是对抗野蛮的战略后面，最好的例子是广岛。我谈了很多奥茨维辛和古拉格，也不能忘记广岛。"[1]

莫兰主张欧洲人对历史上发生的野蛮行为，既不应心安理得，问心无愧；也不应一味追悔，重要的是认识和意识：对野蛮的认识，对人道主义，普世精神，地球祖国的意识，这种认识和意识既是欧洲文明自身野蛮性的解毒剂，也是预防新的危险的有效办法。"思考野蛮有助于人道主义获得新生。"[2]

人类的历史不能简单地说成一个从野蛮走向文明的历史，人类的事情也没有什么是不可逆转的。不惟欧洲文化如此，任何一个文化都有其深刻的双重性和复杂性，但不是任何文化都善于反省自身的野蛮性，从而找到消弭野蛮的解毒剂。在这一点上，莫兰不愧是尼采说的那种能够"超越欧洲思想"的欧洲人。

2008年3月于巴黎

---

[1]　Edgar Morin, *Culture et barbarie européennes*, Paris, Bayard, 2005, p. 92.
[2]　Ibid., p. 94.

何谓"跨文化态度"？ ①

一、我们今天的文化处境

讨论跨文化对话这个题目，有必要首先审视一下我们今天的文化处境，特别是各种文化在全球化背景下暴露出来的局限性，它们所提倡的生活方式遇到的考验，文化的分解与分裂造成文化从同质性向异质性的转变，以及文化多样性不仅表现在不同文化之间，也发生在同一文化之中，并带有个性化和主观化的色彩，当然最重要的还是各种文化面对的共同挑战：建立全球伦理，履行全球责任。

① 在纪念《跨文化对话》创刊十周年国际学术讨论会上的发言（南京大学2008年9月25日），首发于《跨文化对话》，第24辑，南京：江苏人民出版社，2008，第62—66页。

文化全球化与文化的局限性

在全球化的过程中，每一种文化的理想和追求已经远远超出产生这种文化的地域。文化全球化伴随着各种文化的竞争和冲突。每个文化提倡的生活方式是否健康，是否值得全球人向往，是否合乎人类的尊严，是否有利于人类的续存和发展？这些问题需要有广泛参与的社会对话来探讨。在这一过程中，文化间对话应当走出文化交流和传播的模式，进入真正的跨文化对话阶段，对话者不仅应当表达本文化的理想和优秀的东西，也要指出本文化的缺陷和局限，尤其是本民族文化在理解其他文化的价值和信仰方面的局限性，有时甚至不惜触犯众怒，指出国人的某些偏见，维护他者的文化权利。就像1861年雨果在流亡期间给法军上尉巴特勒回信，将英法联军火烧和洗劫圆明园比作昔日英国人额尔金劫掠希腊帕特农神庙，谴责"文明的欧洲"对"野蛮的中国"犯下的罪行。这种超然的立场虽一时为陶醉于英法联军胜利"荣典"的同胞视为民族叛徒，却为崇尚文化的法兰西和英吉利人民赢得千古殊荣。

文化分解与文化分裂

当人们谈论中西对话的时候，通常预设了两种具有主体性的文化——中国文化和西方文化——的存在，就像人们说西方世界和阿拉伯世界对话的时候，也预设了作为主体的西方世界和阿拉伯世界的存在，然而我们知道实际情况要复杂得多。无论在东方还是西方，今天的社会都正在经历文化分解和文化分裂的过程。
有些现象，用不同文化的矛盾和冲突来描述，不如用同一种文化
内部的矛盾和冲突加以描述更现实。例如一个社会的民主化问题
不是简单的本国文化与西方文化的冲突，而更多的是在全球化的
过程中一种文化内部分化和冲突的结果。文化从来不是铁板一
块，更不是一成不变的东西，一种文化内部的相异性经常表现为
主流倾向和非主流倾向之间的矛盾运动，正如柏格森所言，"……
那些表面上对立的学说有一个共同的原则，它们都是相互衍生而
来，缓慢地演变"。[1]

文化的同质性与异质性

今天各种特定的文化都程度不同地经历了从同质性向异质
性的转变，它们之间的界限变得越来越模糊，至少是不那么清晰
了，出现一种你中有我，我中有你的情形。不同文化的因素相互
交融，就像牛奶和咖啡一旦合到一起就无法分开一样。套用法国
哲学家梅洛·庞蒂对时间概念的说法[2]，可以说文化间概念也"不
是我们知识的一个对象，而是我们存在的一个维度"，但我们不妨

---

[1] Henri Bergson, *La politesse*, Paris, Rivages poche, 2008, p. 31.

[2] Cf., Maurice Merleau-Ponty, «La notion de temps n'est pas un objet de notre savoir, mais une dimension de notre être», *Phénoménologie de la perception*, Paris, Gallimard, 1945, p. 475.

将"存在的一个维度"也当作"知识的一个对象"来加以研究。全球化的时代，在资讯发达的地方，事实上每一个人都多少是一个多文化的存在，都在自身进行着一场程度不同的文化间对话。在国家层面亦如此，例如在中国现当代文化中就有许多西方文化的因素：共和国的建制，法治国家的观念，复合型的市场经济，大学的学科、学制、学位的设立，科学技术的应用，等等。在欧洲文化中，我们也可以看到许多伊斯兰文化的因素，阿拉伯世界对于欧洲来说远不是一个陌生的世界，在西班牙的安达卢西亚，法国的马赛，德国的不莱梅，人们甚至觉得伊斯兰文化是欧洲的一部分，至少欧洲的历史与伊斯兰文化是不可分割的。有人甚至认为欧洲文化和阿拉伯文化同属于一种文明，这样说并不是要否认二者的区别，而是指出它们纠缠不清的关系。

文化多样性的个性化和主观化

今天世界各国都有一些人并非按照他们本民族的文化传统，或所在地的主流文化的方式生活，无论在身份认同，还是在行为方式上，他们都已经综合了多种文化的因素，甚至要求按符合自己确定的原则而生活的权利，这些人通常被视为另类人或边缘人。在当今世界，文化多样性不仅体现在群体性上，还可以打上个体性和主观性的烙印。换句话说，个性化和主观化成为文化多样性的特征之一。这一点似乎并没有引起联合国教科文组织《世界文化多样性宣言》起草者的足够重视，这个宣言对文化的定义虽然很宽泛，但似乎更强调文化的社会性和群体性："应把文化视为某个社会或某个社会群体特有的精神与物质，智力与情感方面的不同特点之总和；除了文学和艺术外，文化还包括生活方式、共处的方式、价值观体系，传统和信仰。"①

全球伦理与全球责任

文化不是单纯的智力活动，离不开社会关切和社会实践。今天，无论是东方文明，还是西方文明，无论是南半球国家，还是北半球国家，所有社会都面临共同的挑战，贫富差距扩大，生态环境恶化，气候变暖，自然资源危机，特别是能源危机，金融危机，发展模式的不可持续性，恐怖活动，地缘政治冲突，等等。人类离建立一个合理的社会和掌握集体命运还很遥远，不同文化的社会都有义务建立一个同时关切生态和人的"全球伦理"。保罗·尼特②提出将"全球责任"（Global Responsibility）作为宗教信仰之间和文化间对话的基础，这场"对话的奥德赛"首先旨在"阻止生态——人的痛苦，拯救人类共同的家园——地球"。③

---

① 《世界文化多样性宣言》，联合国公约与宣言检索系统：https://www.un.org/zh/documents/treaty/UNESCO-2000.
② Paul F. Knitter（1939—　），美国天主教神学家，社会活动家，宗教多元论和信仰间对话的主要倡导者之一。
③ *Cf.*, Paul F. Knitter, *One Earth, Many Religions: Multifaith Dialogue and Global Responsibility,* Maryknoll, NY, Orbis Books, 1995.

二、"跨文化态度"的思想资源

"跨文化态度"是我从三个欧洲人的论述中引申出来的概念。这三个欧洲人是康德、柏格森和雷蒙·潘尼卡（Raimon Panikkar）。说他们是三个欧洲人也不尽然，因为雷蒙·潘尼卡有一半印度血统。

康德：思考他者相异性的三个原则

根据德国学者汉斯-耶尔格·桑德库勒（Hans Jorg Sandkülher）的研究，康德提出的思考他者相异性的三个原则，一是独立思考；二是站在他者的位置上思考；三是不违背自己的真实思想。在康德看来，这是一个世界公民应有的思想和行为方式。①

柏格森："精神的礼貌"

在哲学上受康德影响的柏格森在《论礼貌》的演讲中表达了与康德类似的思想，他说"精神的礼貌"（la politesse de l'esprit）是一种"放弃的能力"："即必要的话，放弃长期养成的习惯，甚至是与生俱来的，后天得以发展的禀性，把自己放在他人的位置

---

① Hans Jorg Sandkülher, «Monde Arabe & Monde Occidental : Un Dialogue Philosophique par une Approche Transculturelle», *Journée de la Philosophie à L'UNESCO*, Paris, 20 novembre 2003.

上，关心他们的工作，思考他们的想法，一句话，体验他们的生
活，忘记自己。这就是精神的礼貌，它好像是一种智慧的柔性。
一个完美的人懂得跟每一个人聊他感兴趣的话；他理解他人的观
点，但不苟同；他明白一切，但不原谅一切。"① "……将我们的
智性从情绪中摆脱出来，与他人换位思考……"②

雷蒙·潘尼卡: "对话的对话"

印度–西班牙哲学家雷蒙·潘尼卡提出的"对话的对话"
（dialogical dialogue）要求对话者首先"忠实于自己的传统"③，
其次要有理解另一种传统的深切愿望，信任与你对话的人，甚至
预先设想他是有道理的。对话者应当始终牢记: "他者带来的不是
对我的想法的批评，而是他自己的经验的见证"，④ "对话鼓励双
方穿越他者的传统，然后再回到自己的传统，将对方经验的见证
纳入自己的视野，使自己的眼界更开阔。"⑤这不仅可以使每个人
按照他者对自己的理解而理解他者，而且能增进每个传统对自身
的理解。

① Henri Bergson, *La politesse*, Paris, Rivages poche, 2008, p. 23.
② Ibid., pp. 30-31.
③ Raimon Panikkar, *The Unknown Christ of Hinduism*, 2nd rev. ed. Maryknoll, NY, Orbis Books, 1981, p. 35.
④ Raimon Panikkar, *Myth, Faith and Hermeneutics*, New York, Paulist Press, 1979, p. 244.
⑤ Ibid.

三、"跨文化态度"的基本要素

从康德"思考他者相异性的三个原则",柏格森的"精神的礼貌"和雷蒙·潘尼卡提出的"对话的对话"中,我们可以引申出"跨文化态度"的三个基本要素:一是不带偏见地思考,用康德的话说是"独立思考",用柏格森的话说是"必要的话,放弃长期养成的习惯,甚至是与生俱来的,后天得以发展的禀性"。二是分享他者的经验,进入他者的象征世界,具体做法就是康德和柏格森都谈到的设身处地,"站在他者的位置上思考",雷蒙·潘尼卡说的"信任与你对话的人,甚至预先设想他是有道理的"。三是一种文化需要通过其他文化来理解自己。对话者在"穿越了他者的传统后,再回到自己的传统,将对方经验的见证纳入自己的视野"。因此说理解他者不意味着赞同和原谅,而是为了通过理解他者的文化而更好地理解自身的文化。

四、结束语:从文化间到跨文化

如果说文化间对话是从自己的文化出发与其他异质文化的对话,文化间性主要指文化的相对性,那么跨文化对话可以说是一种超文化对话,跨文化性具有某种超越性。在这个意义上,跨文化对话实质上是一种哲学对话,因为哲学关心的终极问题不是文化问题，而是人和真理的问题，哲学本身就是对文化的超越。例如，同样为了表达"诸行无常"的思想，古希腊哲学家赫拉克利特（Heraclitus）说"人不能两次踏入同一条河流"；孔子对颜回说："回也，交臂非故"。同样为了表达"生死转换"的思想，赫拉克利特说："生者死，死者生。"庄子说："方生方死，方死方生。"

另一个问题是：超越文化仅仅是一种思辨的需要，还是有某种道德意义？换句话说，是否存在超越文化的共同伦理？如果回答是肯定的，可以说跨文化对话的性质是超越文化的局限，达到高于民族文化的境界，将人类社会真正看作一个由多样性组成的整体。跨文化对话的高尚使命是加强对人类生存条件和共同命运的意识，寻找一种普遍性的伦理，规范恰当的集体行动。在全球化的背景下，评价一种文化的价值要看它为建立跨文化的普遍性伦理做出的实质性贡献。

如果说，文化间对话的目的是增进文化的相互理解，消除不理解，或尊重不理解的话，跨文化对话有比这更重要的任务：在跨文化对话中，对文化的尊重不能局限于承认另一种文化的存在，就像法律要求我们每个人尊重他人的存在一样。跨文化对话使我们在与另一种文化的接触中意识到自身文化的缺陷，而这一缺陷可能正是你与之对话的另一种文化弥足珍贵的东西。

尼采问过这样一个问题："我们这些好的欧洲人，是什么使我们有别于那些国家主义者？"他的回答是："以超越欧洲的方式思想。"[①]

　　或许可以这样说："跨文化态度"是超越民族文化的一种精神演练。《尚书》有言："非知之艰，行之惟艰"，我们能做到吗？

2008年7月于巴黎

---

① Jean-Pierre Faye, *L'Europe une*, Paris, Gallimard, 1992, pp. 233-234.

"模式"还是"经验"？[1]

实验普世主义

法国当代政治学家皮埃尔·罗桑瓦龙（Pierre Rosanvallon）在《民主的普世主义：历史与问题》[2]一文中描述了三种封闭的民主普世主义（universalisme démocratique de clôture）：第一种是宗教教条的普世主义（universalisme dogmatique-religieux）；第二种是修辞形式的普世主义（universalisme rhétorique-formaliste）；第三种是起规范作用的普世主义（universalisme normatif）。

宗教教条的普世主义以美国为代表。民主并非美国革命的诉求和口号，联邦宪法的缔造者们最关心的是创建一个自治社会，

---

[1] 首发于《跨文化对话》，第25辑，南京：江苏人民出版社，2009，第39—44页。原标题：从模式的民主到经验的民主。

[2] Pierre Rosanvallon, «L'universalisme démocratique : histoire et problèmes» in *ESPRIT*, janvier 2008, pp. 104-120.

当时民主这个词经常与混乱、无政府主义、暴力、非理性、伤风败俗连用，例如约翰·亚当斯不加区别地将政敌称作民主派或雅各宾党人；詹姆斯·麦迪逊在《联邦党人文集》的论文中将代议制政府与民主区别开来；亚历山大·汉密尔顿将民主导致的过激行为斥为"民主的罪恶"。在1800年的美国总统选战中，联邦党人甚至威胁说，如果杰佛逊当选，美国有出现雅各宾式民主之虞，当时杰佛逊主张将代议制民主作为实现共和理想的基础。从美国革命到1840年间，民主这个词经历了从贬到褒的嬗变过程。1840年以后甚至出现了将民主神圣化的趋向，美国历史学家、政治家乔治·班克罗夫特（George Bancroft）写道："民主是付诸实践的基督教"。美国小说家和诗人赫尔曼·梅尔维尔（Herman Melville）在他的代表作《白鲸记》（1851）中说："民主的无尽尊严是上帝发出的光照。"将民主视为天赋的平等权利在人间的折射使一个颇具争议的概念逐渐演变成一种信仰，或一种意识形态。

修辞形式的普世主义以法国为代表。在启蒙时代，民主这个词通常指古代雅典共和国和罗马共和国，或者瑞士州政府的形式，而启蒙思想家对作为政府形式的民主多持否定的态度。例如孟德斯鸠将民主与不稳定和腐败联系在一起。狄德罗主编的《百科全书》的主要撰稿人之一路易·德·柔古（Louis de Jaucourt）在"民主"这个词条中大段引用孟德斯鸠的《论法的精神》，批评民主有沦为大众政府或贵族政府的危险。在1789年的法国大革命中，民主一词也非常罕见。西耶斯（Emmanuel-Joseph Sieyès）多次强调法国大革命建立的制度与民主不同："在民主制中，公民自己制定法律，直接任命官员。在我们的设计中，公民差不多是即时挑选他们在立法院的议员，立法不再是民主制，而成为代议制。"[1]布里索（Jacques Pierre Brissot）和潘恩（Thomas Paine）也将实行代议制政府的现代共和国与古代的直接民主区别开来。如果说民主一词在语义上的变化从复辟王朝时期（1814—1830）就已经开始，那么真正完成这一转变的则是托克维尔（Alexis de Tocqueville）于1835年发表的《论美国的民主》（上卷）（又译:《民主在美国》）。托克维尔首次提出了民主的社会学定义："民主构成社会状态，人民主权的信条构成政治权利。这两个东西并无相似之处。民主是社会存在的一种方式，人民主权是一种政府形式。"[2]但他也同时指出："人民主权和民主是两个相互关联的词；一个代表理论思想，另一个代表其实践。"[3]托克维尔定义的摇摆性反映了将社会现实与政治理念分开的困难和这种普世主义模棱两可的性质，为后来民主普世主义的抽象化做了铺垫，即这种普世主义的力量不在于它建立的制度，而在于他传播的自由民主的价值观。它同时代表了一种活跃的政治文化和一种抽象的政治形式。

---

[1]　Pierre Rosanvallon, «L'universalisme démocratique : histoire et problèmes» in *ESPRIT*, janvier 2008, p. 109.

[2]　Ibid., p. 110.

[3]　Ibid., pp. 110-111.

起规范作用的普世主义是近三十年来才产生影响的一种民主思想，其代表人物是罗尔斯（John Rawls）和哈贝马斯（Jürgen Habermas），他们的著作在解释人民主权的涵义，正义的普遍标准以及法律条例的合法性方面，将法律和道德的问题重新置于政治思想的中心，但也表现出某种远离现实世界的"喧哗与骚动"，重建社会契约，并使现实理性化的取向。罗桑瓦龙指出罗尔斯和哈贝马斯并非首先提出这种思想的人。意大利经济学家、社会学家维弗雷多·帕累托（Vilfredo Pareto），奥地利经济学家约瑟夫·熊彼得（Joseph Schumpeter），奥地利法学家汉斯·凯尔森（Hans Kelsen），奥地利哲学家、社会学家卡尔·波普尔（Karl Popper）都分别在经济、法律、哲学领域论述过起规范作用的民主问题，但是罗桑瓦龙提醒说："值得关注的不是区分几种代议制政府，或者将行动者的立场或制度的特征放进定义好的格子里，而是将民主经验的开放性特征和张力作为对象。"①

罗桑瓦龙认为，以上三种普世主义的共同点是将民主看作一种既得的价值，一种有普遍意义的模式，而不是一个经验的过程和思考的任务。正是这种民主模式的观念使西方对自己的历史做了简单化的处理，在与外部世界的关系中妄自尊大。所以罗桑瓦龙提

---

① Pierre Rosanvallon, *Leçon inaugurale*, Collège de France, le 28 mars 2002, N° 168, p. 22.

出："为了更好地思考民主，必须抛弃模式的观念，转向经验的观念。"[1]必须将民主本身看作一部历史，民主的进程既是对现实有启示意义的遗产，也是由连续的经验不断丰富的民主现象史。只有这样一部历史才能在西方的经验和其他地域的经验之间产生共鸣。在这个意义上，不存在一种为某些人所有，可以用来指导别人的民主模式，只有需小心翼翼、清醒地加以评价的摸索和经验。罗桑瓦龙这样论述这个他称之为"比较主义的伦理和政治哲学"：

"目的既不是并列事实，也不是在一个规范式的等级上标出它们的刻度。比较首先意味着抛开自己坚信的东西，抗拒显而易见的事情，接受自己对事物的认识被推翻。比较就是一向与作为思想杠杆的问题保持距离。比较就是要与占统治地位的、懒惰的看法实行必要的决裂。比较就是以此为代价给予自己更好地认识自身的处境，增加对自身理解的可能性。这样，我们可以谈论一种'有启发性的比较主义'的良性运动：将对他者深化了的认识与对自己最好的理解相结合。因此，从这一角度提出民主的问题同时意味着使事情复杂化和扩大对民主的认识。首先重视非西方经验的多样性，之后再重建西方若干历史的问题

---

[1] Pierre Rosanvallon, «L'universalisme démocratique: histoire et problèmes» in *ESPRIT*, Janvier 2008, p. 118.

特征。"①

只有普世性的问题，没有普世性的答案：

"将民主设想为一种经验打开了通向一个真正的普世主义的大门：实验普世主义（universalisme expérimental）。承认我们都是民主的见习者，可以在各民族之间建立一种因平等而更开放的政治对话。民主是一个有待实现的目标——我们离建立一个平等的社会和集体掌控事物还很遥远——它不是一个人们已经占有的资本。问题不在于使对立的传统、宗教、哲学在紧张（文明的冲突）或冷漠（多元主义和相对主义）中共存。世界也不会在皈依同一种政治宗教的乌托邦土地上找到更大程度的统一性道路。唯一积极的普世主义是一种需要所有人齐心协力解决的疑难和问题的普世主义。只有在这个基础上对共同价值的认同才有意义。"②

罗桑瓦龙提出的"实验普世主义"的核心是平等观念和开放精神：民主是人类社会面对的共同问题，对于这个问题的回答，各个社会有着或相同或不同的经验。"模式的民主"源于一种封

---

① Pierre Rosanvallon, «L'universalisme démocratique: histoire et problèmes» in *ESPRIT*, Janvier 2008, p. 119.

② Ibid., p. 120.

闭式的民主观，肯定问题的共同性，但无视实践的差异性，将民主价值从民主经验中抽象出来，忽略了民主发展过程中的争论和实验。"经验的民主"将普世主义建立在问题的共同性和实践的开放性上面，将民主始终作为人类有待实现的一个目标，承认各个社会探索民主道路的权利和自主性，鼓励它们按照自己的文化传统、政治现实和历史阶段性寻找适合自己的民主形式。

世界民主史

罗桑瓦龙提出的"实验普世主义"与阿马蒂亚·森（Amartya Sen）提出的"世界民主史"（the global history of democracy）有某种暗合。阿马蒂亚·森在《民主及其世界根源》[1]一文中指出，民主的概念有狭义和广义两种解释，狭义的民主指投票选举，如塞缪尔·亨廷顿（Samuel P. Huntington）在《第三次浪潮》中所言，"公开、自由和公正的选举是民主的本质和不可或缺的必要条件。"这种狭义的解释与公元前5世纪在雅典出现的投票和选举制有关。广义的民主指"公共理性的实践"（罗尔斯语），包括全体公民参与政治讨论和影响公共事务决策的可能性。这种广义的解释

---

[1] Amartya Sen, « Democracy and its Global Roots » in *The New Republic*, October. 2003.

将民主的核心视为"公共辩论"，民主的根源远超出民主制度的范畴。鼓励"公共辩论"并非为古希腊民主所独有，世界上许多古老的文明都有对政治、宗教、社会和文化问题进行"公共辩论"的悠久传统，在其他古代社会中也出现过宽容、多元主义和公共决策的文化，例如印度、中国、日本、韩国、伊朗、土耳其以及阿拉伯世界和许多非洲地区。这一世界性的遗产足以对流行的观点质疑，按照这种流行的观点，民主纯粹是一个西方的概念，民主化只是某种形式的西化。

为了论证"世界民主史"超出西方的地域，阿马蒂亚·森列举了许多例子：

印度孔雀王朝的第三代君主阿育王[①]在宗教问题上宽容异端，这一传统对1947年印度独立后制定的宪法产生过重要影响。《印度宪法》将印度千百年来融合多宗教、多文化和多种族的历史，以及现代国家实行的民主宪政作为精神源泉，体现了多元主义和宽容的真谛。

在亚历山大大帝以后的几个世纪中，位于伊朗西南部的城市苏萨[②]一直存在一个通过选举产生的委员会，还有一个人民议会。

[①]　Ashoka 或 Aśoka，约公元前304—前232年，常称为阿育王，是印度孔雀王朝的皇帝，佛教徒，前273年即位。

[②]　Susa，古代埃兰，波斯，帕提亚的重要都城，《汉谟拉比法典》于1901年在此出土。

法官由委员会提名，由人民议会投票选举。同一个时期，在印度的一些地方也存在过类似的民主政府的雏形。

12世纪伟大的犹太哲学家迈蒙尼德（Maimonides）被迫离开排斥异端的欧洲，受到埃及阿尤布王朝开国君主萨拉丁[①]的庇护，而这位伊斯兰世界的领袖正是抗击十字军东征的英雄。

当崇尚多元主义和宗教宽容的阿克巴大帝[②]召集印度教、伊斯兰教、基督教、犹太教、琐罗亚斯德教、耆那教的教徒，甚至无神论者对话的时候，欧洲正处于宗教裁判所肆虐的时期，布鲁诺就是在这个时期（1600年）被梵蒂冈教廷处以火刑的。

阿马蒂亚·森还引述《漫漫自由路》[③]和《非洲的政治体制》[④]这两本书，说明在西方人殖民非洲以前，"一个非洲国家的体制要求国王和酋长协调统治"。

关于东南亚国家的民主因素，阿马蒂亚·森首先提到佛陀圆寂后，他的后世弟子四次结集而成的经、律、论三藏经典，特别是公元前259年阿育王扶持的第三次，也是最隆重的一次结集，开

---

① Saladin（1138—1193），库尔德人，1174年创建埃及阿尤布王朝，称苏丹，是中世纪伊斯兰世界杰出的政治家，战略家和军事家。

② Akbar（1542—1605），印度莫卧儿帝国的第三位皇帝，1556年即位，伊斯兰世界著名的政治家，军事家和宗教改革家。

③ Nelson Mandela, *Long Walk to Freedom*, Little Brown & Co. 1995.

④ Meyer Fortes and Edward E. Evans-Pritchard, *African Political Systems*, New York, Oxford University Press, 1940.

创了佛教辩经，即通过公开论辩化解宗教歧见的传统。

公元7世纪，笃信佛教的日本圣德太子辅佐推古天皇摄行朝政期间，推行新政，颁布《十七条宪法》（Kempo, 604年），规定重要国事的决定不能由一个人做出，而应集体讨论决定。这部宪法可以说是六百年后诞生的英国大宪章（Magna Carta, 1215年）的先驱，日本著名佛教学者中村元（Nakamura Hajime）甚至将这部法典看作"向民主渐进的第一步"。

当然，阿马蒂亚·森援引这些史实不是要否认西方对民主的特殊贡献，而是为了强调非西方民主因素的不可忽视性，它们在世界民主史中也应占有一席之地。作为一种思想，民主是人类文明的共同成果。阿马蒂亚·森尤其不赞成有些西方人貌似谦虚的说法，即在非西方国家推广民主观念应谨慎从事，因为在阿马蒂亚·森看来，这种说法无异于西方将民主的观念据为己有，而事实上，从"公共辩论"的角度看，民主观念无疑是世界性财富。另一方面，有些非西方国家的人将民主思想与本国文化对立起来，视民主为纯西方观念的看法也是错误的，因为这种观点忽略了本国历史文化中的若干民主因素，或将民主简化为西方式的投票选举，而不是从广义的"公共辩论"的角度重新审视人类走向民主的漫长历史。从阿马蒂亚·森的论点中，我们或许还可以延伸出这样一些观点：非西方文明不是民主化的障碍，如果在一个非西方国家的民主化过程中有这样或那样的阻力或冲突，与其说这是本国文明与西方文明的冲突，不如说是本国文明内部的冲突，就像民主的进程在西方国家的历史中也非一帆风顺，而是一波三折一样。任何一个伟大的文明都会产生不同的价值取向，非西方国家的民主化进程应当包括对本民族文化中的民主思想的梳理和阐扬。例如，孟子的"民本主义"就是中国民主化的重要思想资源。我们完全有理由将"民惟邦本""民可载舟，亦可覆舟""民为贵，社稷次之，君为轻"的思想与西方的"人民主权"的思想相印证。此外，由于民主的不完美而拒绝民主也是不明智的，一些国家由于缺乏社会民主而导致的公共灾难得不到及时挽救的例子屡见不鲜。改善民主的办法应当是扩大民主，而不是削弱民主。围绕民主缺陷而展开的公共辩论不仅是弥补这些缺陷的有效手段，而且也是民主运作的常态。

关于民主自我完善的能力，法国哲学家让-吕克·南希在《民主的真相》一书中指出："我们都看到民主受到攻击，我们没有看到的是它将自己主动暴露在攻击之下，它要求被重新创造，同样要求被捍卫……"[1]换句话说，民主有重新创造政治的义务。作为手段的民主旨在保证人民创制的自由，因为民主可以不断质疑政治的合法性，并且使这一合法性有不断更新的可能。

2008年11月于巴黎

---

[1]　Jean-Luc Nancy, *Vérité de la démocratie*, Paris, Éditions Galilée, 2008, p. 20.

友情篇

意如流水任东西[①]
——悼念熊秉明先生

　　熊先生脑溢血昏迷住院的第二天，我和金丝燕去医院抢救室探视。我还是第一次看到熊先生躺着的样子，额头显得比以前更宽大，脸上却少了平日那略带紧张的笑容。我头脑闪过的第一个念头是熊先生是一个富有的人。当然我说的是他在文化上的富有。

　　熊先生的富有使我想到卢浮宫。我不常去卢浮宫，但卢浮宫的存在，对我就是一个安慰。偶尔参观卢浮宫，时间都不长，但身心却能得到某种愉悦。我也不常见到熊先生，但知道熊先生健在，我的心就很平静。每次见面，三言两语一杯清茶之间，常感到一种心智上的满足。拿熊先生与卢浮宫做比较，不是每个人都能理解的。我自己也不觉得十分恰当。毕竟卢浮宫能带给我们的

---

① 　首发于《跨文化对话》，第11辑，上海：上海文化出版社，2003，第132—139页。

不是熊先生能带给我们的；熊先生能带给我们的也不是卢浮宫能
带给我们的，这个比较可能对双方都不公平。但是熊先生在世的
时候，我很难想象巴黎的文化人朋友圈没有他，就像我同样无法
想象巴黎没有卢浮宫。现在难以想象的事情发生了，我只能说，
没有熊先生的巴黎，再也不是从前的巴黎了。

　　1983年熊先生在台湾的《中国时报》上发表过一首诗，后
来编入《静夜思变调》（十九）。这首诗从一个"七十岁的中国
人"逐年写到八十岁，而且只写到了八十岁，这正是熊先生的享
年："八十／不复回 不复回／黄河／黄河／天上 天上／不复回"。
熊先生好像早知道自己的命数，而且在大限之期到来前，已经默
默地做了准备。熊先生去世后，他的太太陆丙安女士在他的书桌
上看到几张不知什么时候随手抄录的纸片，有一张记着瑞士心理
学家荣格的话："我们一生从事的种种活动在永恒的门槛上告终
止的时刻，一切都显得空虚，同时又充满意义。"另一张记着鲁迅
《野草》题辞中的话："过去的生命已经死亡。我对于这死亡有大
欢喜，因为我借此知道它曾经存活。死亡的生命已经朽腐。我对
于这朽腐有大欢喜，因为我借此知道它还非空虚。"我想熊先生应
该是认同荣格和鲁迅的话才抄录的，我们可以从他写给西南联大
的同学、友人罗达仁的信中得到证实："只有通过死，我们才认识
生；只有通过死的极端苦痛才尝出最深的存活的甘味。"作为艺术
家，熊先生很关心人的生命、死亡与作品的关系。2002年夏天，
他在北京举办的老年书法班上对学员们说："一个人能接受自己的

作品，就能接受自己的生命；能接受自己的生命，就能接受自己的死亡。"

熊先生的艺术创作触角很广，他不仅是一个雕塑家、书法家，而且也写诗作画，用他自己的话说是"创作项目多而杂，就像是一把米喂四五只鸡"。在他的画作中，我最喜欢那几幅立体派的，这当然只是个人的偏好。同样出于个人的偏好，我觉得熊先生的雕塑比他的绘画更有造诣。特别是他雕的许多水牛，"平实而诚笃，刚健而从容"的造型恰似他父亲数学家熊庆来的性格。楚图南曾经为熊先生的雕塑《老牛》题过一首诗："刀雕斧斫牛成形，百孔千疮悟此生。历尽人间无量劫，依然默默自耕耘。"几次搬家，熊先生总是将楚图南的这首诗悬挂在客厅正中，从未摘掉过，可见熊先生对这幅中堂的珍视。我后悔没有问过熊先生为什么他说"水牛是不腻的题材"。现在只能从熊先生为《孺子牛》的自题上去揣测了："仁者看见它鞠躬尽瘁的奉献；勇者看见它倔强不屈的奋起；智者看见它低下前蹄，让牧童骑上，迈向待耕的大地，称它为'孺子牛'。它是中华民族的牛；它是忍辱负重的牛；它是任重道远的牛。"另一个反复出现的雕塑题材是鲁迅。送给北京大学百年校庆的鲁迅浮雕和中国现代文学馆的鲁迅塑像可能是熊先生晚年着力最多的作品。熊先生的童年挚友杨振宁评价说，这是熊先生的传世之作。在平面艺术中，五六十年代熊先生偏重绘画，常参加各种沙龙展并多次获奖，"随着时日迁流，年岁增长"，更专注书法，并提出"中国文化的'核心'是中国哲学，而

'核心的核心'是书法"的命题，虽不乏赞同者，亦引起争议，"以为狂言"。熊先生承认"这话的措辞不免有故作夸张的嫌疑"，但"中国人从哲学步入书法，乃是从理性思考回到活泼的生活，从彷徨求索而得到安顿"。因此，"从抽象思维回归到形象世界的第一境可以说是书法"，"这是比哲学更远的一境"。熊先生早年钻研哲学，晚年专注书法。这是他研究中国文化的轨迹，他将这条轨迹命名为"书道"。

熊先生一生的创作庞博，但最能打动我的首先是他的文章，大块文章如《中国书法理论体系》《关于罗丹——日记择抄》《看蒙娜丽莎看》；小块文章如《忆父亲》《杨振宁和他的母亲》《论一首朦胧诗——顾城：〈远和近〉》等。熊先生的文章论人论事从来不从道德出发，但他的文章有很强的道德力量，就像空气，虽然看不见摸不着，但每个人都能透过呼吸感受到它的存在。这种"道德力"首先来自他父亲的言传身教，这一点可以在《忆父亲》中看到："我以为，在父亲那里，潜在着这样的道德力，但是我不愿称为'道德力'。它绝非教条。它是尚未形成体系的信念，是一种存在的新鲜跳动的液体状态，生命的活水。……我以为父亲的道德力是这样一种浑噩的、基本的、来自历史长流的、难于命名的风。"

"文如其人"这句话虽然不能说百发百中，但对熊先生却合适。熊先生的文章简约，没有任何矫情和浮夸，给人一字不多，一字不少的印象，就像他爱过简朴的生活，不喜奢华，这一点也来自他父亲"恬淡朴素"的家风。熊先生说他写文章很慢，常常为一个字花很多时间，说字斟句酌并不过分。他的文章看似平淡，朴素，其实写起来很吃力。想到他写文章的情景，我脑子里常浮现出一幅漫画：一位老者，头大身子小，腿细长，手里拿着一杆秤，秤杆与他的身高相当，秤砣大得与秤杆不成比例，秤盘上放着几个字，老者皱着眉头在那掂量每个字的分量，一旁的纸篓里扔进了许多形容词和副词，有的肯定还没过秤就被淘汰了。熊先生使用修饰语非常吝啬，好像修饰语会让他的文章变质。法国的精神分析学家拉康曾说过："现实既不是真的也不是假的，而是词语的。"在我想象的漫画中，那个又大又重的秤砣，可能就是拉康说的"词语的现实"，所有的字必须同它的分量相当才能写进文章。古人说："文章千古事，得失寸心知。"不知熊先生的"文心"是否认同这幅漫画中的老者？

好的作家都是将语言的问题与人生的问题合在一起考量。好的艺术家也是将艺术的问题与人生的问题放在一起思考。一个画家画来画去，其实画的就是他这个人。一个作家写来写去，写的也是他这个人。人能达到什么境界，画和文章就能达到什么境界。而人达不到的境界，画和文章也无法达到。所以说画家和作家最难超越的就是他自己。那什么是熊先生为人为文的境界呢？我以为就是《易传》中说的"修辞立其诚"。

每一个写作的人都假定自己是真诚的。如果这真诚是真实的，文字通常也是忠实的；如果这真诚是虚假的，作者就会被他们的文字出卖，这不能怪文字不会掩饰，因为文字的真诚首先要求人的真诚。熊先生文章所渗透的诚意首先反映在他为人处世的态度上。他很少批评人，口无怨言与其说是熊先生的修养，不如说是他的本性，那种"不勉而中，不思而得，从容中道"的本性。熊先生不仅不说别人的坏话，也不轻易说别人的好话。他不喜说好话同他吝啬形容词是一致的。以克己之诚待人，以待人之诚克己，是对自己和他人的尊敬和长久的爱护。熊先生曾引用《中庸》的一段话，说明他为人为文的态度："唯天下至诚，为能尽其性；能尽其性，则能尽人之性；能尽人之性，则能尽物之性；能尽物之性，则可以赞天地之化育；可以赞天地之化育，则可以与天地参矣。"以同样的至诚心待人待己，自然能做到"知者不失人，亦不失言"。

1995年9月底的一天，我请熊先生去巴黎大皇宫看塞尚的画展，同时接受香港传讯电视中天新闻台的采访。这个访谈节目播出后，我送给熊先生一盘录像带，很快接到熊先生的电话，他说我在结束语中将里尔克评论罗丹的话套在塞尚的头上不合适。里尔克写的《罗丹传》是这样开头的："罗丹在荣誉到来之前是孤独的，荣誉的到来使他更加孤独，因为荣誉不过是一堆误解的总和，这些误解包围着一个新的名字。"我觉得这段话说得真切，很多成功的艺术家几乎都有类似的经历，所以把里尔克的这段话套用在关于塞尚的节目中。熊先生简单地说道："罗丹是罗丹，塞尚是塞尚，里尔克是里尔克。"

　　回想起来，熊先生与人交谈，从不盲从。他很像希伯来语意义上的朋友。希伯来语h'aver这个词既指朋友，也指在一起研习犹太教法典的同修。据说犹太教法典是一部充满歧义的书。每个同修要有意识地反诘别人的观点，提出不同的论证，使对方开始对自己的解释产生疑惑，不再自以为是。容纳不同意见的人，并引为朋友，这是进步和成熟的条件。犹太教历史上就有两人反诘默契，一人早亡，另一人苦于找不到"同修"，抱憾而死的故事。《列子》中伯牙鼓琴，钟子期善听的故事是一种知音式的和谐；犹太教的这个故事似乎是一种反诘式的和谐。30年前熊先生对台湾《雄狮美术》发行人李贤文解说过他为人处世的态度："客观的分析，同情的了解"。如果你就一件事情请熊先生提意见，他不批评，也不赞扬，但会像一面擦亮的镜子，让你看到自己的面貌。

　　熊先生晚年最关心的是为自己一生的工作做一个总结。他喜欢谈与自己的工作有关的话题，做与自己的创作有关的事，没关系的话题和事情好像已经关心不过来了。每做一件事，常要考虑值不值得花这个精力。这一方面是因为老年人对精神头儿的吝惜是年轻力壮时所不曾有的；另一方面是因为记忆力乃至思维都发生了变化，不能不抢时间。他在2002年7月的日历上记录了一封写给西南联大同学、友人顾寿观的信。信中说："我知道我真的开始老了。因为我的记忆已开始不可靠。我必须赶快把一些至少连串得起来的片段记录下来。而现在，我的词字似乎也已开始不可靠。我虽然写的字是一样的，但我觉得它们已不再似当年的坚实有力。过去我写'树林'，这词的所指是浓密的、茂盛的、有阳光洒在地面上的……而今天我写'树林'的时候，我看见的树林很稀薄，并不是因为有雾有烟，是树本身失去自信，失去重量。忘却自己，失去定义，中文是会演变的，我们用的中文在我们手中融化。"奇怪的是，顾寿观已在1990年去世。如果这封信是在那之前写的，那12年前的熊先生还没有他自己说得那么老；如果是2002年7月才记在日历上的，为什么熊先生要给一位已经故去12年的朋友写信呢？难道事情真的像他在信中所言，他的"记忆已开始不可靠"了吗？

最后一次与熊先生交谈是在去年11月万圣节那天。我和金丝燕去他家做客，席间熊先生谈到，他在法国住了55年，但总觉得自己是一个汉家子弟，没有融入法国社会的需要。他还谈起他舅舅和外甥的一副对联，舅舅出上联"洋灯"，外甥对下联"汉鼎"。熊先生学贯中西，但始终秉持儒家风范，用他自己的话说是一颗"跑到西方土地上的中国文化种子"，或许我们可以借用上边的对子说，他是"洋灯"世界中的一尊"汉鼎"。熊先生在概括杨振宁为人为学的特点时，说他是一个"儒者风的科学家。正像我们说'儒医''儒将'。这里的用法，'儒'的意义是很积极的，宽广的，是一种中国文化所酝酿出来的，而有普遍价值的'人文主义'。"如果借用这段话，说熊先生是一位"儒者风的艺术家"，他会接受吗？熊先生曾有几幅名为"骑士"的画作，还有一件颇似堂吉诃德的《骑士》雕塑，这个题材其实来自康丁斯基"朝向西方远行，朝向东方返家"一语，可见熊先生的根基在东方。那天分别的时候，熊先生忽然回到工作室拿出他刚刚书写的昆明滇池大观楼长联中的几句话给我们看："莫孤负四围香稻万顷晴沙九夏芙蓉三春杨柳"。熊先生说道："我还没有送过你们我的字。"我临时起意请熊先生为我们写《封神演义》中心意道人的那副对子："心似白云常自在，意如流水任东西"。熊先生在一张小纸片上记下了这两行字，还问我们写多大，然后注明了对联的尺寸。熊先生过世的第二天，我和金丝燕去医院向他告别，陆丙安女士告诉我们，就在脑溢血跌倒的那天下午，熊先生写了这副对联。后来陆丙安女士将这幅字交给了我们："白云"和"意如流水"写得飘逸，"心"字像一个撕开的口子，"常"字不稳，给人的感觉恰是无常，"自在"和"东西"四个字像是从高处跌落下来，摔得东倒西歪，但整幅字却不失灵动、险劲，略带苍老的观感。这是熊先生留下的最后一幅字。脑溢血那天，熊先生是否有什么预感？每念及此，心中都为之悲切……

"待我成尘时，你将见我的微笑！"[1]

2003年1月于巴黎

---

[1]　鲁迅，《野草·墓碣文》。熊秉明先生将这句话刻在送给中国现代文学馆的鲁迅头像背面。

心不为形役^①
——谈朱德群先生的绘画

　　2003年2月上旬的一天下午，我去看望朱德群先生和他的夫人董景昭。临别时朱先生带我去画室看他正在为上海大剧院创作的巨幅油画。^②这幅画看似一个陶醉在激情中的乐队，蓝红蓝三个色区划分出三个不同的声部，各种深浅浓淡的色调演奏着不同的音符，中间红色的部分像火炭一样炽烈，上方蓝黄色相间的部分轻盈而明快，流动的旋律刹那间静止，声色跃然。我请朱先生解说这幅画的构思，他说"这幅画的主题是音乐和欢乐，感觉来自早春的朝气。色调与音阶构成一部交响曲，表现的是中国文化复兴的气韵"。或许因为我欣赏朱先生的画品，更敬重朱先生的人品，

---

① 首发于《跨文化对话》，第12辑，上海：上海文化出版社，2003，第164—170页。
② 这幅油画的尺寸为4.30米×7.30米，2003年6月20日—7月15日在巴黎加尔尼歌剧院首展时用的法文名字是*Symphonie Festive*（直译为《节日交响曲》），中文名字为《复兴的气韵》。

所以除了被这幅画的色彩和韵律吸引之外，还真切地感受到这件作品内在的善，那种来自艺术家人格力量的善。想到这幅画即将悬挂在上海大剧院的大厅迎接世世代代的观众，我忽然意识到我正在注视着一件永恒的艺术生命的分娩。

许多谈论朱先生艺术风格的中外评论家都提到他用西方的绘画材料表现中国的水墨精神。有人从中国的角度说他的画是从宋元山水来的，很多笔触将颜色带入中国传统的水墨画；也有人从西方的角度说他将中国水墨画写意的传统带进了西方的油画，为油画增添了山水画的笔韵和墨趣。朱先生对我说，他"不曾有意识地追求中国山水画与西方油画的结合，他的绘画风格是自然而然形成的。艺术上重要的是自然流露，而非刻意追求。一个艺术家只要兼收并蓄，其创作过程自然会汲取不同的绘画传统。中西绘画使用的工具不同，但艺术的最高境界并无二致"。什么是艺术的最高境界呢？朱先生没有解释，但他的绘画让我想到于右任写的一副对联："得山水清气，极天地大观。"

朱先生虽不曾有意识地追求中国水墨画与西方油画的结合，但他并不认为二者是不可调和的。1998年初朱先生第一次接受我访问时曾说过："将中西绘画的不同观念融合到一起，就产生了另外一种东西，就像你把牛奶放进咖啡，想再把牛奶拿出来就不可能了。"看过朱先生法兰西学院艺术院院士①宝剑的人都不难体会设计者的用心:剑体用不锈钢材质打造,剑柄上镶嵌了一块汉白玉,两块绿松石和一块刻着战国时代兽面纹的琥珀。剑刃的阳刚之气和玉石的阴柔之相象征着东方与西方、古典与现代的和谐,也让人联想到西方油画的浓烈和中国水墨的清幽。1997年,朱先生去国48年后第一次在北京中国美术馆举办画展的时候,他的挚友吴冠中曾引贺知章的诗句"少小离家老大回,乡音无改鬓毛衰"来比喻朱先生的画风依旧。这"乡音"指的当然不是他的口音,而是他画中的水墨情结。2002年夏,朱先生一连画的八十多个陶盘就是这水墨情结的又一次畅快的宣泄。这些陶盘彩绘比他的油画更接近水墨画,可以说是将他心中的各种意趣"和盘托出",色彩时而如山石般凝重,时而似花卉般娇柔,凝结着土的深沉和火的热烈,想来这恰恰是陶器的命运。

艺术家意识到争取自由并不难,难的是真正达到艺术的自由境界,因为这需要经历一个争取自由的过程。许多年后,朱先生始终记得他在杭州艺专的老师吴大羽说的一句话:"先有扎实的基本功,之后再扔掉它,走自己的路。"打好扎实的基本功是争取自

---

① 我不认为一个艺术家的成就及其作品的生命力与是否通向某一个学院的殿堂有关。朱先生说过:"学画是个赌运气的人生选择。"艺术使某些画家走向辉煌,使另一些画家落于孤寂,然而对于后者,孤寂未尝不是另一种辉煌,梵高就是这孤寂式辉煌的例子。

由的必经之路，走自己的路是达到自由境界的必然结果，这一过程好似"寻门而入，破门而出"。

广义而言，抽象画是自由的冒险和艺术家的抗命，必然带有摸索和变化不居的特质。有形的画，形既是约束，也建立了一套标准；抽象画无形，虽摆脱了约束，但也失去了标准。要享受自由的可能性，就要接受自由的风险。如何把持自由而不迷失在自由之中是抽象画家的难处。对一种人自由是养料，对另一种人自由可能成为毒药。面对自由的恐惧，有人的反应是逃避（譬如回到自己熟悉的绘画形式），因为逃避可以减轻恐惧，增加安全感，保持自信心。然而朱先生不是那种逃避恐惧的人，他将自由视为高飞的必要条件，一心不辜负自由的期许。自由也没有辜负他的期许。

朱先生的绘画秉承中国山水画的散点透视，建构了一个多元的视觉空间，完全不同于焦点透视的西方风景画只有一个视点，一个光源。法国诗人评论家龙柏（Jean-Clarence Lambert）把朱先生的画称作"超脱风景画"，意思是"借助想象超越自然的风景画"，或者说是"幻想的自然"。我们知道中国古人画山水并不像西方风景画家那样对自然写生，而是先饱览自然景色并将其内化，然后根据目识心记挥毫作画，就像吴道子一天之内画完嘉陵江三百里风光一样。60年代朱先生曾去台北故宫博物院观赏范宽的《溪山行旅图》、李唐的《万壑松风图》和郭熙的《早春图》。回到法国后接连幻化出《源》和《早春》等虚拟的风景，与古人跨时空唱和。从题目上看,《源》指的可能是范宽"师之于心,法之于自然"的心源。《早春》可能象征艺术万古常新的生命。台湾画家楚戈评论说:"作于1965年的《源》,简直就是宋人范宽和郭熙的现代版,却没有明清人仿宋的死板。主峰迎面耸立,近、中、远、高各景都有了。……这是一幅绝妙的抽象式的溪山行旅图,也是作者综合了宋、元、现代三段时空中的犹未定型的现代山水。但它是一幅地道的抽象画,是不似山水的山水,也是恒在的人文山水。"龙柏的"超脱风景画"和楚戈的"人文山水",说法不同,含义相近。背靠中国悠久的历史文化,面对西方现代艺术的创新苛求,多少人左右徘徊,顾此失彼。朱先生"溪山行旅",重新发现艺术的源头,他的画《开端》《灵感之诞生》《捕获之光辉》《突现》《涌现》描绘的正是发现的灵光。

朱先生说他每天阅读最用心的便是《全唐诗》和《全宋词》,他将之称为"神游诗词"。中国的古诗文既是他艺术灵感的源泉,也是他创作的气场,有时读着读着,就会产生按捺不住的冲动,要把诗词中的意境、气韵和色彩画出来,以他独特的感悟,再现"桃红复含宿雨,柳绿更带朝烟"(王维),"千里江山寒色暮"(李煜),"霜叶红于二月花"(杜牧),"是处红衰翠减,苒苒物华休"(柳永),"秋色连波,波上寒烟翠"(范仲淹),"晓来雨过,遗踪何在?一池萍碎"(苏轼)。其实,朱先生充满诗意的画很难找到比诗词更好的注解,因为诗词与绘画的意境殊途而同归。

　　朱先生的画有大有小，大画的结构收得很紧，小画画得大气磅礴，从不拘泥。大画是与空间的较量，小画也是与空间的较量，画的内部和外部相呼应，就像大海和天空相互映照方显辽阔。朱先生作画无论大小，第一遍都画得很快。两三公尺的大画，两三个钟头也就画完了。第二遍、第三遍改画时则小心翼翼，务求保持第一遍的新鲜感觉，所以花在看画、琢磨画上面的时间要比改画的时间长得多。他说："油画虽然可以改，但改得太多，感觉就死掉了。如果发生这种情况，整个画就不要了。"在感觉的最初喷射中，有许多偶然的因子，每幅画都好像是掷出的骰子，偶然是唯一的必然，画家可以借助偶然性接近或达到完美。偶然的成分甚至可以是画中最佳最美的效果。画家的才能也包括邂逅偶然并保留这"神来之笔"。

　　朱先生出现在我脑海中的样子，首先是他那高大的身躯，之后是他富有表情的沉默，还有那虽严肃却和蔼的神情。朱先生不善辞令，很少听到他谈论自己的作品，他的语汇是色彩，所以有评论家说朱先生属于色彩型画家。他的画用色大开大合，颜料一旦离开调色板进入画的世界，就像水银洒在地上向四方流淌，其形状在滚动中变幻莫测。无论从画面上看，还是从题目上看，光与影都是朱先生许多作品的主题。如果说伦勃朗画中的光是"上帝之光"，"信仰之光"，那朱先生画中的光则是宇宙之光和心灵之光。光与影是色彩的来源，发自太古之初，万物伊始，用朱先生喜欢引用的老子的话说就是"惚兮恍兮，其中有象，恍兮惚兮，其中有物"。这"象"

既是具象的象，也是抽象的象；这"物"既是记忆中的景物，也是想象中的景物。或许可以说，朱先生的画建构了一个自由联想的世界，他使现实生活记忆中的景物经过艺术抽象成为想象的景物再回到我们的现实生活，所以他的一些纯抽象画以《忆中之微光》《目光的记忆》《往事》《逝者如斯》来命名就不显得奇怪了。法国评论家皮埃尔·卡巴纳（Pierre Cabanne）写道："朱德群描绘了一个只存在于他画中的世界，一个既是想象又是真实的世界，它源自画家一生中多次体验过的感觉，连接着他记忆中的一个中国，这个中国，随着时间的流逝，成为记忆的空间，精神的领地，交织着心灵的历程和精神的律动。"

对有一类艺术家来说，生命和绘画是一回事。套用笛卡尔的话说就是"我画故我在"，"我在故我画"。朱德群属于这一类艺术家：生命唯一要做的，唯一值得做的事情是艺术创造。肉体无法抗拒死亡，然而艺术可以超越它。就像对朱先生发生过重要影响的俄裔画家尼古拉·德·斯塔埃尔（Nicolas de Staël）所言："我的一生有一种思考绘画、看画、画画的需要，为的是帮助我生活，把我从各种印象、各种感觉、各种焦虑中解放出来，为此，除了绘画，我没有找到其他办法。"[①]

---

① Nicolas de Staël, *LETTRES*, Gouville-sur-Mer, Le Bruit du temps, 2014, 2016, 2023, p. 376.

　　我常常觉得朱先生的画不仅是画给现代人看的，更是画给后代人看的。我们今天能够说出的仅仅是我们今天能够看到的和想到的，我们今天不能够说出的可能正是后人将会看到的和想到的。朱先生的大部分画作属于这样的艺术：没有年龄，没有疆界，取之于自然，又超越自然，是生命力的迸发和升华。

　　大象无形，执大象而天下往，朱先生的画中有道的风骨。

2003年6月20—25日于巴黎

人可生如蚁而美如神①
——忆顾城与谢烨

　　"……伟大的诗人都不是现存功利的获取者，他们在生活中一败涂地，而他们的声音，他们展示的生命世界，则与人类共存。"

　　　　　　　　　　　　——顾城，1986年10月于漓江诗会

　　第一次见到顾城和谢烨是在1987年的深秋。顾城应法国文学杂志《欧洲》的邀请来巴黎参加一个诗歌活动。那时我和金丝燕住的是熊秉明先生的房子，位于巴黎南郊一个叫伊尼（Igny）的小城。《欧洲》杂志社请我在10月21日举行的讨论会上为顾城做翻译，我约他来熊先生家谈谈，想预先了解一下他发言的内容。

　　几天前，顾城在巴黎第八大学中文系做过一个讲座。我那天有事没能参加，过后听了录音。顾城谈到他五岁的时候，有一天凌晨醒来，看到白色的墙壁上似乎有人眨着眼睛对他说话。这些人好

---

① 首发于《跨文化对话》，第13辑，上海：上海文化出版社，2003，第164—172页。本文为纪念顾城和谢烨辞世十周年所作。

像是从白色的雾中浮现出来的。那时候他已经知道人是要死的，而且死人还要烧成灰，但从来没想到死亡离他这么近。他第一次产生了一个可怕的念头：他马上就要变成灰烬，不可避免地变成灰烬。随后顾城从死亡的主题一下子跳到生命，朗诵了他1971年写的《生命幻想曲》。我当时不明白为什么顾城先谈死后谈生。

"这次讲什么，还不知道。"见了面，顾城直截了当地说。我顿时为自己提出的问题感到难为情，顾城显然不是一个照本宣科的学者，而是一个随兴的诗人，但顾城并不介意，他比我想象中的更安静、憨厚。那天天气晴朗，金丝燕说熊先生说过附近的山上有许多栗子树，现在正是捡栗子的好时候。听了她的话，我们的心已不辞而飞了。

秋天的山像换了装一样，满目萧瑟，我这才注意到顾城穿的是中山装。不知为什么，中式服装在城里穿还挺庄重，可一到大自然里就显得很别扭，唯一的好处是兜大。不一会儿，顾城上衣的两个大兜就装满了栗子，他开始往胸前的两个小兜里塞。我说两个大兜鼓囊囊的，看上去像是满载而归，可这两个小兜要是鼓囊囊的，会让人产生其他联想。顾城憨憨地一笑，算是接受了我的提醒，但眼睛仍盯着地上的栗子，舍不得走。我建议他把帽子摘下来装栗子，他不肯。中山装和直筒帽是顾城的装束与众不同的标配，甚至可以说是他的身份特征。他的帽子有用平绒、灯芯绒做的，也有用牛仔裤裤腿做的。顾城不肯摘帽子是有原因的，后来他在德国说："当我完全不在意这个世界对我的看法时，我就戴着这顶帽子，也就是说，我做我想做的事情。不过这顶帽子确实是我和外界的一个边界。戴着它给我一种安全感。它像我的家。戴着帽子，我就可以在家里走遍天下。"①

那天顾城和外界好像没有边界，我发现他很喜欢树，总是瞪着眼睛盯着树看。我对他说树是有生命的，也会害羞，可能已经被他看得不好意思了。他说他不仅要看，而且还要摸要爬。一边说，一边跟树亲热起来。谢烨似乎对顾城的举止习以为常，还笑话我少见多怪。顾城对树的感情我是后来才明白的。1987年12月（就在我们那次见面后不久），他在香港说："我摸白色的树桩，一种清凉的光明在我心中醒来，这真是个不可言传的事。"在树上，他似乎看到了艺术自然脱俗的品格。在1991年9月2日写给《今天》杂志编辑的信中，他说："一棵树或一只鸟也许毫无价值，但它们至少有一个品性，就是不为功名所动。"那天我给顾城和谢烨拍了几张照片，其中有一张，谢烨坐在一棵橡树下看着镜头，顾城用胳膊肘倚着树干，也许是闭着眼睛，也许是低头看着谢烨，一副若有所思的样子。当时我觉得他们活得很开心，是幸福的一对儿。

那天我们玩得高兴，误了吃午饭的时间。下午回到家，吃栗子是来不及了，每人稀里哗啦地吃了一碗泡饭，就往《欧洲》

① 张穗子，《无目的的我——顾城访谈录》，《顾城诗全编》，顾工编，上海：上海三联书店，1995，第4页。

杂志社赶。当我们几个人呼哧气喘地走进会场，里面已经坐满了人。我们方才落座，就听主持人介绍说："火是顾城的第一个读者，因为他最早写的一些抒情诗都被他自己扔进火里烧掉了。诗人顾城好像是一只浴火重生的凤凰鸟，今天这只鸟飞到了巴黎。现在我们就请'鸟'讲话。""鸟"沉默了良久说不出话来。冷场的时候，时间过得非常慢。有几个听众等得不耐烦了，开始交头接耳。我注意到顾城的一只手不停地摸着上衣兜里的栗子，好像那是他留在山林里没有收回的心。不知过了多久，"鸟"终于开口说道："世界上只有难看的人，没有难看的树。"会场立即变得鸦雀无声，刚才交头接耳的那几个人略显尴尬，好像恨不得一下子变成树。"鸟"接着又说："树也会痛苦，但痛苦的树仍然是美的。"

顾城讲话的时候，眼睛几乎不看听众，而是看着远处，好像不唯对眼前的听众说话。他的声音轻柔，甚至单调，好像说话的不是他，而是其他什么人，就像西川描绘诗人海子的语言时说的："仿佛沉默的大地为了说话而一把抓住了他，把他变成了大地的嗓子。"顾城和海子都属于天才型的诗人，对他们来说，诗和生活是一体的，诗就是生命，生命就是诗。"诗人的工作就是要把破碎在生活中的生命收集起来，恢复它天然的完整。"①顾城讲话的另一

---

① 顾城，《答伊凡、高尔登、闵福德》，《顾城诗全编》，顾工编，上海：上海三联书店，1995，第919页。

个特点是不假思索，却出口成章，一些听似不着边际的话会忽然产生联系，就像你总可以在散乱的云彩中忽然看出一个熟悉的形状。

第二次见到顾城和谢烨是1992年12月28日。那年顾城应德国学术交流中心的邀请在柏林写作，岁末年初来巴黎散心，正赶上红宝石餐馆的老板鲁念华大宴宾客。顾城仍然把自己套在中山装和直筒帽里，一双大眼睛无精打采地打量着周围的一切。谢烨还是那样白皙，但显得憔悴，笑容明显失去了五年前捡栗子时的灿烂。言谈中，我得知他们这五年大部分时间隐居在新西兰的激流岛，1992年才重返欧洲游历。那时外界纷传顾城和谢烨要离异，他们都结识了新人。顾城的女友叫英子，谢烨的男友叫大渝。晚餐结束的时候，我婉转地问顾城和谢烨："你们还好吧？"没想到顾城回答说："我早晚要杀了谢烨。"尽管当时听起来口气好像是开玩笑，但我和金丝燕都禁不住一愣。谢烨勉强地笑着说："跟顾城在一起活得很累。"我们一时都不知再说什么好，像四根电线杆子，直愣愣地戳在那里。这时鲁老板拿出红宝石餐馆的留言簿请顾城和谢烨题字。顾城先用钢笔画了一幅白描，然后题了"馋宗"二字，这显然是"禅宗"二字的谐音。谢烨写了"食木耳亦醉"，顾城和谢烨的儿子名叫"木耳"。

1993年10月中旬的一天下午，熊秉明先生来电话，告知几天前顾城在新西兰希基岛重伤谢烨后自缢。熊先生平时说话口气一向犹疑，这一次却对这个令人难以置信的消息非常笃定。我忽然意识到那天顾城在红宝石餐馆说的话不是戏言，而是真话。就在我们那次见面的几天前，顾城在德国波恩接受张穗子和顾彬访谈时说："真的话都是非常简单的，像用海水做成的篮子。"这话本身就说明简单的并不一定容易理解，海水怎么能做成篮子呢？当真话真到令人难以置信的时候，往往不会被当真。直到有一天，真话以事实的面目再次出现，你亲眼看到了"海水做成的篮子"才幡然醒悟。那天晚上我睡不着，翻看手边的几本顾城诗集，想知道顾城的死是否在他的诗中埋下了伏笔。我的眼光首先落在第一次见面时顾城送给我们的诗集《黑眼睛》的题字上面："这就是生命失败的微妙之处——顾城，1987年10月于巴黎"。

1981年，25岁的顾城写过一首诗，题目是《遗念》。这首诗有三段，第一段和第二段用的是将来时，第三段用的是现在时：

我将死去

将变成浮动的迷

未来学者的目光

将充满猜疑

留下飞旋的指纹

留下错动的足迹

把语言打碎

把乐曲扭曲

这不是孩子的梦呓

不是老年的游戏

是为了让一段历史

永远停息①

这首当年的"朦胧诗",现在读来像遗嘱一样清晰。顾城早年说过,朦胧诗的主要特征还是真实。"我将死去"好像在暗示诗人之死非同寻常,否则为什么"未来学者的目光／将充满猜疑"?"飞旋的指纹"让人联想到那把凶器!"错动的足迹"让人看到谢烨受伤后挣扎的步履!"让一段历史／永远停息"也让人扼腕叹息!

顾城1973年写的《我是黄昏的儿子》,最后一节好像预示了他和谢烨爱情的结局:

我是黄昏的儿子

爱上了东方黎明的女儿

但只有凝望,不能倾诉

中间是黑夜巨大的尸床②

写于1981年的《不要在那里踱步——给厌世者》,现在看来像是一个不幸的预言:

---

① 《顾城诗全编》,顾工编,上海:上海三联书店,1995,第272—273页。
② 同上,第78页。

梦太深了

你没有羽毛

生命量不出死亡的深度

不要在那里踱步

……

告别绝望

告别风中的山谷

哭，是一种幸福

不要在那里踱步①

　　后来听北岛说顾城和谢烨的悲剧就发生在大渝从德国来新西兰接谢烨的那天。大渝在德国上飞机的时候，谢烨还活着。他抵达新西兰的时候，谢烨已经不在了。不知是时间无情地捉弄人，还是人无情地作弄自己。令人困惑的是，如果顾城不爱谢烨了，为什么要杀害她呢？如果顾城还爱谢烨，又怎能忍心杀害她呢？是不愿意看到谢烨离去而不惜留下杀妻的恶名而离去吗，就像他在《我是一个任性的孩子》中说的，"她永远看着我／永远，看着／绝不会忽然掉过头去"？对我来说，这就是顾城说的那"浮

①　《顾城诗全编》，顾工编，上海：上海三联书店，1995，第278，279页。

动的迷"。极端的行为只有站在极端的立场上才能被理解，我无法
理解顾城极端的行为，因无论是第一次见到谢烨时她那灿烂的笑
容，还是第二次见到她时那略显憔悴的面容都拒绝我这样做。

　　1993年2月，中国当代诗歌的法文译者尚德兰女士（Chantal
Chen-Andro）从柏林带回两幅顾城送给她的字，第一幅写着："鱼
在盘子里想家"。第二幅写着："人可生如蚁而美如神"。不知是有
心还是无意，"人蚁"两字写得难看，"美神"两字写得漂亮。竖着
读，人蚁与美神相对；横着看，美人与神蚁相对；斜着看，美蚁
与人神相对。这三种不同的读法和看法或许正可以解释整句话的
矛盾和真实。据尚德兰回忆，那时顾城的诗歌创作好像触到一堵
墙，书法似乎成为他的新爱。那天下午很长一段时间，她看到顾
城在厨房里磨刀，那专注的样子让人发怵。写这两幅字的时候，
顾城情绪激动，写完了如释重负。

　　1987年10月听顾城讲座录音的时候，我不明白他为什么先谈死
后谈生。现在明白了，顾城当时朗诵的《生命幻想曲》中的生命指的
应是死后的生命，它离开身体的躯壳在无边的宇宙寻找新的归宿：

　　黑夜来了

　　我驶进银河的港湾

　　几千个星星对我看着

　　我抛下了

　　新月——黄金的锚

天微明

海洋挤满阴云的冰山

碰击着

"轰隆隆"——雷鸣电闪

我到哪里去呵

宇宙是这样的无边

……

黑夜像山谷

白昼像峰巅

睡吧！合上双眼

世界就与我无关[①]

　　世界与顾城无关了，但顾城并没有离开这个世界，他留下的诗会永远陪伴我们的寂寞。

　　"愿文字有这样的气息，使文字消失、人消失，生命醒来时发现自己是一树鲜花，在微风中摇着。"[②]

2003年7月于巴黎

---

① 《顾城诗全编》，顾工编，上海：上海三联书店，1995，第42，43页。
② 顾城，《答何致瀚》，《顾城诗全编》，顾工编，上海：上海三联书店，1995，第929页。

聊胜故我一腔愁①
——忆叶汝琏先生

8月28日凌晨，祺生发来叶先生的讣闻。我除了难过，还有内疚。与叶先生过从的往事断断续续在脑海中浮现。今年5月收到出版人胥弋的来信，告诉我叶先生希望继续收阅《跨文化对话》，我6月去上海开会，托朋友给他寄去，之后既未登门探望，又疏于书信问候，总以为叶先生身体健旺，来日方长。现在想来实在是给自己的疏虞找的借口。

此前，叶先生至少三次来信提到他的"大限之期"已近。第一次是2004年2月25日，他在信中写道："什么东西已然久等我了，即使阳春三月江南草长，也常见一片无声的凋叶。"第二次是2005年12月3日："夏天是绝对时间，一切似都奔向赤裸，到秋天便面临成熟，莎翁说的Ripen is all。我看自己早已落地，已应归土。"第三次是2006年3月21日："我们所寓居的版块及其上的一切，不知何

---

① 首发于《当代国际诗坛》第1辑，北京：作家出版社，2008，第260—266页。

时起就由'时间'推动而冥冥中潜移着，尽管逐渐被人感觉或觉察并记载下来，那就是火山、地震或海啸……至于海洋里的水生物，包括珊瑚和礁石或冰山之一角也都由不着它们，各有自身的命运：变异的永世、永劫什么的，统言之'永恒'。……起幼，我就仿佛意识到'时间'的浸蚀……任何个体几乎一律单凭自己的时间来抗衡'时间'的工作，而这是后来在我脑子里渐次形成的莫名设想，从而化作了自己的祷词：Give me time!"。

"给我时间！"，这是叶先生在大限降临前的祷念，也是对归于永恒的接受，至少我是这样理解的。

> 说岁月不是春泥，
> 我且寻一方沃土，
> 勤耕种下的希望，
> 期待时空外结果。
> 《花》，一九四一年，白沙[①]

我认识叶先生是在20世纪70年代末的北大。我们77级的学生入学后，偶尔在西语系民主楼见到叶先生，他喜欢独往独来，一脸愤世嫉俗的样子，从不与我们新生搭腔。1979年五一节过后，

[①]　叶汝琏，《旧作新诗钞》，香港：开益出版社，2003，第4页。

系里通知说刘自强和叶汝琏两位老师要为新生做讲座。那时我们对法国文学连一知半解都谈不上，对未来几年的学业茫无头绪，正需要人"指点迷津"。讲座那天，一教307教室座无虚席，刘自强先生讲法国诗人波德莱尔，叶先生讲法国新小说。法国新小说本来就难懂，叶先生的讲解比新小说还难懂。他特有的思维和表达方式让我们听得一头雾水。叶先生1957年被打成"右派"后，除了"文革"前的短短一段时间外，多年没上过讲台，冷不丁面对那么多求知心切的眼神，紧张与惶恐可想而知。其实叶先生的眼睛也在寻找，好像他不是来做讲座的，而是来找人的。有一天我在校园偶然遇到叶先生，正当我不知说什么好的时候，叶先生跟我谈起了法国诗人阿波利奈尔。2005年岁末，我在巴黎接到叶先生的来信，他回忆了这段往事："'Je crains les maîtres, et les jeunes me font peur'，①力川，你我相识恐是由于我援引阿波利奈尔这句话的中介吧，阿氏1918因伤而由战场上回巴黎，我是怀抱内伤（cicatrices intérieures）重现于公开的讲坛，阿氏面对巴黎文坛，而我一畏怕，走出隧道：是过去的尽头，还是未来的亮点呢……不知道，我这一生的经历可以用这三个字的反问'Que sais-je?'②来概括，其实，真的走来至今不明不白，而明白的是我碰

---

① "大师可畏，后生亦可畏"。
② "我知道什么？"

上的战争。"至此，我对叶先生那次讲座的了解才完整起来。有时候我们了解一个人，一件事竟需要那么长的时间。回想1978年的叶先生，"像一头产后的巨兽：忐忑／于新生的崩溃，蹲在那里康复……"①

　　1922年1月5日②，叶先生生于安徽桐城，童年和青年时代"都在深重的国难中渡尽"。1938年考入从北平南迁至昆明的中法大学，在学校的廊下或教室，常听到混声合唱的《义勇军进行曲》和《松花江上》。叶先生说他"碰上的战争"是指"抗战"和"内战"，但从"怀抱内伤"和"我知道什么？"来看，他"碰上的战争"也可以指"反右"和"文革"。1944年他在《诘问》诗中写道："我有毁弃自己的预感／火的气候在心里蛊惑。"③

　　1948年11月7日，甫任北大法国文学助教不久的叶先生参加了"方向社"在北京大学蔡孑民先生纪念堂召开的第一次也是唯一一次座谈会，题目是"今日文学的方向"。据参加了这次座谈会的经济学家马逢华回忆："'方向社'是北大几个爱好文艺的年轻助教和学生创办的文艺社团。……其时离中共'解放军'正式入城的一九四九年二月三日，也只不过两个半月的光景了。北大校

---

① 叶汝琏，《旧作新诗钞》，香港：开益出版社，2003，第37页。
② 关于叶先生的生年有四种说法，本文采用的是他身份证上的日期1922年，他的工作证上写的是1923年，据家乡老人的回忆他生于1921年，讣告上公布的是1924年。
③ 叶汝琏，《旧作新诗钞》，香港：开益出版社，2003，第16页。

园之内，虽是兵临城下，却仍弦歌不辍。那种师生对坐，从容论道的泱泱学风，今日思之，感触实深。"[1]这个座谈会出席者的名单上也有叶汝琏的名字。担任主持人的袁可嘉和叶先生一样是北大外语系的年轻助教，他在开场白中声明："这儿所谓'方向'不仅指应该不应该的取决，而且是指这样虽好而那样更好的选择。同时，我们提出这个问题的本意只在替我们自己找方向，决无意指导别人。"[2]随后与会的教授们发言，沈从文表示："文学自然受政治的限制，但是否能保留一点批评、修正的权利呢？……我的意思是文学是否在接受政治的影响以外，还可以修正政治，是否只是单方面的守规矩而已？"[3]废名反驳说："这规矩不是那意思。你要把他钉上十字架，他无法反抗，但也无法使他真正服从。文学家只有心里有无光明的问题，别无其他。"[4]钱学熙的回答是："我觉得关键在自己。如果自己觉得自己的方向很对，而与实际有冲突时，则有两条路可以选择的：一是不顾一切，走向前去，走到被枪毙为止。另一条是妥协的路，暂时停笔，将来再说。实际上妥协也等于枪毙自己。"[5]冯至补充说："这确是应该考虑的。

---

[1] 马逢华，《北京大学，一九四九前后》，台湾《传记文学》第三十七卷，第六期，1998年12月号，第52页。

[2] 同上，第53页。

[3] 同上，第54页。

[4] 同上。

[5] 同上。

日常生活中无不存在取决的问题。只有取舍的决定才能使人感到生命的意义。"①在一周后（11月14日）发表于天津《大公报》的《座谈会记录》上，没看到叶先生的发言。这次座谈会不到一年，政治形势发生了根本性的转变，沈从文和冯至都选择了"妥协的路"，但妥协的方式完全不同：沈从文选择了停笔——枪毙自己；冯至选择了听话——放弃自己。前者从文艺界销声匿迹，转行到历史博物馆，研究出土文物和古代服饰；后者继续在文艺界走红，并成为学官。从文学创作的角度看，结果是一样的，这两个本不分轩轾的作家诗人，一个再没有文学作品问世，一个再没有好作品问世（与冯至40年代初的《十四行集》相比）。当然，那时才二十多岁的叶先生远没有沈从文的清醒，更没有冯至的变通，有的是一种天性的自觉：

> 为存在之幸福的真实！唯有选择
> 善良的一边，阵地的尖兵，你领悟
> 在这场戏里取一个懂你的角色：
> ……
> 《中学生》，一九四八年五月，北平②

---

① 马逢华，《北京大学，一九四九前后》，台湾《传记文学》第三十七卷，第六期，1998年12月号，第54页。
② 叶汝琏，《旧作新诗钞》，香港：开益出版社，2003，第64页。

我从未打听叶先生当年为何被打成"右派",好像对于他,那是不言而喻的事情。后来读叶先生的诗文,才知道当时他与大部分知识分子一样,也曾受到"百花齐放,百家争鸣"的鼓舞,也曾幻想党的"整风运动"是实现自由民主的承诺,也曾欢欣雀跃于大鸣大放的乐观形势之中。

> 我们的运命如风帆指望自己的航行,
> 当我们共同的港口呈现普遍的黎明。
> 希望那么近,失望和过去落在后边,
> 花常开鸟勤唱缤纷的色彩总吐芳香,
> 气息载着活力,一切说起共同的语言:
> 升起的太阳正照射我们出航的方向!
> 《断章》,一九五六年春,未名湖①

1957年以后,叶先生的创作完全中断了。停笔在他不是一种选择,而是迫不得已。我很少听他谈及在"反右"和"文革"中的经历,只是隐约听说,他在政治运动中也曾乖乖地接受批判和改造,但气氛一旦宽松,便"喜形于色""恃才傲物",这又成为下一场运动遭到更严厉批判的罪名。1995年,他在巴黎跟我说起一件痛

---

① 叶汝琏,《旧作新诗钞》,香港:开益出版社,2003,第68—69页。

心的事情。"文革"的时候，叶先生与北大的许多教授被送到干校劳改（1971年才返校），有一次他与西语系德语专业的一位教授抬土，为了照顾那位身材比较矮小的教授，他把装满土的箩筐往自己这边拉了一下，没想到对方不但不领情，反而说："谁要你照顾！"叶先生反问道："这年头我们如此落魄，何苦还分你我？"那位教授正色回答说："我和你不一样，你是老'右派'。"我现在还记得叶先生重复这句话时脸上的表情，介于无奈和鄙夷。

> 来的迟，还是早？在这世界，
> 当我注视什么，什么就闪避，
> 失掉知己，我的话叫人误解，
> 于是，悸动的心，噙泪的眼睛……
> 《诘问》，一九四四年，昆明①

　　1980年暑假过后，我听说叶先生受聘调到武汉大学，创建法国研究所。叶先生南行，未及道别，其后的两三年音信渺茫。1983年秋季开学后的一天，北大西语系的王泰来老师把我和金丝燕找去，她说叶先生请我们三人去武大参加法国研究所主办的法国诗人维克多·谢阁兰和圣-琼·佩斯的研讨会。当时我和金丝燕

---

① 叶汝琏，《旧作新诗钞》，香港：开益出版社，2003，第15页。

研究生还没有毕业，正准备南下广州为我们的硕士论文向广州外语学院的梁宗岱先生请益，正好顺路先去武汉。10月26日抵达。武大校园临东湖拥珞珈，白天层峦葱郁，晚上密林幽布，反差十分迷人。第二天研讨会开幕见到叶先生，我半开玩笑半当真地说："我现在才明白您为何弃北大而投武大，原来武大校园比燕园更魅人。"叶先生先是一愣，之后笑笑说："不，和校园没关系。你知道，北大是我的伤心地。"体会到叶先生把北大和北大校园分开的妙处，已是若干年之后。他视北大为"伤心地"，但对北大校园感情颇深，曾有专文论及。在2005年7月16日的信中，叶先生谈到一本有关北大未名湖的书："你的师友乐、汤①二氏各有美文。该书的撰写人数十人……不佞的旧作（临湖期间写于备斋、健斋的篇什）已被收入，我之所以应允，实出于由之生出的感慨：博雅临湖未名人，唱诗梦麟何须问？证之于诸史实或事物，如：水塔（博雅塔），临湖轩（今已改名），湖边言谈说笑或漫步沉思，不知凡几，都属未名人，即不名湖人也；而他们有写诗、有做梦者，可不唱同倡，入梦的概为麟类，尤应喻为品德上人者也，包括各学科领域的杰出者：古人有梦周公，梦蝶者群。自1911年以还，何曾不闻有诗人、哲人、政治家大抵源出好梦想者群，并非求名好名之流，即使著名亦视之为'废名'耳。"叶先生一生喜做梦，

---

① 　北京大学乐黛云、汤一介教授。

而北大又是他的梦接二连三破碎的地方。

梦

像女孩在林边
采摘野花，
生活中我挑选
梦的花朵。

像白鹭翅子上
珍珠还诸溪流，
有人推开窗扇，
我的梦依次滚落。

让耐心考验，
我愿作盲人，
无憾于泡沫
色彩的破碎。
一九四一年，江津①

---

① 叶汝琏，《旧作新诗钞》，香港：开益出版社，2003，第3页。

　　我以为好诗好词，一要有境界，二要自然而然，三要有新奇的意象。一首好诗不见得三者兼得，能三者兼得者则是上上品。叶先生的"梦"可谓三者兼得，此外还有一种似浓似淡的忧伤。第一段写对梦的痴情；第二段写梦的破灭；第三段写梦人无憾，整首诗远怀多于伤感，并留下几个疑问：是谁"推开窗扇"使"我的梦依次滚落"？"泡沫色彩"影射的又是什么？"我愿作盲人"对"梦"有点题的效果，四行的句式符合中国古诗的传统，语言的调度和遣词毫不回避对西方现代派的借鉴。叶先生对中国新诗纵向的承袭与横向的移植有充分的自觉。在尚未发表的"文学札记"《洪荒失所记》中，叶先生曾引用艾略特《传统与个人才能》的论点说明现代作家与传统的关系："如果直追前人是传统的唯一形式，或者限于盲目承袭，甚至因袭前辈的成规唯恐不力，那么这种传统实不足为训。传统的涵义其实既深又广，新颖当然胜于如法炮制的重复。"

　　在那次武大的研讨会上，我谈的是"圣-琼·佩斯的视觉诗"。离开武大的前一天，叶先生请我们去他家里聊聊。叶先生是圣-琼·佩斯的汉译者①，在他关于佩斯的札记中，有这样一段精彩的评论："圣-琼·佩斯的诗的确不同于一种浮雕的诗，一幅极其平滑的挂毯，却是感性的一种考古，极其精练又极其细致的焦虑，一

---

① 参见《圣-琼·佩斯诗选》，叶汝琏译，胥弋编，吉林出版集团，2008。

切戏剧都在太空遨游中得到反映，诸如对历史的升华，对时间的胜利。"那天晚上，叶先生留我们一起晚餐，在座的有叶先生指导的两位研究生杨建钢和李夏裔，还有郝明老师。珞珈夜话使我对叶先生读书之广之新印象很深。与他那一代的老教授不同，叶先生对活跃在当代法国文坛的作家、诗人、评论家特别留心，"总是不断涉猎那些刚刚涌现的东西"，这可能出自他对年轻人和新事物的热情。我本人也是他关注新事物，提携后进的受益者。我的大学毕业论文的一部分"瓦雷里在《海滨墓园》的沉思"就是由叶先生推荐发表在《法国研究》1984年第2期上，他还将这篇文章寄给了《海滨墓园》的中译者卞之琳先生。

让大理石凝固圣颜，援救我！
即令森林的海上航来一挂黑帆！
且莫问何处是你我神往的彼岸。
《无题》一，一九四四年，昆明[1]

大约是在2005年中，我先后收到叶先生请胥弋和武大法语系主任吴泓森先生寄来的十几本《旧作新诗钞》，嘱我转赠法兰西学院院士、汉学家玛丽安娜·巴斯蒂德（Marianne Bastid-Bruguière）

---

[1]　叶汝琏，《旧作新诗钞》，香港：开益出版社，2003，第18页。

等巴黎的友人。叶先生在附信中说:"我不敢谈写的那些诗,但乐意环绕着写它们的过程,提供涉及在下青年一段写诗的光阴,我,作为主体,外在的时空,时空里个人经历、阅读、生活和梦想的种种……形成所谓'诗'的肌质和结构。整部拙作前后显见同一主题或其变调,那就是迁徙、流亡……"此前,我知道叶先生早年写诗,可从未读过他的诗作。胥弋将叶先生前后期的诗作集结出版,对中国现代诗的拾遗补阙弥足珍贵。我私下以为,叶先生一生的好诗都成于40年代,也就是收集在献给女儿君佐的《断弦集》(1941—1948)中的作品。后期的《断弦续集》(1995—1996)叙事性偏强,文学性落得屈居一旁。在《洪荒失所记》的书稿中,叶先生曾对穆旦作如下评述:他"坚贞地走完他忠于中国现代汉语诗的发展道路。这是条艰辛的道路。因为,尽管踏过前辈诗人所辟的路径,也积累了,哪怕数年写作的经验,从昆明一开始,他们除开内心享有或创作中应守的自由度而外,萦绕他们心上的其实乃传统与个人才器的问题"。这段话,今天读来,似可看作叶先生对包括他自己在内的那一代诗人的评价。

　　与所有老人一样,叶先生晚年常偶染微恙,但也常在信中轻描淡写地说:"稍有不适,实属自然、时序之所致,盼勿远念!"有一次,他还以自嘲的口吻改写刘禹锡的诗曰:"历来身瘦,发稀如故。睁眼温书,就医忘年。遇事还谙,犬狼犹分。历数细事,涓涓清流。桑榆梢头，谁看霞晚？"①刘禹锡原诗的最后两句"莫道桑榆晚，微霞尚满天"历来被称为豁达乐观的绝笔；叶先生改为"桑榆梢头，谁看霞晚？"岂不更达观，且有禅意？

> 八秩盲翁犹更弦，
> 怎堪平仄自为酬。
> 甲子双轮祭胜迹②，
> 聊胜故我一腔愁。

这首诗是我从叶先生2005年12月3日的来信中摘录的。我不知道这是不是叶先生平生写的最后一首诗。他这次"更弦"远去，不再回头了。对一生爱自由而不能的叶先生，对一个不堪忍受平仄缠扰的八旬老人，这或许是最后的解脱。

2007年9月5—11日于巴黎

---

① 刘禹锡原诗《酬乐天咏老见示》："人谁不愿老，老去有谁怜。身瘦带频减，发稀冠自偏。废书缘惜眼，多灸为随年。经事还谙事，阅人如阅川。细思皆幸矣，下此便翛然。莫道桑榆晚，微霞尚满天。"
② 据叶先生自注，甲子双轮指二战胜利和日寇投降六十周年（1945—2005）。

竟德业，顺自然，除无明①
——怀念汤一介先生

题中秋②

他乡故乡共玉盘，

秋色连波映广寒。

岁月有情随人老，

沧海无私任凭栏。

甲午中秋翌日，金丝燕在回巴黎的高速火车上转来乐老师的微信："老汤已于九月九日晚，九时十五分，离开尘世，归于极乐"。我的心一沉，北京归来一直担心的事情发生了。

8月27日下午，我和金丝燕从贵阳回到北京，放下行李就去北京大学看望汤先生和乐老师，他们不久前搬到原来季羡林先生住

---

① 首发于财新《中国改革》月刊，2014年第11期／总第372期，北京：中国经济体制改革杂志社，第82—84页。
② 本文的三首题诗为作者在汤先生逝世前后所作。

的公寓朗润园13号。"因为是一楼，出入方便些"，乐老师说。我们到的时候，汤先生在吃饭，等了一会儿，我们来到他的卧室，汤先生身子倚在枕头上，看到我们进来，语气和缓地问："我是不是瘦了很多？"一起来的还有北师大董晓萍教授，可能觉得不好直接回答这个问题，我们三人一时语塞。汤先生的表情似乎还在等待一个回答，我急不择言地说："是瘦了，但汤先生的耳朵显得更大了。"乐老师在一旁笑了，这个曾经那么熟悉的笑容，我已经很久没看到了，我心里一酸……

　　我们知道不能打扰汤先生太久，但总要说几句话才能告辞。我想起五月初收到汤先生原来的一个学生发来的照片，北大校庆日国家主席习近平看望汤一介教授，照片下有一句附言"总书记牵手儒学大师"。我觉得"牵手"这个字在这里应有另一种含义，回信改为"儒学大师牵手总书记"。我把这件事讲给汤先生听，他没有说话，脸上也没有露出可察觉的表情。我心里知道，汤先生关心的不是谁牵谁的手，而是他作为《儒藏》编纂的首席专家，有责任向国家最高领导人介绍这项世纪文化建设的重大工程，争取国家的支持。在这个大前提下，外界如何议论不重要，这符合汤先生儒门三代奉行的"事不避难，义不逃责"的家训。我本来还想问汤先生对北大成立燕京学堂推出"中国学"学科的看法，但是话到嘴边却问不出口。汤先生请乐老师送我们他刚出版的线装书《儒释道与中国文化》，还有他们一家四口合著的《燕南园往事》。汤先生说要他签名他就签名，乐老师说这次就不签了，我们心照不宣，都没有坚持，汤先生也不坚持。道别出来，乐老师扶着门框，目送我们离去。我看不清乐老师的表情，但此时此刻，我知道她心里想的和我一样：这是我们最后一次见到汤先生了。转过荷塘望着乐老师的身影，我想起近三十年前第一次去他们家的情形。

我第一次去汤先生和乐老师家不是去拜访，而是搬去住的。1985年初，我和金丝燕研究生毕业留校，我留在北大西语系文学教研室，金丝燕去了中文系比较文学研究所。这个所刚成立不久，乐老师任所长，金丝燕和英国文学硕士生白晓东是比较所的第一批助教。三月上旬，汤先生和乐老师去美国讲学，把他们在中关园的房子借给我们住。这是一个三室一厨的公寓，中间夹着一个小饭厅，采光要靠隔壁厨房的窗户。每个房间里最醒目的就是四壁的书籍，中外文都有，好多还是线装本。汤先生后来说北大的藏书是北大的"三宝"之一，不过他说的北大藏书也包括文科老教授们的私人藏书。令他耿耿于怀的是当年胡适的藏书被"打散"，冯友兰、张岱年、王铁崖等北大老教授的藏书后来都为清华收藏。吴晓铃、张申府去世后，家人曾与北大商讨藏书的处理，但不是没谈拢，就是没下文。汤先生还追问洪谦、熊伟、朱光潜、游国恩、周一良等老先生藏书的下落。

最后一次探望汤先生那天，乐老师说他们早已签约将家中两代人的全部藏书悉数捐赠给北大，校领导承诺辟出专门的藏书室，供全校师生使用。可一等两年多，校方因没有房子，未能兑现诺言。汤先生病重时，一直牵挂此事，后来将一位副校长请到家中，激动地站起来说，"北大说话还算不算话？"这位副校长看到一向心平气和的汤先生病中如此激动，答应立即去办。第二天，校长拍板将未名湖畔新空出来的红三楼全部拨给《儒藏》中心和哲学系儒学院使用，包括汤用彤和汤一介先生的纪念藏书室。汤先生之所以对藏书之事如此念兹在兹，是因为他认为这批老教授的藏书"不仅是了解这些学者的学术成就甚为重要的材料，而且是了解北大文科学术建设和发展历史的重要材料，甚至还可以说是研究中国文化史、学术史的重要材料"①。

　　1984年8月，北京大学哲学系的几名中青年教师得到冯友兰、张岱年、汤一介等教授的支持，提出成立民间学术机构"中国文化书院"的建议，同年12月16日举行了全体导师会议，推举梁漱溟先生为院务委员会主席，冯友兰先生为名誉院长，汤一介先生为院长。1985年汤先生去美国短期讲学回来后每天都要接待好几批客人，来得最频繁的要数从美国回来的学者陈鼓应和杜维明，他们都是书院聘请的导师。汤先生待客一向不紧不慢，我跟金丝燕帮忙端茶倒水，无意间听到他们谈论最多的不是国学问题，而是传统与现代的关系，汤先生将其归纳为三个问题：如何对待中国传统文化？如何接受西方文化？如何创造中国的新文化？汤

---

① 汤一介，乐黛云，汤丹，汤双，《燕南园往事》，南京：江苏文艺出版社，2014年，第116页。

先生思考的是中国文化"反本开新"的问题，这里面既涉及"现代"与几千年形成的老传统的关系，更涉及"现代"与近几十年在极"左"思潮影响下形成的新传统的关系。当时书院的导师中也分激进派、自由派和保守派，但无论跟哪一派交谈，汤先生都认真倾听，容纳各种观点，没有门户之见。正是汤先生宽容仁厚的品格使他得到海内外学者的拥戴，成为不可多得的学界领袖。在汤先生身上，我们看到蔡元培老校长提倡的"囊括大典，网罗众家，思想自由，兼容并包"的精神。后来每每与汤先生谈起何为北大传统这个话题，多次听到他强调北大的传统是"学术自由"，要防止有人利用"革命的传统""爱国的传统"这些堂而皇之的提法抵制"学术自由"与"思想自由"。知识分子群体应自觉成为一种独立的社会力量，汤先生是这样想的，也是这样做的。

在汤先生和乐老师家借住的这段时间有两件小事让我们看到温文儒雅的汤先生重情的一面。他一个人先从美国回来没几天，给我和金丝燕看他在美国给乐老师选的生日礼物：一串纯金项链和一本莫奈的画册。乐老师的生日是一月份，汤先生借去美国的机会早早把来年的生日礼物准备好了，还得意地拿给我们两个年轻人看，我们都很感动。第二天我拉着金丝燕去了白孔雀艺术世界，给金丝燕买了一个金戒指和一个镀金的项链，还给我自己买了一副铜镇尺，"书存金石气，室有蕙兰香"（这副镇尺至今还摆在我的书桌上。戒指和项链，金丝燕从未戴过，1994年我们在巴黎的住处被盗，这些东西都不翼而飞了）。第二件事是五月初，汤先生要去深圳大学参加"文化问题协调会",临行前的晚上,他不声不响地买来黄油点心和苹果脯,说要感谢我们这些天对他的照顾,我和金丝燕都为汤先生反主为客感到不好意思,更重要的是舍不得他走。汤先生身上有一种书香门第的雍容气度,他刚回来的时候,我们虽然不是第一次见到他,但毕竟不熟,也因"侵占"了他们的房子颇感局促,所以还有点儿怕他。但很快发现他是一个温厚而沉潜的人,虽不喜应酬,但让人亲近。钱穆先生在《师友杂忆》中说,"锡予(汤先生的父亲汤用彤,字锡予)为人一团和气"。这句话形容汤先生也很合适。

　　题新家
　　前有青竹后有花,
　　夏去秋来风四哗。
　　身在异乡身是客,
　　心存故土心为家。

　　1986年秋我和金丝燕出国后,跟汤先生和乐老师一直保持着密切的联系,这中间他们几次来巴黎,我们多次去北京,每次都见面叙谈,时间有长有短。最长一次是2011年12月,我去上海参加一个关于基金会治理的论坛,乐老师让我会后去北大为《跨文化对话》丛刊邀请法国汉学家汪德迈(Léon Vandermeersch)教授与汤先生的对谈做翻译。两位老先生的对话围绕"中西文化的互补性"展开①，这次对话使我对汤先生求同存异的能力印象深刻。谈起中西文化的差异，汪德迈先生认为，由于中西文化对人的理解不同，对人的价值观的理解也就不同。按照西方人文主义的神学传统，人是按照上帝的形象创造的，上帝面前人人平等，人的价值来源于神，因此平等成为西方人文主义最重要的概念，也是西方人权思想和社会契约的基础。按照中国人文主义对人的理解，每个人都处在不同的位置上，君臣、官民、父子、夫妻、长幼各有自己特殊的身份、地位和义务，他们之间没有平等可言，由此演变出一套等级社会观念。汤先生回应说儒家文化注重的"礼"的确讲的是人与人之间的关系，而不是人与神之间的关系，但是人与人的关系是互有权利和义务的，这从"君义臣忠""父慈子孝""兄友弟恭"等双向要求中可以看出。再者，原始儒家"礼乐"并重，而"礼和乐"又是与"仁"连在一起的，所以孔子说"人而不仁，如礼何？""人而不仁，如乐何？"问题出在秦汉以后，"礼"的观念蜕变成"三纲六纪""三从四德"，变成了"礼教"，成为一种统治和服从的关系。在历史的发展中，后来的东西不一定比前面的更好。

　　汤先生虽被称为国学大师，但是他对中国传统文化不乏批判

---

① 参见汤一介，汪德迈，"谈中西文化的互补性"，《跨文化对话》第30辑，北京：生活·读书·新知三联书店，2013，第3—29页。

精神。譬如关于人治和法治的问题，汤先生指出中国从古至今都是人治的社会而非法治的社会。在中国建立民主制度和法治之所以如此困难，其文化上的原因是将人情摆在最重要的位置，把人情关系嵌入制度之中，情大于法，有法不依。而"以修身为本"的理论又过于强调人的道德修养和自律，忽视了制度制约和他律，因此说西方的理性精神和法治观念对中国有非常重要的互补意义。汤先生显然不认为靠儒家的内圣外王修身养德之说能建立一个现代法治国家。

关于文化融合的问题，汤先生说中国花了一千多年的时间才把印度佛教文化消化到中国自身的文化当中，形成相互影响和补充的儒、道、释三个传统，而且在唐宋以后形成三教合流的趋势。中国吸取西方文化才一百多年，要真正了解西方文化的根本价值，使其成为自身文化的一部分，还需要花很长时间，反之亦然。但是任何民族在吸收其他民族文化的时候，都要立足在自身文化的主体性上面，否则无法了解其他文化的本质价值。汤先生说现在最让他忧心忡忡的就是失去我们文化的主体性。遗憾的是我当时做翻译，没能问汤先生如何定义中国文化的主体性。这个主体性与普世价值是互通的，还是抵触的？

题古树
树荣影亦荣，
树枯影不枯。

化悲化喜处，

安生安死时。

2000年初，在梅耶人类进步基金会（FPH）和上海文化出版社的支持下，由乐黛云和金丝燕主编的《远近丛书》面世①，第一批出版的四本书中有汤先生与法兰西学院院士、地质动力学家李比雄（Xavier Le Pichon）合著的《生死》。在这本并非谈学术而是谈个人经验的小书的结尾，汤先生概述了儒、道、佛三家超越生死的观念和途径：

"儒家的生死观：道德超越，天人合一，苦在德业之未能竟。道家的生死观：顺应自然，与道同体，苦在自然之未能顺。禅宗的生死观：明心见性，见性成佛，苦在无明之未能除。……照我看，儒道佛都不以生死为苦，而以其追求的目标未能达到为'苦'"。②

按照汤先生的这个结论，竟德业，顺自然，除无明是儒道佛三家超越生死的追求。在这条路上，汤先生是苦还是乐呢？我觉得有苦有乐，但我相信他的乐肯定多于苦。

① 中法文双语丛书，法文：*Collection Proches Lointains*，每本书由一位中国作者和一位法国作者就同一主题撰写，强调不同文化环境中的个人体验和差异。
② 汤一介、李比雄，《生死》，《远近丛书》，上海：上海文化出版社，2000年，第64—67页。

　　2014年9月9日农历八月十六是我来法国后度过的第二十八个生日，这一天汤先生离开了我们。9月15日汤先生的追悼会在八宝山举行，我们身在海外，未能参加，遗憾的心结至今未能解。我们请好朋友陈越光代行鞠躬礼，请李素茹代送花圈，请北京大学哲学系美学教授、汤先生的老友、93岁的书法家杨辛先生代书我和金丝燕书写的挽联：

　　荣辱度外不避不逃三代儒士
　　有无之间为人为学一介书生

2014年10月于巴黎

Mais le ciel
A son autre lumière